書下ろし

任《にん》侠《きょう》駆け込み寺

向谷匡史

目次

第一話　悩めるヒットマン

（一）

一陣の春風が山門を吹き抜け、三脚の上で板看板を取りつけていた年配の坊さんがバランスを崩した。

「あッ！」

と声をあげるより早く、

「危ない！」

中年男が叫んで、軽トラの運転席から飛び降りた。

「大丈夫ですか！」

「大丈夫なわけないやろ。痛《い》テテテ、早よう手ぇ貸さんかい」

「は、はい」

あわてて抱き起こそうとしたが、小太りの身体《からだ》が手に余ってスルリと抜け落ちた。

「あッ！」

「ドアホ！」

再び尻から落ちて顔をしかめた。

異相の坊さんだった。丸顔に配置された目、鼻、口、耳のそれぞれに存在感があり、金縁のメガネが毛虫のような眉の上で斜めになっている。ここが寺でなければ、剃髪《ていはつ》でなければ、紺色の作務衣《さむえ》を着ていなければ、まんまヤクザの親分だと中年男は思った。

坊さんがノロノロと身体を起こす。

メガネを掛け直し、軽トラを見やって、

「おのれは葬儀社か」

ときいた。

白いボディに『誠実屋《せいじつや》葬儀店』と楷書で黒くペイントされていた。

「地元でやらせていただいております。社長の野呂山《のろやま》と申します」

「なんぞ用か」

「看板があまりに達筆なものですから、つい見とれてしまいまして」

「六年間や。籠《こ》もって練習した」

「ほう、六年間も。どちらで？」

「府中《ふちゅう》や」

「府中？」

「塀の中や」

「はッ？」

「ごちゃごちゃ言うとらんで、はよ帰《い》ねや」

うるさそうに手で追い払うようにしてから、門柱に掛けた看板が曲がっていないか確かめ、坊さんが寺に引っこもうとすると、

「ご住職！」

あわてて野呂山社長が背に声をかけた。

「なんや」

「ここは廃寺じゃなかったですか」

「リニューアルして新規オープンや。『浄土《じょうど》真宗《しんしゅう》　一道山《いちどうさん》　任俠寺《にんきょうじ》』——。看板にそう書いてあるやろが」

「変わった寺号でございますね」

「あかんのか」

「そ、そうじゃなくて、任俠という名前になにか意味でもあるのかと思いまして」

「意味なんかあるかい。任俠は任俠やないか」

「あのう」

「なんじゃい」

「まさかこのお寺は、ヤクザの方のご葬儀もなさるというわけじゃないですよね」

「極道が鶴や亀のように千年も万年も生きるのんか？」

「そんな、フツーに亡くなられます」

「そのとおりや」

坊さんがうなずいて、

「死んだら誰かて弔《とむら》うやろ。葬式を出すのにカタギも極道もあるかい。読経《どきよう》するのは坊主の務めないか」

「ご住職！」

「なんや」

「ぜひ、ヤクザの方のご葬儀をお願い致します！」

かしこまると、腰を九十度に折った。

その日の昼過ぎ、さっそく野呂山社長が若いヤクザを案内して寺務所にやってきた。

ガラス戸を引いて腰を屈《かが》めながら中に入ると、

「ご住職、こちらが先程お話をさせていただいた天竜組《てんりゆうぐみ》の片山《かたやま》さんです。故人さまとは

「……」

「俺の兄貴分だ。葬式、頼んだぜ」

両手をズボンのポケットに突っ込んだまま、遮《さえぎ》るように言った。

「おまえ、歳《とし》はなんぼや」

坊さんの天涯《てんがい》が椅子に座ったまま、見上げて言った。

「二十四だが、それがどうかしたのか」

「その歳になって口のきき方もしらんのか」

「なんだと！」

「人さまにものを頼むときは頭をさげるもんや」

「俺は客だぜ」

「なら、よその寺へ行けや」

「ま、ま、ま、ご住職、ここはひとつ大目に見ていただいて」

野呂山社長が狼狽《ろうばい》した。

今回の葬儀は、誠実屋の若い女性事務員がヤクザの依頼とは知らずに引き受けたものだが、斎場や寺はすべて「反社」を理由に断ってきた。野呂山社長はそのことを片山組員に説明したが片山は聞く耳をもたず、進退窮《しんたいきわ》まっていたのである。

「片山さん、こちらのお寺さまがだめだということになると、ご葬儀はもう無理ですよ。

よろしいんですね？」

「わかったよ」

舌打ちをして、

「坊さん、頼むよ」

頭をさげたつもりなのか、口をとがらせ、顎《あご》をちょこんと突きだした。その仕草《しぐさ》に幼さが残っているのは、渡世経験の浅さゆえだろう。いまどきヤクザ社会でも珍しいパンチパーマに、背部に龍の刺繍《ししゅう》がほどこされた赤いスカジャンを着て、眉を細く剃っている。暴対法（暴力団員による不当な行為の防止等に関する法律）と暴排条例（暴力団排除条例）に締めつけられ、カタギを装ってダーク系のスーツなど服装《なり》に注意を払うのは幹部連中のやることであって、末端の若手組員はヤクザであることを誇示することで威圧《いあつ》し、恐喝や小口の債権取り立てでメシを食っていた。

「それで日取りでございますが、明後日が友引で火葬場がお休みでございますから、明後日にお通夜、その翌日をご葬儀とすることでいかがでしょうか」

野呂山社長が制服の内ポケットから手帳を取り出すと、天涯と片山組員を交互に見やりながら提案した。腰が低く、ハの字になった眉そのままに気の弱いところもあったが、葬儀業界の大ベテランである。悲嘆に暮れる遺族相手に商売してきただけに、話の進め方は心得ていた。

「では、ご住職、よろしくお願い申し上げます」

と締めくくったところが、

「布施は？」

片山組員が天涯にきいた。

「せやな、法名と読経のコミコミで五百万でどや」

「ご、五百！」

「高いか？」

コクリとうなずく。

「兄《に》ィちゃんは商人か？」

「はッ？」

「金額をきいて高い安いを言うんは商人のするこっちゃ。一円でも安う買《こ》うて一円でも高う売る。ミエも外聞もないわ。けど、極道はちゃうで。金額をきいた以上は言い値を飲む——言うたら兄ィちゃんも困るやろ。気持ちでかまへん。そもそも布施というのはやな、執着を離れるための修行の一つで……」

「ま、ま、ご住職、お説教はまたの機会ということにしていただきまして、今日のところはこれにて」

野呂山がもみ手で話を打ち切った。

片山組員は気圧《けお》されて言葉がでなかった。スキンヘッドに金縁メガネ、そして野太い巻き舌の、関西弁にレンタルビデオで観た広島弁が微妙に混ざっている。これが男の貫目《かんめ》というやつなのか。たかが葬式坊主——と見下してやってきたはずなのに鼻ヅラを引きまわされていた。

（二）

任俠寺の一日は、毎朝七時の晨朝勤行《じんじょうごんぎょう》からはじまる。今朝も単調で抑揚のない天涯の低い読経の声が八十畳の本堂に響く。磨きこまれた真鍮《しんちゅう》の金香炉《かなごうろ》から線香の煙が一筋になって立ち昇り、端座する天涯の鼻先で揺らぎながら中空へと拡散していく。

背後に人の気配を感じた。

（ヤツらか！）

天涯の神経が逆立った。

こめかみが激しく脈打つ。読経をつづけながら目のまえの金香炉に視線を据える。凸面《とつめん》に二人の立ち姿が映った。右目の端で大磬《だいきん》を打ち鳴らす撥《ばち》（打棒）の位置を確認する。畳を擦《こす》る足音。同時に金香炉の二人が動く。天涯が衣をひるがえした。

「おどれら、どこの者《もん》じゃ！」

撥をつかんで振り向きざまに身構えた。

二人が唖然《あぜん》として棒立ちになる。

「じ、城西署《じょうさいしょ》の者だ」

年配の男が声をしぼり出すようにして言った。

「なんや、刑事《デカ》のダンナかいな」

五十半ばと二十代の後半か。頭髪の薄くなった丸顔の年配はベージュのジャンパー、端整な顔立ちの若手は紺色のスーツを着ていた。二人は警察手帳を見せ、年配が宇崎《うざき》、若手が早見《はやみ》と名乗った。

「朝っぱらから何の用や。人さまを訪ねるときは声くらいかけるもんやで」

「すまん。お経の邪魔をしちゃ悪いと思ったんだ」

宇崎刑事は白い歯をみせたが、若手の早見刑事は険《けわ》しい顔で、

「誰かに狙われているんですか？」

天涯の撥に目をやって言った。

「いや、ちょっとびっくりしただけや。それより何ぞ用かな」

天涯が話題を変えた。

「この寺で天竜組の葬儀をやると聞いたもんでね」

宇崎刑事が言った。

天竜組の名前を出したということは、二人は組対──組織対策課の刑事ということになる。組対はマル暴と呼ばれ、強面《こわもて》で極道と見分けがつかないものだが、二人はサラリーマンのようだと思いながらも、組対が出張《でば》ってきた以上、用向きはわかっている。天涯は機先を制するように言った。

「葬式、やるでぇ。死んだらみんなホトケや。極道も刑事《デカ》もないやろ」

「暴力団の資金源になるのは困るんだ」

宇崎が眉間に皺を寄せて言った。

「なら香典、断ったらえやないか」

「ヤクザが集まったら近隣の迷惑になる」

「会葬者を減らすがな」

「抗争事件の葬儀は見過ごすわけにはいかない」

「抗争？」

天涯がオウム返しにきいた。

「ホトケの加納雄治《かのうゆうじ》は仁義会《じんぎかい》に射殺されたんだ。三、四日前、ニュースになったはずだけど」

「ああ、あの事件の」

天涯がうなずいた。

東京都城西市はベッドタウンとして開発が急速に進んでいた。人口はすでに三十万人をこえ、駅前一帯は歓楽街として賑《にぎ》わいをみせている。蜜を求めて蝶《ちょう》が花に集まってくるように、ヤクザは新興のネオン街を狙ってくる。新宿に本部を構える仁義会は金融の看板を上げて侵攻し、敷島《しきしま》一家傘下にある地元の天竜組と用心棒代《ミカジメ》をめぐって衝突。天竜組の加納組員が射殺された。これが事件の概要だった。天竜組の報復はあるのか、抗争はエスカレートするのか、それとも手打ちに向けて動くのか。城西署組織対策課の二人は三方睨《にら》みで動いていた。

「じゃ、住職、中止ということで」

宇崎が早見をうながして帰ろうとすると、

「それでも、わしはやる」

天涯が挑むように言った。

「極道になろうと思うて生まれてきた人間はひとりもおらん。抗争で殺されると思うてこれまで生きてきたわけでもない。肩で風切って歩いてみたところで、カタギは恐れとるんやない。マムシとおんなじで、嫌われとるだけや。可哀想なもんやで。死んだときくらい、人並みに葬式したったらええやないか」

息を止めて睨み合う。

一秒、二秒、三秒……。

「いいだろう」

宇崎が息を漏らして言った。

「ウーさん！」

早見刑事が驚いたが、それにはかまわず、

「ただし条件がある。通夜はやらず一日葬にすること、会葬者は遺族を含めて十人以内、クルマは路上駐車させない、近隣に不快感や迷惑をかける行為は一切しない。——これでどうだ」

警察が葬儀を中止させようと思えば、いとも簡単にできることを天涯は承知している。暴排条例に抵触するとして、誠実屋葬儀店の野呂山社長を引っ張ればいいだけのことだ。ところがこの老刑事はそうはせず、自分のマイナス評価になることを承知で葬儀をやらせてくれようとしている。

「わかった」

天涯がうなずいた。

（三）

葬儀当日、開式一時間前の午前十時——。

天涯は寺務所で野呂山と進行の打ち合わせをしていた。寺務所は平屋の庫裡《くり》の一角を改築したもので、本堂と二間（約三・六メートル）の渡り廊下でつながっている。渡り廊下の両脇に植えられた深紅のツツジが目に鮮やかだった。

喪服の女性が入ってきた。

「このたびはお世話になります」

深々と腰を折って挨拶する。妻で、喪主の恭子《きようこ》だった。栗色の髪をアップにした白いうなじに後《おく》れ毛がかかっている。紅を引いてはいるが、憔悴《しようすい》した顔は薄化粧では隠しようがなかった。恭子の背後に昨日やってきた片山三郎《さぶろう》、その後ろに若い娘が男児の手を引いて立っていた。手伝いにつれてきたと言って三郎が紹介し、佳奈《かな》と呼ばれた娘は伏し目がちに頭をさげた。黒いワンピースのせいで大人びてみえるが、化粧気のない目元があどけなく、まだ二十歳《はたち》前後だろうと天涯は思った。

「翔太《しようた》、ご挨拶《あいさつ》なさい」

恭子がふり返って言う。佳奈が幼児の背を軽く押し出すと、「おはようございます」と舌足らずな声で言って、天涯にちょこんと頭をさげた。グレーの半ズボンとジャケット、白いワイシャツに濃紺の蝶ネクタイを付けている。葬式の意味も、父親の死の意味もまだ理解できないのだろう。「パパはどこ？」と、佳奈の袖口を引っ張りながら何度もきいていた。

「住職――」

　宇崎刑事が顔をのぞかせて、

「念のため機動隊員を十人ばかり配置してあるから」

と告げた。

　三郎のスマホが鳴った。

「片山です！」

　即座に応答する。

「わかりました、入口で待機します」

　スマホを切るや、

「佳奈、組長《おやじ》と本部の若頭《かしら》が着くぞ！」

　急《せ》き立てるようにして寺務所を飛びだしていった。

　山門の前に、三郎たち四人の若い衆が黒いスーツ姿で整列している。上部団体の若頭《かしら》が出席するとなれば、枝《えだ》（下部組織）としては総動員で迎えるところだが、近隣に迷惑をかけないという条件なので人数をしぼっていた。

　黒いレクサスが先導して白いアルファード、黒いベンツSクラス二台が到着した。ナンバープレートは頭の平仮名が違うだけで、数字はすべて同じになっている。ボディーガードたちが前後のクルマから飛び降り、アルファードに駆け寄る。ドアが引かれ、天竜組の河村剛造《かわむらごうぞう》組長、つづいて敷島一家若頭・岸谷英治《きしたにえいじ》が降り立った。ボディーガードたちが岸谷を囲み、カバンを岸谷の頭部の位置に掲げて四方に鋭い視線を走らせる。カバンは鉄板を仕込んだ〝弾よけ〟で、ボディーガードの必携だった。

「ご苦労さまです！」

三郎たちが頭を深々とさげ、二人を本堂に案内する。四台のクルマは山門前の路上に停まったまま動かない。それを寺務所から見ていた天涯が血相をかえて飛びだした。

「こらッ、クルマをどかさんかい！」

三郎がうろたえた。

「じ、じ、じ、住職、本家の若頭《かしら》と、うちの組長《おやじ》だぞ」

「何者でもあかんのじゃ！」

宅地開発された一帯は片側二車線の広々とした道路が碁盤状になっているが、任俠寺は大通りから外れた旧村落にあり、曲がりくねった片側一車線の道路になっている。旧村落とはいっても、新しく家を建てて引っ越してきた〝新住民たち〟は権利意識が高く、路上駐車で悪評が立つのは開山したばかりの寺にとって好ましくない。任俠寺は本堂と庫裡、それに庭をあわせて百坪ほどで、住職ひとりで切り盛りするには手ごろの規模だったが、駐車場は自家用のスペースしかなかった。いずれ何とかしなくてはなるまいと天涯は気にはなっているが、いま言ってもはじまらない。

岸谷と河村に対峙《たいじ》して、天涯が言い放つ。

「寺の前にクルマを停めない、近隣に迷惑をかけない——警察との約束や。クルマを動かすか、葬儀をやめるか。わしはどっちでもかまへんで」

「てめぇ、誰に向かって能書きたれてるのかわかってんのか！」

河村が目を剝《む》いて怒鳴った。

ボディーガードたちが身構える。

「待ちな」

岸谷が穏やかな口調で制して、

「クルマ動かして向こうで待ってろ。坊さん、悪かったな」

と言ってから本堂に向かった。

「ち、ちょっと、若頭《かしら》」

メンツをつぶされた河村があわててあとを追いながら、

「停めといても大丈夫ですよ。話はウチのほうできっちりつけますんで」

「バカ野郎。意味のねぇトラブルは警察《サツ》を喜ばせるだけだ」

抑揚のない声が天涯の耳にも届いた。四十半ばか。さすが敷島一家の若頭は冷徹で、ここが〝枝〟の組長である河村との貫目のちがいだろうと思った。服装《なり》に一分の隙もなく、長身を包む黒いスーツはよく見るとチャコールグレーだった。磨き込まれた一文字の靴。手の動きに合わせてダイヤ巻の腕時計が袖口からのぞく。メガネのフレームはプラチナだろう。青みがかったレンズによく似合っていた。

一方の河村は、岸谷より年嵩《としかさ》の五十代か。でっぷりとした体軀《たいく》で、四角い顔に鼈甲《べっこう》の太いフレームのメガネをかけている。髭が濃いのだろう。鼻の下も顎のまわりもうっすらと青黒くなっている。一見して獰猛《どうもう》な風貌だが、ときおり見せる上目づかいが狡猾《こうかつ》な印象を与えている。後日、河村がヤミ金をやっていると聞いて、天涯は納得する。名が体《たい》を表すなら、風貌はその人間の生き方が表れると思うのだった。

少し離れた位置から、宇崎刑事と早見刑事が天涯たちのやりとりを注視していた。早見の関心事は葬儀より天涯にあるようだ。

「ウーさん、敷島の若頭《かしら》にあんな口をきくなんて、あの住職、やっぱりただ者じゃないですよ。経歴《ケツ》を洗ってみましょうか?」

「放っておけ。やることは山のようにあるんだ」

取り合わなかったが、口とは裏腹に、じっと天涯に視線をそそいでいた。

（四）

午前十一時、朱色の色衣《しきえ》に濃い紫の袴《はかま》、そして藍色地に金紋の五条袈裟《ごじょうけさ》をつけた天涯が尊前に着座する。袂《たもと》から香盒《こうごう》を取り出すと、指先で抹香をつまんで香炉にくべた。煙が浮かぶように立ち昇り、沈香《じんこう》や白檀《びゃくだん》を混ぜ合わせた心地よい香りが本堂に広がっていく。遺影になった加納が祭壇から見おろしている。遺影はたいてい笑っているものだが、加納のそれは眉間に皺《しわ》を寄せて睨みつけていた。角刈りで彫りが深く、垢抜けた容姿は任侠映画のスクリーンから抜け出てきたようだった。

天涯が表白（口上）を述べてから撥を連打しはじめた。色衣の右袖から手首がチラリとのぞく。

「ウーさん、見てください！」

本堂の入口に並んで立つ早見刑事が小さく叫んだ。

「どうした」

「住職の右腕……、いま刺青が」

「刺青？　おまえ、どうかしてるんじゃないか」

「しかし、たしかに見えたような……」

つぶやくように言った。

葬儀が終わると、岸谷と河村は霊柩車を見送ってからアルファードに乗りこみ、二列目のキャプテンシートに腰を沈めた。

岸谷が口を開いた。

「親睦会が手打ちに動く以上、無視はできねぇ。だけど、うちはホトケを出してるんだ。筋だけはきっちり通しておけ」

河村が険しい表情で頭を下げた。関東親睦会は無用の抗争事件を避けるため、関東の主要組織で構成されており、敷島一家も仁義会もメンバーだった。親睦会の動きに逆らうわけにはいかないにしても、報復《カエシ》は当然だった。

アルファードの後ろと真横をベンツがそれぞれガードし、先導するレクサスがライトをハイビームにして昼間の中央自動車道を猛スピードで走っていく。

（誰に殺《や》らせるか）

フロントガラスの向こうに見える新宿の高層ビル群に目をやったまま、河村は考えをめぐらせていた。組員の無期懲役はともかく、組長の自分に使用者責任の嫌疑がかかるかもしれない。

（加納の野郎、余計なことしやがって）

腹の中で舌打ちをした。岸谷の前で口にできることではないが、関東親睦会が動いているのであれば、ここはひとつ様子を見る手だろうと河村は思った。


夕刻、野呂山社長が祭壇を片付けに任侠寺にやってきた。

「これ、もどしや」

天涯が、束ねた万札を二つ折りにして野呂山の胸ポケットにねじ込んだ。

「とんでもない！　無理をお願いしたのは私ですから」

あわてて取り出そうとする手を制して、

「取り半や。三十万入っとった。十五ずつや」

と言った。

取り半とは、債権の取り立てなど、相手を追い込んで回収できた金を折半するという意味で、裏社会の隠語だった。満額回収できるとは限らないため、取り立てることのできた金額の半分ということから「取り半」と言う。

これまで葬儀社は僧侶に頭をさげる立場だったが、近年、檀家の寺離れが深刻で寺院が経済的に苦しくなってきて力関係が逆転した。お布施のもどしを条件に、寺が葬儀社から仕事をとるようになったのである。三割が四割になり、いまでは五割、場合によっては六割のもどしをとる葬儀社もある。天涯は頼まれた側であってもどしは不要なのだが、気《き》っ風《ぷ》のいいところを見せたのだった。

野呂山社長はしきりに恐縮してから、

「このあとお時間がございましたら、精進落としということで、ぜひ一献おつき合い願いたいのですが」

と言った。

野呂山は、世長《よた》けた坊主ならゴマンと知っているが、警察と渡り合って自坊で葬儀を執り行う〝度胸坊主〟は初めてだった。暴排条例がある以上、葬儀社としては今後もヤクザの葬儀は引き受けられないし、受けるつもりもないが、今回のような不測の事態も考えられる。しかも葬儀はワケありも少なくない。となれば、清濁《せいだく》併せ飲む天涯住職は重宝だという打算もあった。

「せやな」

天涯がにニヤリと笑って言った。

「うまい酒があって、気のきいた女将《おかみ》がおる店なら、行かんこともない」

（五）

小料理『たつみ』は大通りから路地を入り、旧村落を挟んだ住宅街の一角にあった。任俠寺から歩いて十五分ほどだった。生成り色のノレンの隅っこに『たつみ』と小さく書かれた紅色の筆文字が控えめで、それでいて艶《あで》やかだった。玄関脇の一畳ほどの植込みに行灯《あんどん》を模した背の低いガーデンライトが置かれ、暖色系のぼんやりとした明かりが足元を照らす。店の構えに風情があり、天涯は女将がどんな女かわかるような気がした。

「あら、いらっしゃい」

「ママ、ご住職さんなんだ」

野呂山社長が先客に会釈してから紹介した。二畳ほどの小上がりと、十席に満たないカウンターの店だった。

「美代加《みよか》です。さっ、こちらにどうぞ」

「その着物、変わった生地やな」

カウンターに腰をおろしながら、天涯が言った。

「ジーンズの生地なんですよ」

「しゃれとる」

「あら、説法にもお世辞があるんですか」

「頭のめぐりもええな。社長、いい店を知っとるやないか」

天涯が上機嫌で身体を揺すった。

女将がタスキ掛けにした着物は濃紺のデニム素材で、半襟と帯はオフホワイト、着物と色調を合わせた群青色《ぐんじょう》の帯留めが目を惹いた。四十前後か。面長《おもなが》で、和風の顔は天涯の好みとするところだった。化粧が少しばかり濃いのは商売柄ということなのだろう。赤い紅が〝引っ詰め〟にした髪によく似合った。

「この店はどこから見て巽《たつみ》（東南）の方角になるんや」

ぬる燗《かん》を頼んでから、天涯が問いかけた。

「店の名前のことですか？ 店を開くときにそちらの恵方《えほう》先生にご相談したんです。ねえ、先生」

と、野呂山が店に入ったときに会釈した男に言った。五十半ばか。スキンヘッドにして、着物も、野袴も、陣羽織も黒一色で、顎のとがった狐顔をしている。男はカウンター席の端から、目尻の吊り上がった細い目を天涯たちに向けて、

「商売は巽の運気がなければ絶対にうまくいかん」

と厳《おごそ》かな声でつづけた。

「だが、諸般の事情で巽の運気をとるのが難しいというのであれば、せめて店の名前だけでもと思ってアドバイスした。それで『たつみ』だ。女の細腕でこれから人生の荒波にこぎ出すというときに捨ててはおけまい。なあ、女将」

「おかげさまで繁盛しています」

美代加が男に笑顔を見せてから、「さっ、ご住職」と言って銚子の首をつまんだ。天涯

が酒を受けながら言う。

「名前で繁盛するなら結構なことやないか。なら、日本中の飲み屋を『たつみ』にしたったらええ。どこもかしこも大繁盛やで」

男が顔をしかめたが天涯は頓着せず、盃をグイと呑み干して、

「手相は観るのか？」

と男にきいた。

「もちろんじゃ」

「女将、手相は？」

「観ていただきましたよ。十年にひとりという強運の持ち主ということです」

「うまいこと言いよる。手相の次は〝マン相〟やな。百年にひとりの名器やと言うやろ」

豪快に笑い飛ばし、男が苦虫を嚙《か》みつぶしたような顔をしたので野呂山があわてた。

「住職、こちらは密教派総本山超運寺《ちょううんじ》の伊能《いのう》恵方大僧正様で、この街でいちばんの大寺で、私ども葬儀会社は大変お世話になっております。それから恵方様――」

と顔の向きを変えて、

「こちらはその先の任俠寺のご住職様で、本日、私どもでご葬儀をお願い致しまして、精進落としにご一緒している次第でございます。はい」

「任俠寺？」

恵方の眉がピクリと動いた。

束の間の思案のあと一転、笑顔を見せると、

「あなたがそうでしたか。天竜組の葬儀をお勤めになったそうですね。おウワサは耳にしております」

言葉づかいを改めて言った。

「ウワサゆうたかて、葬式は今日の今日の話やで」

「近隣の寺――いえ、寺だけでなく、神道もアーメンさんも知っております。みなさん、誠実屋から葬儀を依頼されましたが二の足を踏みまして、任俠寺さまがよくぞお引き受けなさったと、たちまちウワサになったような次第でございます」

「ろくでもない住職がおるゆうて、刑事《デカ》に吹きこまれたんとちゃうか」

「滅相《めっそう》もございません」

大仰に片手を顔の前で左右に振ってみせた。

野呂山は唖然として恵方を見ていた。傲慢で、横柄で、いつも上から目線の男が天涯に気をつかっている。「密教派総本山」と大仰《おおぎょう》な名前をつけているが、単立寺院で、占いと祈禱《きとう》で急成長した新興教団だった。パワースポットのブームでメディアに取り上げられ、最近は都内からも客がやってきて賑わっている。警察と渡り合ってまでヤクザの葬儀をするような坊主は、いいなすに限るということなのだろうか。

「さ、ご住職」

恵方が腕を伸ばして銚子を傾け、二、三度お酌をしてから、

「ママ、お愛想」

と告げた。

「あら、お早いのね」

「ちょっと用足しがあるんでな。では、ご住職、お先に失礼致します」

会釈して腰を浮かせた。

笑顔は引き戸を開けるまでで、路上に出た恵方は表情が険しく一変していた。

「あの坊主、目の上の瘤《こぶ》になるかもしれぬ」

声に出さないで言った。

客層は女将で決まるというが、『たつみ』は商店主や銀行マン、都内の一流企業に勤める役職者など、品のいい客で賑わっている。美代加ひとりなので手間のかかる料理はしない。作り置きした煮物や、鮮魚店で盛ってもらった刺身、火であぶるだけの干物《ひもの》といったものが中心だったが、それでも繁盛しているのは美代加に惹かれてのことだろう。

恵方大僧正が帰ったあと、野呂山が何度となく「任俠寺」という寺号の由来について探りを入れている。今後のおつき合いを考えるうえで、天涯の来歴を知っておく必要がある

とはいえ、気短な天涯が怒りもせず話し相手になっているのは、ひとえに野呂山の憎みがたい人格によるものと思われた。

「しゃあない、社長だけにはホンマのこと言うとこか」

「ぜひ」

「実は、寺号は『仏教寺』にするつもりやったんや。で、商号変更をするときに電話で司法書士に言うたもんやから、聞き間違えたんやな」

「仏教寺が任侠寺に？」

「せや。〝ぶっ〟が〝にん〟になってもうた」

「まさか」

「野呂山さん、しつこくなくて」

美代加がやんわり制したとき、野呂山の携帯電話が鳴った。

「誠実屋葬儀店でござい……、あっ、片山さん！　今日はご苦労様でした。あっ、いけない！　すみません、用事で会社に帰れなくて。支払い？　明日で結構……、お忙しいままですか？　ご住職といっしょに『たつみ』という小料理にいます。場所は……、おわかりになる？　承知しました、五、六分ですね。お待ちしています」

電話を切って、天竜組の片山三郎組員が葬儀の精算にこれからここに来ると、天涯に伝えた。三郎が誠実屋に寄る約束になっていたのだが、天涯から〝取り半〟をもらってすっかり嬉《うれ》しくなったのだろう。ころりと忘れてしまっていたのだった。

差しつ差されつ、二人が盃を二、三杯干したところへ、佳奈がひとりで入ってきた。

「あら」

先に気づいたのは美代加だった。

「丸得《まるとく》スーパーのレジの子じゃない？」

「はい。いつもご利用ありがとうございます」

佳奈も美代加のことがわかっているようだ。葬儀のときは髪をアップにしていたのだろう。会釈するとポニーテイルが揺れた。野呂山のそばに寄って、銀行の封筒を両手で差し出した。

「ありがとう。足を運ばせて悪かったね。片山さんは？」

「外に……。クルマの中です」

「じゃ、挨拶してこよう」

「放っとかんかい」

天涯が不機嫌な声で制した。

「わしがここにおるのを承知で顔を見せへんのはどういうこっちゃ。導師に礼の一つも言うのが筋やろ」

「すみません。サブちゃんが駐車違反にならないようにと……」

「ネエちゃん、あの若いもんのどこにホレてんねん」

「えっ?」

「極道とつき合っとったら最後は泣きを見る言うとんのや。別れるんならいまのうちや
で」

「サブちゃんはそんな人じゃありません」

佳奈がムッとした顔を見せた。

「泣きを見るまでは、みんなそう言いよる」

「どうしてそんなことをおっしゃるんですか」

「加納のカミさん、亭主を殺されて泣いとるやないか」

「そ、それは」

何か言おうとしたが、佳奈は言葉を呑み込んで、

「失礼します」

美代加にペコリと頭をさげ、足早に店を出て行った。

「可哀想なこと言って。あの子、お腹《なか》が大きいみたいよ」

閉まった引き戸を見やりながら美代加が言った。

「妊娠がめずらしいか? オスとメスがくっついたら犬や猫かて孕《はら》むやろ」

「ひどい言い方。おめでたじゃないですか」

「どこがめでたいんじゃ。極道かて生まれたときは〝おめでとう〟と言われとるんやで。人生はそないにめでたいか？　反対やろ。赤ん坊はそのことがわかっとるさかい、生まれとうない、イヤやイヤや言うて泣きながら産道を出てくるんや」

「ご住職も泣きながら生まれてきたんですか？」

「いまもずっと泣いとるがな」

冗談とも本気ともつかぬ口調で言った。

店にはいろんなタイプの客がくる。ワルぶってみせる客もいれば善人ぶる客、やさしさを装う客、自慢する客、自虐することで同情を買おうとする客、自分を大きくみせようと背伸びする客……。だが、天涯はどの類型にも入らないと美代加は思った。素《す》のままというのか、思ったことを、そして誰もが納得することを歯に衣着せずズバリと口にする。余命一年を宣告された人間に対してさえ、「一年も生きられるんやから、ええやないか」と平然と言ってのけるに違いない。

「さっ、どうぞ」

袂に手を添えて、美代加が銚子の首をつまんだ。天涯が盃を持ちあげてから、

「女将、きれいな指しとるな。男っちゅうのは、若いときは女のオッパイと尻《けつ》、ちょいと大人になって脚、そしてわしの歳になったら指や。指に色気を見るんや」

「あら、どうしてですか？」

「指には人生の来し方が宿っとる」

女将の手を取って、

「どんな生活を送ってきたのか、指を見りゃわかる。二号さんやって暮らしとる女と、生活に苦労してきた女とでは指がまるっきり違《ちゃ》う。指には人生の年輪が刻まれてんねや。女といっしょに布団に入って、指をさわりながら半生を想像するのは楽しいもんやで。女将はきれいな指しとるなァ」

いとおしそうに撫でながら、

「恵方たらいう大僧正のボケも、女将の手相を見ながらチンポコおっ勃《た》てとったんとちゃうんか」

「じゃ、殿方は？　殿方はどうなんです？　住職さんの指を見せてくださいな」

美代加がムキになって言うと、

「心配せんでもええ。ほれこのとおり」

天涯が両指を立てて見せ、

「ちゃんと小指はついとるがな」

女将も野呂山もつられるようにして笑ったが、ふたりの顔には当惑の色が浮かんでいた。

（六）

加納雄治の葬儀から一ヶ月が過ぎた午後、天竜組の河村組長は上部団体の敷島一家に呼び出され、渋谷《しぶや》・道玄坂《どうげんざか》の裏手にある本部事務所に顔を出した。四階建てのこぢんまりとした建物だったが、ヤクザ逆風のこの時代、敷島一家が都内の一等地にこうして事務所を構えていられるのは自社ビルであったからだろう。四階が会長室、若頭《かしら》の岸谷は三階に一室を構えていた。

ソファに背を預けた岸谷が口を開く。

「親睦会が手打ちの条件について何だかんだ言ってきている。カネで納得してくれということになるだろうが、報復《カエシ》の一つもしねぇうちに手仕舞いしたとあっちゃ、うちの金看板に傷がつく」

「申しわけありません」

「詫《わ》びはいい」

「できるだけ早く……」

「バカ野郎！」

応接間のテーブルを踵《かかと》で力まかせに蹴飛ばし、頭をさげていた河村の顔に灰皿が当たった。鼻血がしたたる。

「てめぇ、ノンキに葬式なんかやりやがって、カエシが先じゃねぇのか！」

整った顔立ちだけに、怒ると濃い眉毛が逆立って凄《すさ》まじい形相《ぎょうそう》になった。

事件は、加納が三郎たち若い衆を連れ、天竜組がめんどうをみているキャバクラに遊びに行ったときに起こった。店で飲んでいた仁義会の組員と目が合ったの合わなかったのでトラブルになり、ひとりが加納を拳銃で弾《はじ》いたというものだった。

仁義会は偶発的な事件だとした。天竜組としても、抗争は消耗戦になるのであえて事を構えず、金銭で解決しようとしたところが、岸谷がこれに〝待った〟をかけた。一歩譲れば二歩、三歩と押し込んでくる。一歩目で根性をきめて勝負するのがヤクザ社会の鉄則だった。

河村もそのことはもちろんわかっている。だが、当局の締め付け強化で、抗争を起こせば当該組織は壊滅につながるおそれがある。河村の躊躇《ちゅうちょ》はそこにあるのだが、矢面《やおもて》に立たない本家はケツを叩く。これ以上、グズグズしていたら自分がヤバくなると河村は思った。

「すぐに走らせます」

ハンカチを鼻に当てながら頭をさげた。

丸得スーパーは年中無休なので、佳奈は平日のこの日、休みをとって産婦人科の検診を受けた。三郎にそのことは伝えてある。今日は早く帰ると言って出たので、奮発してステーキ用のサーロインと赤ワインを買って待っていた。何度となくサイドボードの置き時計に目をやる。

九時をまわって、三郎が帰宅した。どこかで飲んできたのだろう。赤い顔をしていた。

「お帰りなさい。ワインを買ってあるけど、最初はビールにする？　いま、お肉を焼くから飲んでて」

佳奈が台所に立った。六畳と四畳半の和室、それに三畳ほどの板の間の台所と、ユニット式のバス・トイレがついている。二階建て六世帯アパートの一階角部屋だった。三郎はコタツ兼用の小さな和テーブルで飲みはじめた。

「予定日は十月十日だって。サブちゃんと二日違い。おなじになるといいわね。男か女か、まだ妊娠十六週だとエコーの画像では確実な判定はできないんだって。二十四週――七ヶ月になればわかるって」

肉を焼きながら振り返って、

「ちょっとサブちゃん、聞いてるの」

「聞いてるよ」

ぶっきらぼうに言って缶ビールを飲み干すと、せわしげに二缶目のプルタブを引いた。

佳奈が背を向けて何かしゃべっていたが耳には入らなかった。

――三郎、男になりたいか？

今日の午後、組長室に呼ばれて、いきなり言われた。心臓がノドから飛び出しそうになった。幹部や先輩組員の殺気立った態度から報復《カエシ》をやるのではないかと推察はしてはいたが、器量からいって自分が指名されるとは思いもしなかった。「男になりたいか」と問われて、「なりたくない」という返事はあり得ない。

「はい」

生ツバを呑み込み、かすれた声で言った。

「そうか、男になりたいか」

河村組長が満足そうにうなずいて、

「よし、男にしてやろう」

足もとの靴箱をテーブルに置いて蓋《ふた》を取った。新聞紙を詰めた中に黒光りするものが入っていた。取り出すと、銃把《じゅうは》のほうを差し向けた。三郎が腫《は》れ物にでもさわるかのように両手で受け取った。レボルバー式の拳銃で、ずっしりとした重量感があった。

「仁義会の幹部なら誰でもいい。――支度金だ、三百入っている」

分厚い封筒をスーツの内ポケットから取り出すとテーブルに放った。三郎が一礼して手を伸ばす。指先が小刻みに震えていた。

「心配すんな」

河村が笑顔を見せて、

「ヤクザ同士のドンパチだ。殺《や》っても十七、八年、運が悪くて無期だが、三十年ほど辛抱すりゃ仮釈で出てこられる。おめぇ、たしか二十四だったな。出てきても五十四、五だろ。俺と同じ年じゃねぇか。座布団（地位）を用意して待ってるからよ。な〜んも心配することはねぇ」

そう言って肩を叩いたのだった。

「はい、お待たせ！」

佳奈がステーキを皿に載せて運んできた。三郎は缶ビールを握ったまま一点を見つめていた。

「ちょっとサブちゃん、どうしちゃったの？」

その声に我に返る。

「いや、何でもない、何でもないんだ」

三郎を帰してから、河村組長が副組長の江崎《えざき》を呼んで話し合ったことは、三郎はもちろん知らない。

「いま引導を渡したぜ」

河村が言った。

「納得しましたか？」

「手が震えていた」

「野郎じゃ、ヤバくないですか。すぐ歌っちまいますよ」

歌うとは自白の隠語で、殺人教唆《きょうさ》で河村まで累《るい》が及ぶと懸念を口にしているのだ。

「おめぇ、三郎に殺《や》れると思ってるのか？　引き金なんか引けやしねぇよ。狙うところまでいけば上出来で、盛り場をうろついているうちにヤツらに見つかって半殺しにされるだろうよ」

「拳銃《チャカ》を抱いて仁義会をつけ狙った——これで若頭《かしら》に対して一応のメンツが立つというわけですかい」

「親睦会に対してもな。手打ちをグズグズしているからウチが走った——そういう絵図になる。ドンパチになったら大変だと親睦会も急ぐだろうよ」

「だけど、組長《おやじ》」

「何だ」

「三郎は加納を実の兄のように慕っていましたからね。ひょっとして本当に殺っちまうんじゃないかと、気にはなりますぜ」

「バカ野郎。心配してりゃ、きりがねぇんだよ」

笑ったのは声だけで、目に不安の色が浮かんでいた。

（七）

天竜組の報復《カエシ》はあるのか。宇崎刑事はこれを見極めようとしていた。天涯住職の思いを汲《く》んで葬儀には目をつむったが、やはり毅然《きぜん》たる態度で中止させるべきではなかったか。この一ヶ月、後悔が尾を引いていた。

条件付きとは言え、葬儀を認めたことで城西署が舐《な》められたとしたら、天竜組は報復に走るかもしれない。ドンパチになれば、城西署の対応が甘かったとして警察全体が批判にさらされる。高卒で警察に奉職して三十八年。定年まで五年を切ったいま自分の進退はどうあろうとも、お世話になった組織の足を引っ張ることだけは避けたかった。連中の動向を探り、抗争が起こりそうなら何としても未然に阻止しなければならない。そろそろ加納の四十九日のはずだった。

昼過ぎ、仁義会城西支部の様子を見に行った早見が署に帰ってきた。捜査車両で出かけたのだが、梅雨のさなかとあって背広の肩のあたりが濡れていた。

「ご苦労さん。どうだった」

「警戒しながら静観といったところです。殺《や》った側ですからね。親睦会が仲裁に動いていますから、自分たちからは仕掛けないでしょう。本部の指示待ちだと思います。天竜組はどうでしたか？」

「同じだな。親睦会の手前、事を構える気はないと河村組長は言っている」

ドアが開いて、

「宇崎さん、ちょっといいですか？」

制服を着た生活安全課の若手署員が入ってきた。

「任侠寺という寺に関する匿名の投書が来たんですが、この寺はたしか先月、天竜組の葬儀を行ったところですよね」

と言って、封筒から手紙を抜き出した。

文面は明朝体の横打ちで、反社の人間たちが任侠寺に出入りしており、寺は隠れ蓑《みの》で、実態はヤクザ事務所ではないか——といったことが書かれていた。また住職の天涯についても、夜ごと近所の『たつみ』という小料理屋に通って、美代加という女将を口説くなど、僧侶としての品位に著しく欠けており、本物の僧侶かどうか怪しいとも書かれていた。

宇崎が文面を早見に見せた。早見はさっと目を通し、

「さもありなん、ですかね」

と言った。葬儀のときにチラリと見えたのは、やはり刺青だった——早見の顔はそう言

っているようだった。

「匂うな」

宇崎が言った。

「やっぱり！」

「手紙だ」

「はっ？」

「よこせ」

宇崎が早見から文面を取り上げるとクンクンと嗅いで、

「線香の匂いだ」

「線香？」

早見がオウム返しに言う。

「投書は寺に関係する人間だろう」

「寺同士の足の引っ張り合いでしょうか？」

「さあ」

「とにかく」

と〝生安〟の若手が会話に割って入り、

「これは組対にお預けします」

面倒な事案は願い下げとばかり、そそくさと部屋を出て行った。

早見には伝えていないが、宇崎は加納の葬儀の翌日、天涯について大阪府警、兵庫県警の組対にいる友人に電話を入れている。任俠寺という寺の名前、天涯住職の容姿と雰囲気、関西弁に広島訛《なま》りがあることなどを伝え、人物に心当たりがないかと尋ねた。

──ウーさん、それだけやと、わしらでもわからしまへんでぇ。

大阪府警は笑ったが、兵庫県警の古参は、

──去年、引退した六甲《ろっこう》一家の組長が坊主になったとかならんとかウワサを聞いたことがあるけど、本名がわからんことにはどないもならんやろ。寺の登記簿謄本を取ってみてはどや?

と投げ返してきた。

本気で天涯の来歴を洗うつもりなら、言われるまでもなくそうしている。任俠寺を初めて訪ねたときの、撥を持って身構えた身のこなしとタンカは僧侶のものではない。緊張を孕《はら》んでいて、まるで抗争中のヤクザのようでもあった。調べておく必要があることはわかっているが、一方で、天涯が何者であるか、知ることに躊躇《ちゅうちょ》する思いもあった。何者であれ、情に寄り添おうとする天涯に感じるものがあった。正式な照会ではなく、府警と県警の知人に内々で小当たりしたのは、そうした理由だった。

「挨拶がてら、任俠寺へ行ってみるか」

早見に言って立ち上がった。

そのころ任侠寺の本堂では、加納雄治の四十九日法要が営まれていた。読経する天涯の背後に恭子、翔太、そして三郎と佳奈が着座している。祭壇に白い布で包まれた遺骨が安置してある。翔太が動きまわろうとして、恭子に小声で叱責されていた。

読経が終わり、天涯が向き直った。築三十年とあって畳が軋《きし》んだ。畳は表返しがしてあり藺草《いぐさ》の香りが心地よかったが、費用の関係で根太の補修までは手がまわらなかったのだろう。

「四十九日は閻魔《えんま》大王の裁きを受けて来世の行き先が決まる日と他宗派では説くが、浄土真宗はそうやない」

と、天涯が法話をはじめる。

「臨終《りんじゅう》即往生と言《ゆ》うて、亡くなると同時に阿弥陀如来《あみだにょらい》の誓願によって浄土に参って御仏《みほとけ》にならせていただく。これが浄土真宗の教えや。故人はもうホトケになっとるから安心したらええ。ただし、浄土で安逸に暮らしておるかというと、そやない。再びこの世に還《かえ》り来て、わしらを仏道へ導いてくれる。還ると言うても実体やないで。ハタラキや、仏《ぶつ》のハタラキとして還ってくる。一切衆生を教化して、ともに仏道に向かへしむるなり——ちゅうことやな。浄土へ参ることを『往相《おうそう》』、還ってくることを『還相《げんそう》』と言うて……」

翔太の辛抱が切れて、もぞもぞしはじめた。恭子が叱責すると声をあげて抵抗する。

「子供は正直なもんやないか。話はまた今度や」

天涯が笑って、ふと恭子の指に目をとめた。大粒ダイヤの指環が光っていた。黒いワンピースはタイトで身体の線が露《あら》わだった。アイラインが濃い。女から色香が漂うのは、人生に貪欲《どんよく》になったときだ。幼子をかかえ、前を向いて歩きはじめたということか。

それに引き替え三郎はどうだ。恭子の豊かな表情とは対照的に、能面のような顔で目を伏せている。感情の起伏の激しいはずの彼が葬儀のときとは別人のようだった。

（あるいは）

という思いが脳裏をよぎった。

だが、天涯は何も言わなかった。人間は誰もが重荷を背負って生きている。重荷が肩に食い込んで痛ければ、自分の意志でおろせばいいだけのことだ。他人が気をまわしてとやかく言うことではない。

「それでご住職さま、加納の遺骨ですが」

と恭子が言った。

「お墓の用意ができるまで、お寺で預かっていただくわけにはまいりませんでしょうか」

三郎がハッとして恭子を見た。火葬場から遺骨を胸に抱いて帰宅したとき、恭子はこのまま遺骨と一緒に暮らすのだと言って泣いていた。それを預けるというのだ。何か思うところがあるのだろうか。

天涯がうなずいた。

「よろしくお願いします」

恭子が頭をさげ、三人が腰を上げたときだった。

「予定日はいつや？」

不意に天涯が佳奈に問いかけた。佳奈が驚いて振り向く。葬儀の夜、『たつみ』で言われたことが尾を引いていて、天涯とは目を合わさないようにしていたのだった。

「十月十日です」

「楽しみやな。長雨は身体に障るさかい、気ィつけるんやで」

父親のような口調に、佳奈が小さく頷いた。

一行が出て行くのを待っていたのか、宇崎が早見を伴って入ってきた。

「住職、この寺にヤクザが出入りしてるんだってな」

単刀直入に言った。

「オープンして二ヶ月になるんやで。爺さん婆さんも来りゃ、極道かて来るやろ。極道はご本尊に手ぇ合わせたらあかんのか」

「近隣の人は不安に思っているんだ」

「そない言うとる者がおるのか？」

それには応えず、

「寺の立ち退《の》き運動が起こったら面倒なことになるんじゃないのか？　それに、反社が絡むとなると、うちとしても黙ってるわけにはいかなくなる」

警告してから、

「ときに住職、『たつみ』って小料理屋に通ってるんだってな。色っぽい女将がいるそうじゃないか」

と言った。

警察はなんでもお見通しだと、言外《げんがい》に告げたつもりなのか。

「くわしいな、刑事はん」

天涯はさらりと受け流した。

（八）

遠雷をともなって、雨足が激しくなってきた。

左手で傘を短く持ち、顔を隠すようにして片山三郎組員が城西市の繁華街を歩いていた。ネオンの点滅に目を細めながら忙《せわ》しなく四方を探っている。チノパンツのポケットに右手を差し込んでいる。ポケットは大きくふくらんでいた。大粒の雨がアスファルトに当たって跳ね返っていた。

傘を握る左手を見やった。腕時計は十一時を回ろうとしている。今夜も空振りだった。

――弾く。

それしか頭になかった。

弾くだけなら五年、ケガをさせても十二、三年だろう。三十歳代で出所できる。佳奈と、生まれてくる子供のために身体を懸けるのだ。ジギリ――組のために身体を懸けるのはヤクザの勲章だった。

だが、相手が死ぬようなことがあれば無期懲役を打たれる。組長《おやじ》は三十年ほどで仮出所できると言ったが、それは昔の話で、いまは三十二、三年はかかるはずだ。そのとき自分は五十半ばになっている。三十年は長い。あまりに長すぎる……。葛藤で眠れぬ夜を三晩すごし、結局、ヤクザの自分には逃げ場がないということに気づいたのだった。

アパートに帰るため、タクシーを探した、そのときだった。

斜《はす》向かいのクラブから、数人の男たちがホステスに送られて出てきた。ボーイが雨の中を走り出て、タクシーをつかまえようとしている。何を話しているのか、ホステスたちが声を立てて笑っている。

（本部長だ！）

全身の毛穴が開いた。

真ん中にいる背の高い痩せた男は仁義会城西支部の本部長だった。

三郎が傘を放り出した。何も考えていない。ポケットから右手を引き抜く。拳銃がきつく握られていた。片側一車線の通りを小走りに横切り、歩道に駆け上がった。腰を落とし、無言で両手で拝むようにして構えた。

雨が激しく顔を打つ。本部長が目を見開いた。組員たちは泡を食って身体を避けた。その場に伏せる者、逃げようとして足を滑らせる者……。大混乱に陥った。

三郎が人差し指を絞った。

引き金はびくともしない。

狼狽する。

二度、三度、指先に力を込めた。

動かなかった。

「てめぇ、この野郎!」

本部長が右手をフトコロに差し入れた。

三郎が背を向けて駆けだした。

(撃たれる!)

覚悟した。

銃声は起こらなかった。

仁義会の連中が喚《わめ》きながらあとを追ってくる。三郎が死に物狂いで走る。路上の看板を蹴散らし、路地から路地を渾身《こんしん》のスピードで駆け抜けて大通りに出た。空車のタクシーがゆっくりと走ってくる。路上で激しく手を振って飛び乗る。

「早く出せ！」

甲高《かんだか》い声で怒鳴った。


自宅で城西署から一報を受けた宇崎刑事は、現場へ直行すると伝えた。

「お酒、大丈夫なの？」

奥さんが着替えを手伝いながら心配する。テレビを見ながらゆっくり晩酌するのが宇崎のいつもの楽しみで、いま布団に入ったばかりだった。

タクシーを飛ばして現場に駆けつけると、パトカー数台が赤色灯を回転させ、野次馬が雨を避けてビルの入口に群がっていた。

「狙われたのは仁義会です」

先に到着していた早見が傘を差し掛けながら、

「目撃者の話だと、二十代の男が拳銃を構えたけど弾は出なかったそうです」

「宇崎の旦那――」

仁義会の本部長が近寄ってきて、

「どこの馬の骨かわからねぇ若造が酔ってカランできたんでさ。ウチの代紋《カンバン》出したらすっ飛んで逃げて行きやがった」

笑って言った。

「その若造、拳銃《チャカ》を構えたそうじゃないか」

「なわけねぇでしょ」

「調書を取るから署にきてくれ」

「ちょっと旦那、待ってくださいよ。ケンカしたわけじゃねぇし、ケガ人もいねぇし、被害者も加害者もいねぇんですぜ。事件になりようがないじゃないですか」

抗議したが取り合わず、制服警官にパトカーで連行するよう指示した。

「天竜組の仕業ですね」

早見の言葉に宇崎がうなずいて、

「仁義会は内々ですませ、このまま手打ちに持って行く腹だろう。和解金を払っても、幹部の加納を殺ったことでこの街に存在感を示したことになる。一方の天竜会もこれで何とかメンツが保てる」

「Win-Winですか」

「そういうことだ。結局、貧乏クジを引かされたのは加納ひとりだな」

「逃げた若い者は？」

「仁義会はケンカなんか知らぬ存ぜぬで押し通すだろうから、拳銃が出てこなけりゃ、殺人未遂どころか不法所持の立件も難しいな。どこかで息をひそめてりゃ、無罪放免のお蔵入りだ。河村の高笑いが聞こえてきそうだな」

宇崎の見立てだった。

朝が早い天涯は、飲みに出かけないときは九時には布団に入る。歳のせいか、二時間ほどぐっすり眠って十一時過ぎに覚め、トイレに立つのが習慣のようになっていた。トイレは本堂につながる渡り廊下のところにある。屋根を叩く雨音に耳を傾けながら用を足し、寝室にもどろうとして、

「住職……」

低い声がした。

天涯は腰を沈めて身構えた。寝間着代わりの浴衣《ゆかた》を着ているだけだ。丸腰だった。息を殺して暗がりをうかがう。

ツツジの木が雨の中でガサガサと動いた。

「……片山だけど」

薄明かりに、雨に打たれる三郎の顔が浮かんだ。

「なんや、兄ィちゃんかいな」

立ち上がって、表情をゆるめた。

仏間に三郎を案内してから、「拭《ふ》けや」と言ってバスタオルを放った。タンスから真新しい下着を取り出し、畳んである洗濯物から黒い作務衣《さむえ》を手にして渡した。三郎は頭と顔をぬぐうと、着替えるためベルトを外した。拳銃の重みでズボンがずり落ち、畳の上でゴツンと鈍い音を立てたが、天涯は音など聞こえなかったかのように、

「冷蔵庫に缶ビールと缶酎ハイが入っとる。布団は押し入れや」

返事を待たず、さっさと寝室に引っ込んだ。

胴回りはさすがに三郎には大きすぎたが、作務衣の木綿の肌触りが心地よかった。とりあえず拳銃をどこに隠しておくか。部屋を見まわす。仏壇が目にとまった。扉を開けると、額に入れた小さな写真が二つ置いてあった。住職の身内なのか、中年女性と若い娘さんがそれぞれ笑っていた。気にとめることなく急いで拳銃を隠して扉を閉めた。押し入れから布団を引っ張り出して敷いた。冷蔵庫から缶酎ハイを二つ取り出すと、立てつづけに飲み干して、ごろりと布団に仰向けになった。

（ヘタを打った）

と思った。

気が動転して安全装置を外すことを忘れていた。組長《おやじ》の期待にこたえられなかった。兄貴の仇を取ることもできなかった。忸怩《じくじ》たる思いが次から次へとこみあげてくる。ヤクザ

として生きていくなら、ここが正念場だと自分に言い聞かせた。神経が高ぶり、目がますます冴えていく。冷蔵庫から三缶目の酎ハイを取り出した。

三郎が目を醒ます。いつのまにか寝入ったようだ。雨戸の隙間から薄陽が部屋に差し込んでいた。ハンガーに掛けたズボンとTシャツに触ってみる。生乾きだった。ちょっと迷ってから、枕元に畳んだ作務衣をもう一度着ると、仏壇から拳銃を取り出してズボンのポケットに突っ込んでみた。薄手の化繊のため、重みでずり落ちてしまう。仏壇の脇に頭陀《ずだ》袋《ぶくろ》があった。拳銃を入れ、タオルを詰めて動かないようにしてから肩に掛けてみる。これならいい。自分のズックを履いて、そっと庫裡の玄関を出た。

勤行《ごんぎょう》を終えた天涯が端座《たんざ》したまま振り返る。頭陀袋を襷《たすき》掛けにした黒い作務衣が、境《けい》内《だい》を足早に横切って行く。山門を抜けて見えなくなるまで後ろ姿を目で追っていた。

（九）

「どうしたのよ、それ！」

出勤支度をしていた佳奈が、三郎の黒い作務衣に目を丸くした。

飲み歩いて家に帰らないことはよくあるし、暴行や脅迫で警察に留め置かれることもよくあった。一晩帰らなかったからといって佳奈は気にもとめないが、作務衣には驚いた。

「お坊さんになる気なの？」

笑ったが、三郎はそれには答えず、サイドボードの上に置いたセカンドバッグを取り上げた。中から封筒を取り出し、帯封をした札束をひとつ摑《つか》んで押しつけた。

「出産費用だ。産むときは横浜の実家へ帰れ。可愛いひとり娘だから、俺と別れたと言えば親は喜んで迎え入れてくれる。産むのがまずいということなら堕《お》ろしてもかまわない」

「何があったのよ」

佳奈の顔つきが変わっている。

「渡世上の義理だ」

「まさか！」

「あとで連絡する」

部屋を飛び出した。

「サブちゃん！」

裸足で追いかけた。三郎がタクシーに手を挙げて乗り込んだ。リアウィンドウ越しに振り返る。佳奈が立ちつくしていた。

タクシーは二十分ほど走って、駅前広場に面した瀟洒《しょうしゃ》なマンションを少し過ぎて停まった。恭子はこのマンションの最上階、八階に翔太と二人で引きつづき住んでいた。いつもは玄関前に乗りつけるのだが、昨日の今日だ。用心に越したことはあるまい。

自分はこれから社会を長期不在にする。命を落とすかもしれない。百万円は佳奈に渡した。残りの二百万円を決行前にどうしても届けておきたかった。たいした金額ではないが、恭子姐《ねえ》さんには佳奈ともども可愛がってもらった。せめてもの気持ちだった。

三郎はコンビニに入ると、雑誌をめくりながらウィンドウ越しに向かいのマンションをうかがう。変わった様子はなさそうだ。玄関脇のコインパーキングに視線を移した。道路際にレクサスが停まっていた。車体の色はどこにでもある黒色だが、派手なホイールに特徴があった。

（組長《おやじ》の？）

まさか——と思ったところへ、マンションの玄関から赤いポロシャツに黒いズボンを穿《は》いた男が出てきた。でっぷりとした体軀、四角い顔に鼈甲の太いフレームのメガネ。河村組長だった。手に傘を持っている。今日は梅雨の晴れ間で朝から陽が差している。組長《おやじ》はこのマンションに泊まったのか？　だが、加納の兄貴が住んでいたマンションに組長の知人がいれば、自分が知らないわけがないと思った。

レクサスが乱暴に発進する。

三郎が店を出て、マンションに入る。オートロック式になっている。インターフォンで部屋番号を押す。

——はい
「三郎です」

——ちょっと待って。

恭子のあわてた声が返ってきた。三郎が眉を寄せた。不意の訪問であっても、これまではすぐに開けてくれた。待たされたのは初めてのことだった。二、三分ほどして三郎の携帯が鳴り、いま開けると恭子が告げてエントランスの自動ドアが開く。

部屋に入ると煙草の匂いが鼻腔《びくう》をついた。リビングのテーブルの上に灰皿があった。吸い殻が数本入っている。恭子は煙草はやらない。気持ちがざわついた。翔太の姿が見えない。幼稚園に行っているのだろうか。

線香をあげようとして、仏壇がなくなっているのに気がついた。箱形の小さなものだった。見まわしたがどこにもなかった。

「姐さん、仏壇は？」

「処分したわ。思い出だけでは現実を生きてはいけないから。新しい人生を踏み出さなくちゃね」

ワンピースの胸元のボタンを留め直し、ほつれた前髪に手をやった。遺影もなくなっている。遺骨は四十九日に任俠寺に預けた。この部屋から加納を消し去ったのだと三郎は思った。寝室のドアが半開きになって、乱れたベッドが目に入った。躊躇してから、思い切って言った。

「河村の組長《おやじ》が出てくるのを見たんだ」

恭子が息を呑むのがわかった。

「まさか、姐さん」

「そう、そのまさかよ」

恭子が顔をあげて自嘲するように言った。

「加納は河村に三千万円の借金があったんですってね。知ってた？」

「いえ、自分は……」

「私に返済しろって。フーゾクで働けって河村は言ったけど、フーゾクなんかで三千万円が返せるわけないわよね」

言葉を切った。

加納の兄貴が三千万を引っ張ったのかどうかは知らない。そんなことは、どっちだっていい。組長が、ジギリをかけた組員のカミさんに手を出すのか？　四十九日が終わったばかりだというのに。

「軽蔑した？」

三郎は答えない。

「怒らないの？　どうして黙ってるのよ」

封筒をテーブルに置いて、ドアに向かった。

「サブちゃん、ちょっと待って！」

三郎は振り返らなかった。


昼前になって、三郎が任侠寺に帰ってきた。

「何や、おまえでも難しい顔することがあるんやな」

庫裡の仏間で、天涯が言った。

三郎が冷蔵庫から缶酎ハイを取り出し、胡坐《あぐら》をかくと一気に半分ほど飲み干して、

「住職」

「なんや、あらたまって」

「人間が……信じられなくなった」

呻《うめ》くように言った。

この住職なら聞いてくれる、この住職にならなら話せる——三郎にはそんな思いがあったのかもしれない。ひとりで胸の裡《うち》にかかえておくには、二十四歳の若いヤクザには苦しすぎたのだろう。恭子と河村組長のこと、そしてヒットマンを命じられていることを問わず語りに吐き出してから、

「俺は何のために、誰のために身体を懸けようとしているのか」

すがるような目を天涯に向けた。

天涯がその視線を受けとめて口を開く。

「親分《おやじ》が加納のカミさんを抱こうが、二号にしようが、おのれが弾くことと何の関係もないやろ。カミさんかて、どう生きようとカミさんの勝手で、他人のおまえがとやかく言うことはあらへん。極道として弾くか、弾くことに納得でけへんのやったら足洗うてカタギになるか、二つにひとつや」

「わかってるよ。だけど……」

「だけど何やねん」

「わかっていて決められないから悩んでいるんじゃないか！」

「よう聞け！　右と左とは同時に行けへんのやで！　右と左と天秤にかけて、右がええ、左もええ、右は嫌や、左も嫌やゆうて迷うのは、おのれが欲をかいとるからや。右に行ったら左はあきらめなあかん、左に行ったら右はあきらめなあかんのじゃ！　よう考えてみい！」

一喝して部屋を出て行った。

住職の言うことはもっともだ、と三郎は思った。いや、漠然と思っていたことを抉《えぐ》り出してくれたのだと思った。組長《おやじ》に足を洗わせてくれと言うのは正直言って恐い。ヒットマンの重圧に耐えかねてケツを割ったと、みんなに笑われるは屈辱だった。一方、腹をくってヤクザの筋を貫けば間違いなく称賛される。出所の暁《あかつき》には本家直参に登用されて一家の名乗りを許されるかもしれない。だが、無期懲役は気の遠くなる長さだ。出所したとき天竜組があるかどうかもわからない。人生は終わったも同然になる。勤めても刑期は三年か五年、せいぜい十年以内でなければ……。

仏間を出た天涯は、本堂の外廊下の階段の上に座って境内をぼんやりと見やっていた。セミが鳴きはじめている。トンボが得意そうに急旋をして見せる。梅雨が明ければ、もっともっとにぎやかになるだろう。

(昆虫たちにも悩みはあるやろか)

と、思った。

エサの心配はしても、生き方に迷って煩悶《はんもん》することはあるまい。言い換えれば、煩悶することは人間であることの証《あかし》ということになる。自分は泥水も啜《すす》ってきた。だが、人生に迷いはなかった。いや、本当に迷いはなかったのか? 迷いがないのではなく、意志の力で迷いをねじ伏せてきただけなのかもしれない。

(そして、その行き着いた先が坊主だというのか?)

まさか六十を過ぎて仏門に帰依《きえ》することがあろうとは、いまでも信じられないと思うのだった。

「住職」

背後から呼ばれて我に返った。

三郎が服を着替えて立っていた。

「ちょっと用足しに行ってきます」

丁重な言い方に、天涯は三郎の決心を見て取った。

大きくうなずいて、

「邪魔なものは返してくるんやで」

ズボンのポケットの膨らみに目をやって言った。

（十）

天竜組と仁義会の手打ちは難航していた。五千万円を要求する天竜組に対して、仁義会城西支部は本部長が狙われたことを理由に三千万円を提示して譲らなかった。関東親睦会は収拾を急ぎ、中をとって四千万円を打診したが、双方とも聞く耳は持たなかった。

河村組長は早く決着をつけたかった。事態は思惑どおりに運んだ。三郎がドジを踏んでくれて事件にはならず、しかし走ったという実績はつくった。和解金など三千万円が一千万円でもいい。百万円だっていい。譲るところは譲り、メンツより共存共栄という実《じつ》を取るべきだと考えていたが、敷島一家の陣頭指揮をとる若頭の岸谷は五千万円にビタ一文欠けても絶対に認めなかった。

進退窮まった河村は、副組長の江崎を自室に呼んだ。

「仁義会の連中は警戒しているので狙うのは無理だろう」

河村が言うと、江崎もうなずいて、

「事務所へ乗り込んでブッ放させますか」

冗談で言ったところが、

「俺もそう思っていた」

河村が真顔で言ったのであわてた。

「誰にやらせるんで？」

「三郎だ」

「無理だと思いますぜ」

「だからやらせるんじゃねぇか。野郎は間違いなく今度もヘタを打つ。乗り込んだところで殺されるだろうぜ」

「なるほど」

江崎がニヤリとして、

「ホトケになりゃ、逮捕《パク》られて歌うこともない。ジギリ懸けて命を落とすんだから、天竜組の顔も立つ……。絵図を描かせたら、組長の右に出る者はいないですぜ」

二人が笑ったところへ、ドアがノックされ、

「三郎が来ました」

秘書役の若い組員が告げた。

二人はギョッとして顔を見合わせた。河村が江崎にうなずいた。

「入れろ」

江崎が命じた。

三郎が硬い表情で入ってきた。深々と頭を下げてから、

「足を……洗わせてください」

震える声で言って、ズボンのポケットから拳銃を取り出してテーブルに置いた。

江崎が激高した。

「てめぇ、なに言いやがる！」

「まあ待てよ」

河村が鷹揚な態度で制して、

「サブ、殺らなくてもいいんだ。事務所に乗り込んで音を出してくりゃいい。そうしたらカタギだろうが何だろうが、気持ちよく認めてやるぜ」

三郎がうつむいて黙っている。

河村が猫なで声でつづける。

「男になるんじゃなかったのか？　ここで逃げたら死ぬまで笑い者になっちまうぜ。加納の世話になったんだろう。仇はとらねぇでいいのか？　おまえ、恩知らずか？」

三郎が顔を上げた。

憎悪の目で河村を見据える。

（野郎、恭子とのことを知ってやがる）

直感的に河村は思った。

「なんだ、その目は！」

携帯電話を力まかせに投げつけた。三郎が悲鳴をあげて顔を押さえた。騒ぎを聞きつけて階下から若い衆たちが駆け上がってきた。三郎は組長室から引きずり出された。

天涯は本堂で日没《にちもつ》勤行を終え、庫裡の自室に座っていた。三郎を送り出してから半日が過ぎている。電話もなかった。障子の向こうで西陽が翳《かげ》ってきたようだ。ヒグラシが鳴きはじめた。

庫裡の玄関を引き開ける音がした。

「住職さま！」

佳奈の甲高い声がした。

天涯が玄関に急ぐ。佳奈の背後に三郎が突っ立っていた。血糊《ちのり》が鼻と口のまわりにこびりつき、目のあたりがドス黒く腫れ上がっていた。

「あがれや」

仏間に二人を通した。

三郎は少しためらってから、事務所で何があったかを話した。天涯が三郎の右ポケットのふくらみを見やって言った。

「引き受けたんやな」

「乗り込んで弾くだけなんだ。ほんの数年じゃないか。辛抱すればカタギになれるんだ」

「やめとけ。事務所はぎょうさん組員が詰めとんのやで。素人《トーシロ》が撃ったかて誰かに当たりよる。殺《や》ったら無期、殺られたらお浄土。ズドンと音させたら、人生、一巻の終わりや」

「サブちゃん、だめよ、絶対だめ！　生まれてくるこの子のためにもやめて！」

佳奈が三郎の肩を揺すってから、ハッとして天涯に顔を向けた。

「刑事さんは？　刑事さんに相談したらどうでしょう。葬儀のときにいらしていた刑事さん」

「助けてくれるかもしらん。けど、死ぬまで組に命を狙われるで。河村はボケかもしらんが、敷島一家が黙っとらんやろ。それが極道いうもんや」

佳奈が黙った。

（どうするべきか）

天涯も結論を出しあぐね、

「泊まっていけや」と告げた。

深夜、三郎が寝床で目を開けた。

佳奈の寝息を確認してから、そっと身体を起こすと、部屋の隅に脱ぎ捨ててあるズボンに手を伸ばした。ポケットの拳銃を確認する。下着姿のまま、ズボンとポロシャツを手に持って廊下に出た。庫裡の玄関は建付けが悪く、開けると音がするので本堂を抜けていくつもりだった。

痛みに顔をしかめながら渡り廊下で衣服を身につけた。

足音を忍ばせて本堂に入る。

線香の匂いがした。

暗闇に座して合掌する天涯の顔の横でローソクの火が揺らいでいた。

天涯が阿弥陀如来像に手を合わせたまま、独り言のようにつぶやく。

「人生の、思いどおりにならざるを悩むは、陽が昇るを西に求むるがごとし。水は方円の器に随《したが》い、人は縁に随う――。迷うたら、じっとしておったらええ。無理に結論を出さずとも納まるところに納まりよる」

三郎がうなずいた。黙礼すると、再び足音を忍ばせて庫裡に引き返して行った。

（十一）

翌日、午後の渋谷の空は青く晴れわたっていた。

遠目に入道雲が聳《そび》えて見える。気象庁が明日にでも梅雨明け宣言を出すのではないかと、朝の天気予報が伝えていた。予想より四日、例年より一週間も早いということだった。

天涯は、誠実屋の野呂山社長に頼んでパソコンからプリントアウトしてもらった地図に目を落としながら、ハチ公前を通って道玄坂を上がっていく。パソコンに組織名を打ち込むだけでヤクザ関係のサイトがあらわれ、事務所の所在地はもちろん、建物の外観までカラーでわかる。

立ち止まって額の汗を拭う。頭を丸めているため、汗がそのまま顔を伝って流れ落ちてくる。紺の作務衣は汗を吸って首のあたりが黒い染みになっていた。

道玄坂のなかほど、コンビニのところを右に折れてしばらく行くと、四階建てのこぢんまりとした焦げ茶色のビルが見えてきた。かつてヤクザ事務所は正面に仰々しく組織名と代紋を掲げていたものだが、反社会的勢力と呼ばれるようになってそうした誇示は影をひそめ、外観から見分けがつかなくなった。それでも、出入りする男たちの風貌や雰囲気、そして表に停まっている何台もの高級車を見れば、その筋の事務所だとわかる。

ビルの前にアルファードやレクサス、ベンツが停まっている。ナンバープレートの数字がすべて同じになっていた。加納の葬儀のときに乗りつけたクルマだった。

天涯がビルの入口に立つ。午後一時過ぎ。監視カメラが頭上から何台も見下ろしていた。

カメラ付きのインターフォンを押す。

——誰だ。

「任俠寺の天涯いうもんや。若頭《かしら》、おるか？」

高飛車な言い方に組員の声が改まる。

——もう一度、お願いします。

「城西市の坊主や。任俠寺ゆうたらわかる」

——少々お待ち下さい。
二、三分ほど待たされてから解錠の音がし、組員たちが急ぎ足で出てきた。葬儀のとき岸谷のそばについていた若い組員の顔があった。短髪を七三に分け、ダークグレーのスーツを着ている。岸谷の秘書役だろう。軽く頭を下げ、「どうぞ」と言った。

エレベーターで三階に案内された。ソファに腰を沈めた岸谷が立ち上がって迎えた。ライトブルーのサマースーツに濃紺のネクタイを締めている。葬儀のときもそうだったが、垢《あか》抜けしていて、これが売り出し中の近代ヤクザなのだろうと天涯は思った。

組員三人が冷たい飲み物とケーキ、「敷島一家」と染め抜かれたおしぼりを運んできてテーブルに置く。退室するのを待って、天涯が本題に入った。

「ホトケの若い衆だった片山三郎がおるやろ。カタギになりたい言うたらヤキを入れられた。何とかしたって欲しいんや」

「河村と話してくれ」

「話いうんは、話してわかる相手とするもんや。犬や猫と話すバカはおらんやろ」

「手厳しいな」

「カタギになりたい言うとる者《もん》にヤキ入れしたら傷害罪や。いまどき、そんなアホなことする組はないやろ」

使用者責任が厳しく問われるいま、離脱者に手を出せば組長にまで累が及びかねない。足を洗いたい者は放っておく。そういう時代だった。「離脱を認めないなら警察に被害届を出すぞ」——天涯は言外にそう言っているのだ。

「好きにしてくれ」

「よっしゃ、好きにしてええねんやな。三郎は河村からカチコミをかけるよう命令されたとるんやで。警察《サツ》が知ったら大喜びやろ」

「坊主がヤクザを脅すのか?」

「取り引きや」

岸谷が思案顔になった。ヤキ入れ程度なら所轄の事件で済むだろうが、抗争に絡んで銃器の使用となれば本庁が動き、敷島一家にも捜査が入る危険がある。若頭として、それは絶対に避けなければならないことだった。

「わかった。河村には俺から言っておく」

あっさり引いた。本部事務所に単身乗り込んできた坊主だ。脅して何とかなる人間ではない。事を荒立てて益はまったくなかった。

「ところで、なんであの若造をそこまで庇《かば》うんだ」

岸谷がきいた。

「窮鳥《きゅうちょう》もフトコロになんとやら。極道もフトコロに飛び込んできよったら、坊主もこれを捨て置かずや」

「それで任侠寺とはできすぎだな。あんた、何者だ」

「ただの坊主や」

「昔、どこかで……、顔を合わせていないか?」

「坊主はみんな似たような顔しとる」

天涯が立ち上がった。

翌日、天竜組副組長の江崎が三郎のスマホに電話をかけてきて、河村組長が離脱を正式に認めたと告げた。組長がなぜ突然の心変わりをしたのか三郎は訝《いぶか》ったが、拳銃を事務所に届け、半信半疑のまま半月が過ぎた。

三郎の気持ちが落ち着いてくるのを見計らうように、天涯の口添えで、野呂山社長が城西造園という会社を紹介してくれた。少年院を退院後、十七歳で天竜組の準構成員として社会に出た三郎は、働くということを知らない。植樹から草取りまで仕事はきつかったが、爪を泥で黒くして働いた。そして初めての給料が振り込まれた日の夜、佳奈の提案で、天涯と野呂山を招いて『たつみ』で一席設けた。

天涯、野呂山、そして女将の美代加がみんなして乾杯をしてくれた。仕事先から駆けつけた三郎は汚れた作業服のままで、顔は真夏の直射日光を浴びて赤銅色になっている。

「サブちゃん、今度、入口の植木を手入れしてちょうだいな」

美代加が言うと、

「高いよ」

おどけた口調で言った。

手取りで二十万円ほどだが、給料として毎月決まって入ることに三郎は心底、安堵《あんど》していた。ヤクザ時代は、その日のエサを求めてうろつきまわっていた。不良少年を恐喝し、カタギにインネンをつけ、多少ともヤクザらしくなってからは小口の債権取り立てをやったりした。幸いにも加納の兄貴が面倒を見てくれたので、佳奈をフーゾク店で働かせなくても何とか糊口《ここう》をしのぐことができた。そのことを思えば、いまの生活は経済的には苦しくても別天地のようだった。あと二ヶ月で子供が生まれてくる。天涯住職のおかげでいまの幸せがある。照れ臭くて口には出せないが、胸の裡で何度も感謝するのだった。

十時前、天涯にうながされて三郎と佳奈が席を立った。二人を見送ってから、明日は葬儀だと言って野呂山が帰って行った。

二人になったので、美代加がカウンターから出てきて天涯の隣に腰をおろした。

「サブちゃん、よかったわね」

身体を寄せるようにして銚子を傾け、

「勘当されたって言いながら、一端の親方になったら実家に挨拶に行くんだなんて、あれでサブちゃんは親孝行のようね」

「せやな」

「何よ、その言い方。気になることでもあるのかしら?」

「あると言えばある、ないと言えばない」

「いつもそうやってはぐらかすのね。お客さんは自分の身の上話を聞いてもらいたがるものだけど、住職はその反対。何を聞いてもはぐらかすんだから」

「さあて、女将も酔うたみたいやから帰るかのう」

立ち上がったところへ、恵方大僧正が黒ずくめの和装であらわれた。時間帯が違うのか、お互い、顔を合わすのは二度目だった。恵方が天涯を見て驚き、その場に固まった。

「わしの顔になんぞついとるのか？」

「い、いいえ、そういうわけじゃ……」

「女将の手相を観にきよったんか？」

「ち、違います」

「今日はもう看板や、帰《い》ねや」

「は、はい」

後じさって外に出て行くと、引き戸を閉めた。

「大僧正、わしを見てなにをビクついとんのやろ。おかしなやっちゃ」

「さあ」

美代加が肩をすくめた。

（十二）

残暑の季節が終わったころから三郎が深酒をして帰宅するようになった。臨月に入り、いつ産気づいてもおかしくない。頭を下げて、横浜の実家に帰ればいいことはわかっている。しかし佳奈は、三郎をひとり置いて産みに帰ることなど心配で、とてもできることではなかった。

この夜も十時をまわっても帰ってこない。佳奈のスマホが鳴った。ディスプレーに名前の表示がない。電話番号にも心当たりがなかった。下《しも》四ケタが「〇一一〇」になっている。

胸騒ぎがした。

「もしもし」

震える声で佳奈が応答した。

――城西署組対課です。

硬い声が告げた。

天涯は仏間にいた。

短いお経を称えると、小さな額に納まった仏壇の中の二つの写真を、無言でじっと見つめていた。スマホが鳴った。手に取って名前を確認すると佳奈からだった。壁の時計を見る。すでに十時をまわっている。夜の電話はたいてい凶報だった。

「天涯や」

――サブちゃんが警察に！

佳奈が叫んだ。

作務衣を着た天涯が城西署の組対課に入っていく。閑散とした部屋に、モスグリーンのマタニティウェアを着た佳奈が、大きなお腹を抱えるようにして座っていた。目に涙が溜まっている。向かい合うようにして宇崎刑事が座り、その横に早見刑事が立っていた。

宇崎が天涯に言った。

「傷害容疑だ。駅前の居酒屋で半グレの連中と殴り合いのケンカになった。一一〇番通報があって、両方引っ張ってきたんだが、元ヤクザということで組対にまわってきたんだ」

「三郎に会いたいんやが、何とかならへんか」

宇崎に頼むと、早見がムッとした顔で、

「接見できるのは弁護士で、坊さんじゃない！」

声を荒らげたが、

「いいから連れてきてやれ」

と宇崎が言った。

三郎が留置担当官に連行されてきた。両手錠に、腰ヒモが付いている。天涯を見て驚いたようだが、宇崎にうながされて椅子に座ると、ふて腐れた顔でそっぽを向いた。

「何があったんや」

天涯が顔をのぞき込んだが、三郎が押し黙っているので、

「半グレの連中の態度が気にくわなかったんだよな、片山」

宇崎が助け船を出すように言った。三郎と半グレのひとりが店内で肩が触れたのが発端で、三郎が怒鳴りつけたところが、

「てめぇ、いつまで現役のつもりなんだ」

半グレたちが居直り、これにカッとして殴りかかったということだった。

「ナメられて頭にきたわけやな」

天涯が言った。

「ああ、そうだ」

三郎が挑むような目で、

「これまで〝米つきバッタ〟やってたくせに、俺がカタギになったとたん生意気な口ききやがる。あのガキだけじゃねぇ。どいつもこいつもみんなそうだ。ふざけたマネしたらど

うなるか教えてやったんだ」

「アホんだら！」

いきなり頰を張った。

「おのれは極道を捨てたんやないのんか！　極道を捨てるいうんは肩で風切ることを捨てることやで！　半グレにナメられて当たり前やろ」

三郎が頰を押さえ、啞然として天涯を見ている。

「ええか、これまでみんなはおまえに頭下げとったんとちゃうんやで。極道というもんを恐れとるだけや。虎の威《い》を脱いでみい。石投げられるのは当たり前やろ」

三郎の目が悔しさに充血しているのを見て、天涯が諭《さと》すようにつづける。

「浄土真宗を開いた親鸞《しんらん》さんの親分が、浄土宗の法然《ほうねん》さんやけど、その法然さんが天台宗の比叡山《ひえいざん》を下りて念仏に帰依すると決心したとき、こないなことゆうとる。『選択《せんじやく》とは、すなわちこれ取捨《しゆしや》の義なり』――。ひとつを選ぶということは、選ばへんかったほうを捨てるということや。カタギになるいうことは、極道であることをキッパリ捨て去ることなんや。一つを得れば一つを捨てる。人生は相応の対価を払わなあかんことになっとる」

「俺はガマンできねぇ！　ナメられて黙ってたんじゃ、男じゃねぇ！」

「まだわからんか！」

今度は拳《こぶし》で殴りつけ、踵《かかと》で踏みつけるようにして蹴り込んだ。椅子ごと床にひっくり返る。佳奈が三郎を背にして庇った。

「やめてください！　サブちゃんは悪くない、サブちゃんの気持ちは私にはよくわかるんです」

宇崎刑事が、肩で荒い息をしている天涯に言った。

「カタギになるってのは難しいもんだな。あんたが身体を懸けて岸谷の若頭《かしら》に談判したことは、河村組長から聞いてるよ。だから片山は足を洗えたんだってな。だけど結局、このざまだ」

三郎がハッと目を見開いた。

事件から十日が経った。三郎から何の音沙汰もなかった。半グレのひとりが顔を殴られて腫れ上がっていたが、双方が納得しているので、二日後には三郎を釈放したと宇崎刑事から連絡をもらっていた。

（三郎と自分との関わりは何だったのか）

と天涯は自問した。

雨のあの夜、三郎は拳銃を持って駆け込んできた。すべてはあそこから始まった。「極道もフトコロに飛び込んできよったら、坊主もこれを捨て置かずや」——敷島一家本部事務所で岸谷にそう言ったが、あれは本心だった。カタギにすることで三郎を助けたと、天涯は思っていた。

だが、本当に助けたのだろうか？

逮捕された夜、城西署で宇崎刑事が三郎のことを引き合いにして、こう言った。

「あのコの気持ち、わからないでもない。私らマル暴だって、中途退職して民間企業に再就職したら、それまで〝旦那、旦那〟と言ってペコペコしていたヤクザ連中が横柄な態度をとるようになる。それが悔しくてたまらないって、みんな口をそろえるよ。世の中って、そんなもんじゃないのかな」

そうだろうと天涯は思った。選び取るだけではだめなのだ。「捨て去る」という毅然とした意識を持って初めて、新しい人生を迷いなく歩いて行ける。捨て去ることができなければ、〝昔の名前〟は錘《おもり》となって足を引っぱることになる。

（わしは、そのことを三郎に伝え切れていなかったのではないか）

天涯は自問した。

事件からちょうど二週間になろうとしていた。昼前、三郎と佳奈が突然連れ立って任侠寺にやってきた。

佳奈が赤ん坊を抱いている。

三郎が頭をさげて言った。

「ご連絡をしなくてすみません。自分が釈放《パイ》になった日に佳奈が産気づきまして」

入院させてから生まれるまで、そして生まれてからもずっと付き添っていたのだと、少しはにかんで言ってから、

「住職が若頭《かしら》に掛け合ってくれたことも知らないで、メンツだなんだと勝手なことを言って、恥ずかしくて恥ずかしくて……。あの夜は留置場で一睡もできませんでした。職場にもどれるか、城西造園に頭を下げて頼んでみます」

天涯がうなずいて、

「極道がカタギになるゆうのは楽やないで」

と言った。

「覚悟しています」

「ええか、苦労や悩みは乗り越えるもんやのうて、受け入れるもんやで。受け入れて、肩を組んで二人三脚で歩いて行くもんや」

「二人三脚……ですか？」

「せや、二人三脚や。歩調を合わせて走っていくんや。でけるか？」

「やってみます」

「サブちゃんなら大丈夫です」

佳奈が言ったとき、赤ん坊が大きな声で泣き始めた。

「おっ、元気な子やな。男か女か、どっちやねん」

「男です！」

三郎と佳奈の弾む声が重なった。


夕刻になって、加納の未亡人である恭子が翔太の手を引いて寺にやってきた。

「加納の遺骨を引き取りに参りました」

と言って深々と頭をさげた。

本堂に案内し、奥から白い布で包んだ骨壺を出してきて手渡した。恭子がしっかりと胸にいだく。四十九日のときに嵌《は》めていたダイヤの指輪をしていないことに、天涯は気がついていた。

「翔太を連れて郷里の静岡に帰ることにしました。加納も一緒に帰ります。年老いた両親と暮らします。人生の再出発なんて言うとお恥ずかしいんですが」

少しうつむいて言った。

「つまずいたら出直せばええ。道を誤ったと思ったら引き返せばええ。人生はいつだって再出発やで」

天涯が笑った。

「もしも」

「なんじゃ」

「サブちゃんに会うことがありましたら、恭子は加納と翔太と三人で郷里に帰り、再出発したと伝えていただけますか」

「わかった、伝えておく」

そして、三郎と佳奈のあいだに男の子が生まれたことを告げた。

第二話　娘の結婚と、ヤクザの矜持《きょうじ》

（一）

天涯がロックグラスを飲み干し、カラリと氷が鳴った。

ホステスの桃子《ももこ》がすぐさま手を伸ばすと、ボトルの底に少し残っていたウィスキーをグラスの淵まで満たして、

「社長さん、空《あ》いちゃった」

真向かいに坐る誠実屋葬儀店の野呂山社長に小首をかしげた。

「空いたんじゃなくて、空けたんだろう。一本入れてよ」

苦笑する野呂山に天涯が言う。

「社長、一本なんてケチなこと言うたらアカンで。まとめて十本入れときや」

「嬉《うれ》しい！」

「素直で可愛いのう」

露《あら》わになった深紅のミニドレスの肩を抱き寄せて、

「けど、素直な女は泣きを見るんや。気ぃつけなあかんで」

「えッ？」

桃子がキョトンとした。小顔の真ん中で、反り返った付け睫毛《まつげ》が鳥の羽ばたきのように
パチパチとせわしく動く。

「ネエちゃん、こないな言葉知っとるか。『今日ほめて　明日悪く言う人の口　泣くも笑うも嘘の世の中』――。一休《いっきゅう》禅師がそない言うとる。人はその時々で自分の都合のいいように言うもんや。真《ま》に受けとったら、そのうち泣き見るっちゅうことや。せやろ、社長」

「ええ、まあ、はい」

野呂山がオシボリで額《ひたい》の汗をぬぐう。先日の葬儀でまたしても費用を踏み倒されていた。僧侶のお布施はその場で渡されるが、葬儀費用は後精算なのだ。弔問客の人数がハッキリしないため飲食代や返礼品費が確定せず、請求書を作成するのは一週間ほど後になる。「もうちょっと待って下さい」という言葉を真に受け、ずるずると日にちが経って最後は「払えません」ということもあるのだ。

「お客さん、お坊さん？」

桃子が身体をすり寄せた。

「ようわかったな」

「そりゃ、わかるわよ。作務衣を着て、ツルツル頭で、説教みたいなこと言うんだもの。

それに――」

「なんや」

「線香の匂いがするもん」

鼻をクンクンと鳴らしてから、人差し指で天涯の胸元に〝のの字〟を書きながら、

「ねぇ、シャンパンもらっていい？」

「ああ、ええでぇ。十杯でも百杯でも好きなだけ飲んだらええ」

「あたし、真になんか受けないから」

顔を離し、口をとがらせて言った。

「エラい！　見てみい、社長。この子はもう学習しとるやないか」

「面目ありません」

「じゃ、一杯だけ。――ボーイさん、ニューボトルとシャンパン！」

桃子が手を挙げたときだった。

「いらっしゃいませ！」

マネージャーの声に天涯が鋭い一瞥《いちべつ》を投げた。

二人連れだった。ともに六十絡みか。長身の男は白髪が勝《まさ》った頭髪をオールバックにしてスクエア型の眼鏡をかけ、しゃれた濃紺のマオカラースーツを着ている。もう一人は服装《なり》に無頓着《むとんちゃく》なのか、黒い開襟シャツの上に着た茶系のダブルのスーツが小柄の痩身にだぶついていて、ごま塩頭を角刈りにしている。

目の配り方から二人とも堅気《かたぎ》ではあるまい。どこかで見たような気がしたが思い出せなかった。

クラブ『マドンナ』は城西市で知られた店で、花の木曜日とあって賑《にぎ》わっていた。マネージャーが店内を見まわしてから隣のボックス席に案内してくる。

天涯がさり気なく背を向けた。

異変はすぐに起こった。

ホステスたちが席に着き、新客二人がオシボリを使っていると、

「あちらのお客様からです」

マネージャーがボトルを手にしてやって来た。ごま塩頭の角刈りが奥のボックスをうかがう。スーツを着た四、五人の男たちが飲んでいる。ライトグレーのスーツを着た若い男が、角刈りにグラスを掲げて見せた。

「うちの阿見《あみ》じゃねぇか。野郎、三十二で若頭《かしら》かよ」

角刈りがマオカラーに言った。

「気にいらねぇのか？」

「経済ヤクザってのが、俺にはよくわからねぇだけだ」

流線型をした独特のデザインのボトルを手に取って、

「高けぇんだろうな」

「ヘネシー・リシャールでございます。最高級のコニャックで、当店では百万円でお出ししています」

「お口に合えばいいんですが」

マネージャーの声にかぶさった。阿見が笑みを浮かべ立っている。角刈りがゆっくりとアイスペールに手を伸ばして言った。

「俺は酎ハイ専門なんだ」

いきなりアイスペールの氷を床にぶち撒《ま》け、ヘネシーの栓をねじって逆さにした。ボトルから琥珀《こはく》色の液体が、トクトクトクと小気味いい音を立ててアイスペールに注がれていく。

阿見の笑みが凍りついた。

マネージャーが、ホステスが、隣席の桃子が唖然《あぜん》として角刈りの手許を見つめる。異変はたちまち店内に伝播《でんぱ》し、静まり返った。

「阿見——」

　角刈りが空になったボトルをテーブルに立てて、

「口に合わねぇからといって突っ返されたんじゃ、おめぇも面白くねぇだろ。だから空けといたぜ」

　阿見が角刈りを睨《にら》みつける。奥の席から若い衆たちがすっ飛んで来た。マオカラーがホステスの肩に手をまわしたまま、低い声で叱責する。

「店のなかでドタバタするんじゃねぇよ。ほかの客に迷惑だろう」

「ハッ」

　若い衆たちが畏《かしこ》まる。

　阿見がゆっくりと息を吐き出してから、

「お騒がせしました」

　頭を下げ、踵《きびす》を返すと、その背に角刈りが言葉を投げつけた。

「目上に奢《おご》るなんざ、十年早ぇんだ」

　一瞬、足を止めたが、阿見は振り返らなかった。

「相変わらずだな」

　マオカラーがグラスに手を伸ばした。

「いくら稼いでいるか知らねぇが、若造がこれみよがしに出過ぎた真似《まね》じゃねぇか。阿見の野郎、勘違いしてやがる」

「そうかもしれねぇが、野郎は野郎で組のために頑張ってんじゃねぇのか」

「肩を持つのか」

「なわけねぇだろ」

マオカラーが笑った。

緊迫したやり取りに桃子が気圧《けお》されて黙り込んでいる。野呂山も言葉がない。水割りに手も伸ばさないでいる。

「社長、お通夜のマネごとやっとんのか？　ここは斎場ちゃうで」

笑ったのは当の天涯だけで、

「しゃあないな。『たつみ』に寄って飲み直すか」

と言って腰を上げた。

角刈りが顔を向けた。

目が合った。

「任侠寺かい？」

「せや」

「武蔵野《むさしの》一家の飯島《いいじま》ってもんだ」

「ああ、三回忌やったな」

「世話になったな」

角刈りがマオカラーに顔を向けて、

「先代の三回忌に拝んでもらった坊さんだ」

天涯に向き直ると、

「関東致誠会《かんとうちせいかい》の檜山《ひやま》理事長だ」

と紹介した。

関東致誠会は西新宿に本部を置き、東京の西部地域に勢力を張っている。武蔵野一家は傘下の二次団体だった。檜山辰則《たつのり》は武蔵野一家出身で、飯島誠次郎《せいじろう》とは不良少年のころから苦楽をともにした。飯島は、人前では檜山のことを「理事長」と呼んでいるが、二人きりのときはお互いを呼び捨てにした。

「住職、みっともねぇとこ見せちまったな」

飯島が言った。

「極道は目ぇ剝《む》くのも仕事のうちや」

「評判どおりの坊さんだな」

「悪評も評判のうちや。寺の近くでも通ることがあったら寄ってくれ。お茶でも出すがな」

と言った。

（二）

パワースポットブームで、背に高尾山《たかお》が広がる城西市の寺社仏閣は、多くの若い女性たちがハイキングを兼ねてやってくる。密教派総本山超運寺は祈願の護摩焚《ごまた》きと除霊に加え、箸や湯飲み、ハンカチなど思いつく限りの開運グッズの販売で大繁盛。伊能恵方大僧正は真っ赤なフェラーリに乗っている。

先夜も野呂山が『たつみ』で一杯やりながら、「住職も物販したらどうですか？」と開運グッズの販売を天涯に勧めた。女将の美代加も「お参りした女の子たちも喜ぶわよ」と身を乗り出す。

「なら女将、身体も売ったらどないや？　減るもんやなし、ゼニになるで」

「ちょっと、何てこと言うの！」

「怒ったらあかん。どの世界にも、やっていいこと悪いことがあるんや」

飲みに行けばホステスの肩も抱くし尻も撫《な》でるが、天涯は浄土真宗の坊主として一線は守っているという自負だけはあった。

浄土真宗の教義をひと言で言えば、「念仏申せば、阿弥陀如来のお慈悲によって私たちはお浄土に救いとられ、等しく仏になる」というものだが、これをビジネスモデルという視点で見れば寺経営は楽ではない。祈願の護摩を焚《た》くわけでもなければ、除霊をするわけでもない。病気を治しもしないし、お守りなど物販もしない。開祖の親鸞が占いのたぐいを厳しく戒《いまし》めているからだ。

「占いや超能力は命のよりどころにはならず、そんなものに頼って現世利益を求める生き方をしていると自分を見失い、不幸な一生を送ることになるぞ」

と説くのだが、

「教義を説くだけで坊主は腹がふくれまんのか」

と親鸞さんに問うてみたい気がするのは、天涯に娑婆《しゃば》っ気が抜けていないからだろう。

仏事相談を二つほど受け、天涯は庫裡の自室でお茶を淹れてひと息ついた。今日は日曜日。高尾山は早咲の草木が芽吹き、絶好のハイキング日和《びより》だ。昼から若い娘さんたちが引きも切らず訪ねて来るだろう。そして、必ずこう問いかけてくる。

「あのう、開運グッズは置いていないんですか？」

その説明こそ教義に関わる大事な部分であると承知はしているが、次から次へとやって来るとさすがに面倒になってきて、

「ネエちゃん、何でこの寺に置いてないか、浄土真宗のことをスマホで調べたらすぐわか

りよる」

乱暴なことを口にして参拝者を唖然とさせたりもするのだ。

インターフォンが鳴った。

若い女性ハイカーだろう。

無視した。

「住職、いねぇのか？」

ガラガラと引き戸が開いて巻き舌の声がした。天涯が腰を上げて玄関に向かう。武蔵野一家の飯島が立っていた。

「邪魔だったら帰るぜ」

「ヒマや」

自室に通すと、手土産のウィスキーを差し出した。天涯が『マドンナ』で飲んでいたものと同じ銘柄だった。目つきが鋭く、顎がとがった顔はノミで削り出したようで、薄い唇に意志の強さが見てとれるが、気配りのできる男だと天涯は思った。

天涯が急須の茶葉を取り換えるのを見て、

「ひとりで住んでるのかい？」

意外そうな顔をした。大寺ではないが、カミさんか、身の回りの世話をする人間がいるものと思っていたのだろう。

「天涯っちゅう名前は、天涯孤独の天涯じゃ」

「なるほど。関西から？」

「せや」

「こちらは長いんで？」

「質問責めやな。お宅、極道やめたら刑事《デカ》にでもなる気か？」

「おっと、こいつは参った」

首筋をポンと叩いてから、

「質問ついでに申しわけねぇんだが、先代の法要のときに、先に生まれた者は何とかって話をしたよな。あれがずっと気になってるんだ。教えてもらえねぇか」

「あれは中国の道綽《どうしゃく》っちゅうエラい坊さんの言葉や。『前《さき》に生まれん者《ひと》は後《のち》を導き、後《のち》に生まれん者《ひと》は前《さき》を訪《とぶら》え』――」

筆を取って半紙に書き付けて差し出し、

「前に生まれた者は後に生きる人を導き、後の世に生きる人は先人の生きた道を問い訪ねよ、という意味や」

飯島が大きくうなずき、

「あっしゃ、事務所で若い者に煙たがられていてね。だけど好きでガミガミ言ってるんじゃない。いまどき任俠道なんて言ったら笑われるかもしれねぇけど、先代から教わったヤクザの生き方ってもんを伝えるのが自分の役目だと思っているんだ」

半紙に目を落としながら、

「これが『前に生まれん者は後を導き』じゃねぇのかい？」

天涯がうなずくのを見て、

「ところが若けぇ野郎たちは耳を貸すどころか、とんでもねぇことをしやがる」

湯飲みに手を伸ばした。


今日の昼前のことだった。

城西署組織対策課の宇崎と早見が、ギシギシと外階段を鳴らしながら事務所に入ってきた。事務所は繁華街から一本路地を入った木造二階家の上階にあり、一階が雀荘になっている。何事も質素を旨とする先代は生前、ここを動こうとしなかったので、子息で当代の早島明男《はやしまあきお》組長も、若頭の阿見省吾《しょうご》も、内緒で高級マンションに個人事務所を構えていた。

「シノギはどうだい」

宇崎刑事が笑顔で飯島に言った。

「儲かっていると言ったら喜んでくれるのか」

「相変わらずだな」

「世間話をしに来たわけじゃねぇだろ」

遠慮がないのは、つき合いが古いというだけでなく、お互いに腹の内を探ってもいるからだろう。

「お宅に秋本健治《あきもとけんじ》って組員がいるかい？　オレオレ詐欺《さぎ》の〝出し子〟を逮捕《パク》ったんだが、武蔵野一家の秋本ってのに恐喝《カツアゲ》されたと言うんだ。〝うちの縄張《シマ》だからカスリを寄こせ〟ってわけだ」

「じゃ、秋本を逮捕《パク》ればいいだろう」

「被害届を出さないんだ。武蔵野一家が相手じゃ、ヤバイと思ったんだろう」

「何しに来たんだ」

飯島の険しい顔に、早見刑事が反応する。

「武蔵野一家が嚙《か》んでるんじゃないのか！」

「何てこと抜かしゃがる！　武蔵野一家は痩せても枯れても任俠道だぜ」

「反社だ！」

「てめぇ、この若造が！」

「まああ待てよ」

宇崎が二人を制し、飯島に向き直ると、

「本庁もオレオレ詐欺については何だかんだうるさく言ってきてるんだ。面倒な事件は起こさないでくれよな。ひとつ頼んだぜ」

言い置いて帰って行った。

（宇崎は警告に来たのか、それともカマをかけに来たのか）

飯島は真意をはかりかねていた。

「健治は？」

当番の組員に訊いた。

「喫茶店にいます」

「呼べ」

当番が電話すると、ものの五分で駆け込んできた。

「叔父貴、なにか？」

「刑事《デカ》が来たぜ」

いきなり言った。

「エッ？」

「オレオレ詐欺の一件だってよ」

「じ、自分は……」

「バカ野郎！　てめぇがカスってるのは年寄りを食いものにしたカネだぜ。ヤクザのやることか！」

茶髪をわしづかみにして拳を顔面に叩き込んだ。鼻血が吹き出す。

「小指落《エンコ》とせ！」

鬼の形相で怒鳴りつけたのだった。

そんなことを思い返しながら、飯島が渋茶を啜《すす》って、

「腹が減ったからといってゴミ箱を漁るのは猫や犬のすることじゃねぇかって、このごろ思うことがあるんだ。ヤクザから矜持《きょうじ》を取ったら何が残るのか……。おっと、つまんねぇこと言っちまったぜ」

半紙を丁寧に折り畳んで胸ポケットにしまった。

「せっかくや。仏さんに手ぇ合わせていかんか？」

「いいことでもあるのか」

「あるわけないやろ。お布施をもらうんやから、ええことがあるのはお寺だけや」

「そんなこと言われると、お布施を出さなきゃならねぇじゃねぇか。あんた、坊主にしとくのはもったいねぇな。いいヤクザになるぜ」

「おまえさんも極道にしとくのはもったいないで。ええ坊主になるやろな」

天涯が笑って腰を上げると、渡り廊下を通って本堂に案内した。

壁や天井に染みこんだ線香の香りが鼻腔をくすぐる。畳を軋《きし》ませながら飯島が天涯の斜め後ろに端座して、須弥壇《しゅみだん》に安置された金色の阿弥陀如来の立像を仰ぎ見た。

（不思議な表情をしている）

と思った。慈愛の微笑《ほほえ》みを投げかけているようにも見えるし、物思いにふけっているようにも見える。半眼にした目はどこか眠たげでありながら、人々の救済のため今にも足を踏み出そうとしているかのようでもある。

「仏像は見る者の心の投影じゃ」

天涯が見透かすように言って、撥《ばち》を手に取ると大磬《だいきん》を二回打ち鳴らし、低い声で読経《どきょう》を始めた。飯島が阿弥陀如来像に視線を据えたまま耳を傾ける。何を称えているのか文言も意味もわからなかったが、ゆったりとして抑揚のないリズムの繰り返しが心地よく、気持ちが落ち着いてくるのを感じた。

十五分ほどして読経が終わった。飯島が足の痺《しび》れにちょっと顔をしかめてから、ハンカチに一万札を挟んで仏前に供えて立ち上がった。

「今度来るときはお布施は免除やで」

「ありがとよ」

笑って出て行った。

飯島の姿が山門を出るのと入れ違うようにして、ハイカーの若い娘さんたち三人が境内に入ってきた。周囲をキョロキョロとうかがってから、

「すみません！」

一人が本堂の天涯に声をかけたが、

「お守りはあらへんで！　理由はスマホで検索してみい！」

問われる前にでかい声で言い放った。

（三）

秋本健治が、氷水を張ったボウルに左手の小指を浸《つ》けている。

「どう？」

桃子が息を詰めるようにして顔をのぞき込んだ。

「三十分経ったな」

テーブルの置き時計を見やってからボウルに再び視線を落とすと、右の指で左小指を揉《も》むように触って、

「感覚がねぇ。もういいだろう」

蛍光灯の下で小指が紫色に変色している。

「どうしても詰めなければならないの？」

「何度もおんなじこと訊くんじゃねえよ」

「一生、小指なしになるのよ」

「心配ねえ、生えてくる。肉が盛り上がってくるんだ」

「あっ、そうなんだ」

「ウソに決まってるだろ」

桃子がベソをかいている。小指がなければカタギの仕事にはつけなくなってしまう。背中の刺青は裸にならなければ見えないが、指はそうはいかない。足を洗いたくなったときのことを考えると、指を落とすのだけは思いとどまって欲しかったが、ヤクザ社会はそうはいかないのだろう。

「おい、輪ゴムだ。きつく縛ってくれ」

緊張した声で小指を差し出した。さわると冷凍餃子《ぎょうざ》のような感触だった。輪ゴム二本を輪っかにして小指の根元を締めつける。紫色の小指がドス黒く変色していく。健治が分厚いマンガ雑誌の上に小指の腹を上にして置くと、残り四本の指を握りこみ、マジックペンで第一関節から少し指先寄りに印をつけて、

「ここにノミを当てるんだ。関節じゃねえぞ」

硬い声で言った。

断指は関節から落とすのが本来のやり方とされるが、関節は形状が複雑なため骨が砕けてスパッといかないことがある。だから関節より少しだけ指先寄りを落とすのだと健治は先輩から聞いていた。ヤクザ映画ではドスを指に当てて斬り落とすが、いまどきの若いヤ

クザは量販店でノミと金槌《かなづち》を買い求め、指を凍らせ、DIYの要領でやる。

「いいか、真っ直ぐだぞ、垂直に刃先を当てるんだ。斜めになったらうまく切れねぇから」

健治が何度も念を押し、目を見開いて小指を見つめている。桃子がうなずいて金槌を手に取ると、ノミの刃先を近づけた。

「痛くない？」

「ま、まだ何にもしてねぇだろ」

桃子が無言で刃先を指の腹にそっと当てがう。

「か、金槌を高く上げんじゃねぇぞ。振り下ろしたときに外れるかもしれねぇから、ちょっと上から力を入れて叩けばいい」

桃子が生唾を飲み込み、金槌を振り下ろす。ノミの尻を叩くとカツンと小さな音がした。空豆を半分ほどにちぎったような肉片が飛んだ。冷凍状態なので血はほとんど出ない。ノミの刃先が雑誌に少しめりこんでいる。

（なるほど、先輩が言うとおり、まな板より雑誌だ）

と健治が感心するのはあとのことで、このときは大慌てだった。ハンカチで小指をグルグル巻きにして、

「ク、クルマ出せ、病院だ、急げ」

うわずった声で言った。

健治が町医者で治療を受けているころ、飯島は武蔵野一家が面倒を見ている飲食店を何軒かまわってから自宅に向かっていた。急速に人口が膨張しつつある城西市だが、繁華街から駅の裏手を二十分ほど歩けば畑が広がり、農家など古い家が一帯に残っている。舗装こそされてはいるが、申しわけ程度の蛍光灯が電柱に据えつけられているだけで、畑の周囲は暗闇が広がっている。首筋に春先の冷気を感じながら、飯島はゆっくりとした足取りで、女房と二人で暮らす平屋の借家に向かって歩く。

稼業歴はすでに五十年になろうとしていた。組を持って一本立ちする機会は何度もあったし、そうしていれば運転手付の高級車にふんぞり返っていられただろうが、武蔵野一家先代・早島源吉《げんきち》から一人息子の後ろ盾として見込まれ、それに義理立てして一家に残った。

「自分のことを考えろよ」

檜山が独立したとき何度もそう言われた。檜山は武蔵野一家の上部団体である関東致誠会理事長に上り詰め、次期会長と目されている。たまに会って一杯やれば「飯島は生きるのに不器用だからな」と言って笑うが、それで上等だと思っている。器用で小利口なヤクザなど、ヤクザもどきにすぎない。「漢《おとこ》とは何か、漢はどう処するべきか」——このことを常に自分に問いかけろ、というのが先代の教えだった。

畑の向こうに我が家の明かりが見えてきた。女房の美佐子《みさこ》には苦労をかけどおしで、家一軒買ってやることもできないでいるが、これが俺の生き方であることはわかってくれているはずだった。

帰宅すると、ひと風呂浴びて寝間着に着替えた。和テーブルに胡坐《あぐら》をかいて冷たいビールを飲《や》る。毎夜のことで、今日も身体を懸けて一日を生きたと感慨に浸るひと時であった。

最初の一杯を飲み干し、グラスを置くのを待っていたかのように、

「早苗《さなえ》のことだけど」

美佐子のあらたまった口調に、飯島が眉間に皺《しわ》を寄せた。

「結婚を前提におつき合いしている人がいると言ってるんだけど」

「何者だ」

「井原《いはら》病院の息子さん」

飯島が押し黙った。

井原病院はベッド数百二十床と規模としては中堅クラスだが、都下西部地区において拠点病院の一つとなっていた。薬学部を出た早苗は大手製薬会社でＭＲ（メディカル・レプリゼンタティブ）――医薬品に関する専門知識を持った営業スタッフとして井原病院を担

当している。父親の目から見ても、母親譲りの美人で、飯島が懲役に行って社会不在の時期が少なからずあったが、明るく素直に育ってくれた。どこへ出しても恥ずかしくない娘だと思っている。だが、病院の御曹司《おんぞうし》との結婚となれば話は別だった。

飯島が手酌でビールを注ぐ。

「それで、お父さんのことを訊かれたらどうしようって早苗が心配しているんだけど」

「楽隠居していると言えばいい」

「そう言うしかないわよね」

「何だ、その言いぐさは。じゃ、病院のセガレにハッキリ言ってやれよ、親父はヤクザだって！」

グラスをテーブルに叩きつけるように置いて、

「ヤクザのどこが悪いんだ！　俺はな、人様に後ろ指をさされるような生き方だけはしてこなかった。おまえ、わかってんだろ！」

「あなたはいいでしょう！　好き勝手に生きてきて！」

美佐子が初めて見せた激しい口調だった。

「男は金じゃない、辛抱しろ、そう言われて三十年よ。私はいい。あなたと勝手に一緒になったんだから。だけど早苗はどうなの？　どうしてあなたの犠牲にならなくちゃいけないの？　ヤクザの子供に生まれたことが不幸だと言って聞かせるの！　何よ、二言目には任侠だ、男だ、メンツだって！　これ以上、家族を泣かさないでよ！」

「じゃかんし！」

テーブルをひっくり返した。

美佐子はひるまなかった。

「どうしてあの子の幸せを考えてやらないの！　それでも父親なの！　ヤクザなんか大嫌い！」

思いの丈をぶつけると、顔を覆って肩を震わせた。

（四）

天涯が『たつみ』で一杯やっている。カウンターの真ん中の席は女将の美代加と差し向かいになることから、航空会社に勤める常連客が「ファーストクラス」と呼び始めた人気席だった。いまは口開けに入った天涯が陣取るように座っている。

野呂山と知り合って最大の収穫は、この店に案内してくれたことだろうと思っている。今夜の美代加は、落ち着いた赤系の地色に桜を白抜きにあしらった紬《つむぎ》で、面長の和風の顔立ちによく似合っていた。着物の柄は季節の先取りが粋とされるが、粋を誇らず、いつものように無造作に襷《たすき》掛けして仕事着のように着こなしている。このさりげなさに美代加の気位《きぐらい》が見て取れ、天涯のお気に入りだった。

　午後七時をまわって次第に混み始めた。

「美代加、もう一本つけてくれや」

　天涯が銚子の首をつまんで軽く振った。常連の中でも名前を呼び捨てにするのは天涯だけだったが、眉をひそめる者はひとりもいない。スキンヘッド、目配り、風貌、そして広島言葉の混じった巻き舌の関西弁と、着古した紺の作務衣。アンタッチャブルな雰囲気に気圧されるのだろう。

「ちょっと、飲み過ぎじゃないの？」

「わしに惚れとんのやな」

「まさか」

「恥ずかしがらんでもええやないか。惚れとるから、わしの健康を気づこうとるんやろ」

「一升でも一斗でも飲めばいいでしょ！」

　柳眉《りゅうび》を逆立てたところへ、野呂山が入ってきた。

「おう、社長か。ここへ座れや」

　天涯が顎をしゃくったので、隣で飲んでいた商店主が慌ててビール瓶と飲みかけのグラスを持って小上がりに移動した。

「あっ、すみませんね」

野呂山がペコペコと頭を下げながら腰を下ろした。

「なんぞええことでもあったんか？　目が笑うとるやないか」

天涯が野呂山に銚子を傾けて言った。

「それが例の葬儀の踏み倒しの件なんですがね。紹介してくれた病院が三十万ほど払ってくれたんですよ」

「どこの病院なんですか？」

美代加が燗《かん》をつけた銚子を置いて言った。

「井原病院。うちはあそこに出入りしているからさ。患者さんが亡くなったら病院から連絡が来るんだ」

「太っ腹の病院やないか」

「院長の子息の修造《しゅうぞう》さんが副院長やってるんですけど、これがよくできた青年でしてね。〝申し訳ないことをした〟と言って出入り業者の私に頭を下げるんですから。二十八とまだ若いけど、たいしたもんですよ」

「儲かってるんやろ」

「介護施設にも乗り出すそうです。来春、製薬会社の女の子と結婚して正式に跡を継ぐそうですから、私は楽しみにしているんですよ」

「誠実屋も繁盛やな。けど、その井原病院たらは気ィつけなあかんで。蜜を求めて花に飛んでくるのは蝶やトンボだけやのうて、毒針持った蜂もおるさかいな」

「住職はいつも裏読みするんですね」

「ひねくれてるのよ」

美代加が銚子の首をつまんで野呂山に酌をしながら、

「どんな人生を歩んできてお坊さんになったのか知らないけど、グサリとくるようなことを平気で口にする人なのよね」

「何や美代加、四十ヅラ下げて歯が浮くようなことを言うて欲しいのんか?」

「ちょっと、三十九ですからね!」

そのときガラリと引き戸が開いて、陣羽織まで黒一色にした和装が入ってきた。天涯と同じスキンヘッドが天井の蛍光灯を跳ね返してピカピカ光っている。密教派総本山・超運寺の伊能恵方大僧正だった。天涯がいるのを見て「あッ」と声にならない声を発し、

「満席みたいだな」

そそくさと店を出ようとすると、

「こらッ、大僧正!」

天涯が背後に声を浴びせた。

「あっ、これはこれはご住職様、いらしたんですか。気がつきませんで」

キツネ顔が振り向いて愛想笑いした。

「ここは球場か？」

「ハッ？」

「球場かと問うてるんや」

「いえ、小料理屋ですが……」

「球場なら、わしがおっても気ィつかんこともあるやろ。こない狭い小料理屋でおのれはわしをシカトするのんか？」

「そ、そ、そ、そんな、考えごとをしておりまして」

「ゼニ儲けか？」

「滅相もない」

「暑いのか？」

「えッ？」

「テカテカ頭に汗かいとるやないか」

あわてて頭に手をやって、

「今日はもう春の陽気でして、ハイ」

「天気予報のネェちゃんが、テレビで花冷えや言うとったで」

恵方が返事に詰まったところでオシボリを放ってやり、

「頭を拭きながら帰《い》ねや」

と言った。

恵方が出て行ってから、

「あんまりいじめないほうがいいんじゃない」

美代加がやんわりと言った。恵方は店に来るといつも、唇を嚙《か》みきるほどの怒りを込めて天涯の悪態をついている。天涯のただならぬ雰囲気に気圧されているが、このままでは必ず足を引っ張るだろう。あえて敵をつくることはない。そう思って言ったのだが、

「何が大僧正や。あんな者、坊主の格好《なり》してカネを稼ぐ詐欺師やないか」

笑い飛ばし、歯牙《しが》にもかけなかった。

（五）

小指を落として一週間ほどたった日曜の夜、健治がマンションで魚肉ソーセージを嚙《かじ》りながら缶酎ハイを飲んでいる。飯島の叔父貴に咎《とが》められて大きな収入源を失った。ネオン街に出没するどころか、部屋代の心配をしなくてはならない。駅前の３ＬＤＫのマンションは賃料が月額十五万円。桃子がクラブ『マドンナ』で稼ぐカネの半分近くが飛ぶ。飲み屋から五万、十万のツケの取り立てを頼まれたりはするが、そんなことではとてもシノギにはならない。

（何とかしなくては）

その思いばかりがよぎり、飯島の顔を思い浮かべると縫合した小指がズキズキ痛んだ。

「おい」

テレビニュースの画面に目を据えたまま、キッチンで洗い物をしている桃子を呼んだ。

十九歳と偽って勤めているが、ノーメイクの顔は十七歳のものだった。

「おまえ、井原病院に行ったのは先週だったたっけな」

「そうよ。風邪が抜けなかったので」

「誰が診た？」

「副院長さんよ。院長さんの息子さんで、とても丁寧だったわ」

「聴診器を当てながらオッパイ触ったな」

「まさか」

「ケツを撫でただろう」

「なわけないでしょう」

「やらせろって口説いたはずだ」

「なに言ってるのよ」

桃子が噴き出し、何気なくテレビに視線を走らせて笑顔が固まった。ニュースは整体師のワイセツ事件を報じていた。

「まさか」

「よし、井原病院のスケベ医者がとんでもねぇことやりやがった。乗り込んでケジメ取ってやろうじゃねぇか」

「だめよ！」

桃子が叫んだ。

院長の井原武夫《たけお》が書類に目を通していた。経営は安定しているが、遠からず赤字に転落するのではないかという危機感を持っていた。本格的な少子高齢社会を背景に病院経営は年を追って厳しさを増し、日本全体で四割の病院が赤字に陥っているという。日本は百万人あたりの病院数がアメリカの四倍でありながら、医療従事者は逆に百病床あたり三分の一しかいない。これが診療効率の悪化を招き、経営を圧迫する一因になっていた。

こうした現状を踏まえ、井原病院は特別養護老人ホーム、ケアハウス、さらにケア付き住宅など、医療から介護、生活面までトータルで展開すべく動き始めていた。井原院長は創業者の息子で二代目。経営者としては六十二歳とまだ若かったが、一人息子で副院長の修造に跡を継がせ、若くて柔軟な発想に今後を託すつもりでいた。井原は温厚な性格で、笑うとエビス顔になることから「エビスさん」と呼ばれ、医者や看護師はもちろん、病院で働く誰からも親しまれていた。

井原が顔を上げて壁の時計を見やった。一時になろうとしていた。今日は修造と昼飯を食べながら、今後のことについて打ち合わせすることになっている。もう三十分もすればやってくるだろう。外来の受付は十一時までとなっているが、診療が終わるのはいつも一時を過ぎるのだった。

ノックの音がして、事務長の横川和夫《よこかわかずお》が当惑した顔で入ってきた。

「院長、うちで診察を受けたという患者さんがクレームをつけてきました。私が処理しようとしたんですが、〝院長を出せ〟とロビーで大きな声を出すものですから」

「どんな患者さん？」

「若い男女です。話は院長にするの一点張りなんです」

「わかった、通しなさい」

井原が眼鏡に指をやって言った。

健治が肩を揺すって事務長のあとに続き、その背後を桃子がうつむいたまま遅れがちについて行く。事務長がノックし、返事を受けて健治をうながした。

「院長とサシで話すんだ。出て行きな」

ドスをきかせて言った。事務長がオロオロと井原院長を見やり、うなずくのを待って、そそくさと退室した。

ソファを勧められ、桃子と並んで腰をおろす。

「診察のこととうかがいましたけど」

井原が穏やかに切り出した。

「てめぇのセガレが診察にかこつけて女房の身体を触ったんだ。まさか副院長がそんなことするとはな。俺も最初は信じられなかったぜ」

エビス顔がこわばった。

「くわしくお聞かせ願えますか？」

「いま言ったじゃねぇか。てめぇのセガレが診察にかこつけて女房の身体を触った――これでじゅうぶんだろう。それとも何かい、オッパイをどうやって揉んだか、ケツをどうやって撫でたか女房に実演して見せろってのか？」

「いえ、そういうわけじゃ……」

「てめぇ、この野郎！　女房に恥かかせて嬉しいのか！　なんだ、その顔は。気に入らねぇなら警察でも何でも呼びやがれ！　懲役なんか屁《へ》でもねぇんだ！」

ここで武蔵野一家を名乗れば院長は震え上がるだろうが、恐喝で引っ張られてしまう。代紋《カンバン》を出さずしていかにヤクザだと悟らせるか。金ムクのロレックスにハデな服装《なり》は当然として、今日は左小指の包帯を取って来た。欠損した小指と、堅気が使わないような言いまわしでヤクザだとわかるはずだった。

井原は口元を震わせた。修造にそんなことは絶対にあり得ず、恐喝事件として警察に通報すべきだと思うが、メディアに報じられれば世間は好奇の目で自分たちを見るに違いない。井原病院はこれからが大事なときだった。だが、非を認めるわけにはいかない。

井原の逡巡を見て取った健治が表情を崩し、猫なで声で語りかける。

「院長さんよ、お宅の評判は聞いてるよ。患者第一の親切な病院だってな。だから俺だって事を荒立てたくねぇんだ。ただ、女房が泣くからよ。男を張って生きている以上、このまま黙ってるわけにゃいかねぇ。わかるだろ？　話によっちゃ、お互いの誤解ということで手打ちにしてもいいんだぜ」

井原の気持ちが動いた、そのときだった。

ドアが勢いよく開いて白衣が飛び込んできた。

「修造！」

「横川から聞きました」

早口で言って、桃子を見やる。

「キミ、私がいつワイセツな行為をした？」

厳しい口調で問いかけた。頭髪が強《こわ》いのだろう、七三に分けた前髪が額に垂れた。エビス顔の父親とは対照的に、長身で彫りの深い顔立ちをしていた。桃子は無言で足もとに視線を落としている。

修造がうなずいた。

「出て行け！」

健治を怒鳴りつけた。

「なんだと！」

「警察を呼ぶぞ！」

「上等じゃねぇか！　いますぐ呼んでみろ！」

「よし！」

白衣のポケットからスマホを取り出した。

「ま、待ちなよ」

健治が狼狽《ろうばい》する。

「わかったよ」

舌打ちをして、

「てめぇ、あとで泣くんじゃねぇぞ」

捨て台詞《ぜりふ》を吐くと、肩を揺すってドアに向かった。桃子が急いで立ち上がる。修造にペコンと頭を下げ、健治のあとを小走りに追った。

「大丈夫かな」

ドアが閉まってから、井原が顔をこわばらせて言う。

「いざとなれば警察に行けばいいんです」

「ニュースになるぞ」

「かまいません。そんなことで揺らぐ井原病院じゃないはずです」

修造が笑った。


その夜、修造は早苗と食事を共にし、昼間の一件を話してきかせた。

「ヤクザかもしれない」

という言葉に早苗が笑顔をこわばらせた。

「あっ、ごめん。怖がらせるつもりで言ったんじゃないんだ」

修造があわてて謝った。

交際を始めて間もないころ、早苗は父親の職業をきかれて咄嗟《とっさ》に大工の棟梁をやっていたと答えた。父親は中学を出て大工の仕事に就いたが、十代の終わりに傷害事件を起こし、それからヤクザの道に入ったのだと母親の美佐子から聞いたことがあったからだ。

修造が早苗のご両親に挨拶したいと言っている。これ以上、引き延ばすのは不自然だった。いっそのこと、本当のことを言って楽になりたいとも思う。修造なら笑ってすませてくれるかもしれないし、院長も理解してくれるのではないかという淡い期待もある。だが修造の母親は絶対に許してはくれまい。母親は家柄にふさわしいお嬢さんと一緒にさせたがっていた。大手製薬会社のＭＲとはいえ、自分は出入り業者に過ぎない。ましてヤクザの娘と知ったら……。

（六）

本堂の濡れ縁に腰をおろした天涯が、ほんのりと色づいた桜の蕾《つぼみ》に目を細めながら、湯飲みをゆっくりと口に運んでいる。あと一週間もすれば開花するだろう。境内の脇の竹藪《たけやぶ》でウグイスの甲高《かんだか》い鳴き声がする。長閑《のどか》な午前の日差しがふりそそいでいた。

軽快なエンジン音がして、白い軽トラックが狭い山門を器用に抜けて入ってきた。車体に誠実屋葬儀店とペイントしてある。境内の隅に停まると、濃紺の制服に同色のネクタイを締めた野呂山社長が運転席から降りてきた。

「ご住職、桜に渋茶とは風情がありますね」

「アホ、桜には冷や酒じゃ」

「えッ？」

「何や、その顔は。『花は半開を看《み》、酒は微酔《びすい》に飲む、此の中に大いに佳趣《かしゅ》あり』——。四季の移ろいを肴《さかな》に一献傾ける。これぞ人生の至福じゃ。社長、『マドンナ』で鼻の下伸ばしとったらあかんで」

「たまにしか行きませんよ」

「その口ぶりやと儲かっとるみたいやな。大僧正から葬儀をもろとんのか？」

「いえ、そんなには」

語尾を濁《にご》した。天涯はたまに『たつみ』で恵方と顔を合わせると、毒舌で小突きまわす。恵方と仕事をしているとなればいい気はしまい。野呂山は恵方の話を打ち切ろうとするのだが、天涯は頓着しない。

「恵方は坊主としては贋物《まがいもの》じゃが、商売には長《た》けておる。ゴマすって、機嫌とって、どんどん仕事をもろて稼いだらええ。人間、食い詰めたらあかん。ひもじゅうなったら他人のものでも盗って喰らいよる」

変わった坊さんだと、野呂山は改めて思う。歯に衣着せず人間の本質をズバリと言ってのける坊主は天涯しか知らない。六十半ばで、ひとり暮らしで、素性が知れず、突如としてリニューアルした寺の住職として現れたかと思うと、葬儀業界で、飲み屋で、存在感を示している。口が悪く、下卑《げび》た冗談ばかり言っているが、人物評価にうるさい『たつみ』の美代加が一目置いているところを見ると、やはりひとかどの人物なのだろう。

「食い詰める」という言葉で、野呂山は井原病院のことが脳裡をよぎった。天涯に訊けば、副院長の修造に何かアドバイスできることがあるかもしれない。

「二、三日前のことですがね、ヤクザが若い女をつれて井原病院に乗り込んできたそうです。診察と称してワイセツな行為をしたとかしないとかで」

修造から聞いた顚末《てんまつ》を話し、

「追い返したそうですが、何かやってきますかね」

と訊いた。

「自分のこと考えたらええやないか。病院の出入り業者になろうと思うたら、一度や二度断られたかて、手を変え品を変えて何度も行くやろ」

「いっしょにしないでくださいよ」

「そら、考え違いやで。牛が草を食うんはOKで、オオカミがウサギを食うのはあかんのか？　生きとし生けるもの、それぞれの立場でメシを食うとる。医者は命を救うてメシを食うとるし、葬儀社と坊さんは人が死ぬことでメシを食うとる。極道も営業マンもいっしょやろ」

「ワイセツをでっちあげて恐喝しようとしたんですよ。犯罪じゃないですか」

「極道が恐喝するのは当たり前やろ」

「そりゃ、そうですが……」

野呂山は返す言葉が見つからず、

「で、明後日のご葬儀ですが」

と本題に入った。

天涯と野呂山が任俠寺で葬儀の打ち合わせをしているころ、秋山健治は西新宿に本部を置く大日本愛国烈士塾《だいにっぽんあいこくれつしじゅく》の権田勝己《ごんだかつみ》を訪ねていた。権田は中学の二級先輩で、健治と同じく武蔵野一家の盃を受けていたが、阿見若頭の命令で関東致誠会系の烈士塾に移籍していた。烈士塾は、致誠会・檜山辰則理事長の発案で創設された。ヤクザは暴対法と暴排条例によって著しく行動が制限されている。これからの時代、同法・同条例の対象外である別働隊を持つべきだというのがその理由だった。

二人は塾本部のそばにある喫茶店に入った。「副院長が俺の女にワイセツ行為をした」

――この一点を強調して経緯を説明した。

「それでおまえ、追い返されたってか？　だらしねぇな」

「代紋《カンバン》出したらパクられちまいますよ」

「で、どうして欲しいんだ？」

「軍艦マーチを派手に鳴らして街宣かけてください」

「病院や学校のそばは法律で街宣かけられねぇんだ」

「病院のまわりを二、三周してくれるだけでいいんです」

「だけど、おまえ、副院長のワイセツ事件となりゃ、でけぇ案件になるぜ。阿見の若頭《かしら》は知ってんのか？」

一文字になった細い目で健治の顔を探るように見た。

「自分のシノギです。金が取れたら若頭《かしら》に報告しますし、先輩にも恥をかかないだけのお礼はさせてもらいます」

権田がつかのま思案して、

「わかった、いいだろう。おまえの頼みだ。俺も個人的に動いてやるよ」

個人的という言葉にアクセントを置いて言った。これが本当の話なら健治ひとりの手に負える案件ではないし、街宣車で二、三周してくれるだけでいいなどと生温《なまぬる》いことは言うまい。ままごと遊びで終わるなら小遣いにでもすればいいと権田は思った。

（七）

JR新宿駅から靖国《やすくに》通りを渡り、歌舞伎町《かぶきちょう》を抜けた裏手の一角に関東致誠会の本部ビルがある。居酒屋やレストランなどが雑然と密集し、ところどころに大小のコインパーキングが〝虫喰い〟のように点在している。本部ビルは細長い五階建てで、郵便受けに致誠会ビルと書かれた銅製の小さなプレートがあるだけで、ここがヤクザ事務所とわかる人間はいないだろう。

和服姿の飯島が近づくと、ビルの入口に待機していたスーツ姿の若い衆たちが畏まって挨拶した。

しつけが行き届いている。

（檜山らしい）

と飯島は思った。

エレベーターで最上階の五階へ案内された。

檜山が立って迎えた。

「よく来てくれたな」

飯島の着物に目をやって、

「先代の形見《かたみ》だな」

「虫干しだ」

飯島が笑って、

「先夜は足を運ばせて悪かったな」

「たまには城西市で飲むのも悪くねぇ。肩揺すって歩いていたガキの時分を思い出したぜ」

「みっともねぇとこ見せちまった」

「阿見かい？　次の朝、詫びを入れにすっ飛んで来たぜ。出過ぎた真似をしましたってな」

「俺には一言もねぇけどな」

「煙たいんだよ」

「ガキと一緒じゃねぇか」

若い衆が数人がかりでおしぼりや水、コーヒー、ケーキ、ナプキンなどをお盆に載せて運んでくると、膝をついてテーブルに並べ、最敬礼して辞した。

十五分ほど雑談して、飯島が腰を上げた。

「なんだ、もう帰るのか？　昼メシでもどうだ？」

「またにしよう」

「俺に用があったんじゃねぇのか？」

「いや、電話で言っただろう。ちょいと新宿まで野暮用があったから寄ったんだ」

「そうか」

「じゃ」

若い衆たちに見送られ、飯島は致誠会本部を後にした。

雪駄の踵《かかと》が地面を擦ってチャラチャラと小気味いい音を立て、それに合わせて着物の裾《すそ》が小さく翻《ひるがえ》る。飯島が険しい顔で前方に視線を据えたまま歩いて行く。潮が引くように行く手の雑踏が割れる。

（言い出せなかった）

飯島が心の裡でつぶやく。「娘が結婚するんで、金をまわしてくれねぇか」──そう言うだけでよかった。檜山は早苗が幼いころ、オモチャを手土産によくアパートに遊びに来ていた。二つ返事でまとまった金を用意してくれるはずだ。ついでに堅気の会社の顧問という肩書きも、顔の広い檜山に頼めばどうにでもなるだろう。

だが、檜山に金を用立ててもらうことは、貧乏覚悟の渡世を張ってきた生き方と矛盾する。「武士は食わねど高楊枝《たかようじ》」と嘯《うそぶ》きながら、いざ家族がひもじくなったら頭を下げて食べ物をねだるのと同じではないか。女房の美佐子は結婚費用の分担金を心配している。早苗は、貯金しているから大丈夫と言って電話で笑っていたそうだが、それがかえって不憫《ふびん》で、親として何とかしてやりたい──美佐子は飯島にそう訴えるのだった。

居酒屋が営業していた。

（一杯やって行くか）

足を止めて、ふと天涯の顔が浮かんだ。

──おまえさんも極道にしとくのはもったいないで。ええ坊主になるやろな。

ヤクザ相手に軽口を叩く変わった坊さんだった。

居酒屋の縄暖簾《なわのれん》に首を突っ込んだ。

「兄ちゃん、そこの『久保田』の萬壽《まんじゆ》を一本くれや」

「これは売り物じゃ……」

店員が言いかけて飯島を見るや、

「はい！」

あわてて一升瓶に手を伸ばした。

飯島は万札三枚をレジの脇に放ると、新宿駅に向けて歩き出した。


任俠寺の境内の一角が畑になっている。十坪ほどの広さで、野呂山社長が耕耘機《こううん》で耕して畑にしたものだった。城西市はベッドタウンとして急速に発展した街だが、もともと一帯は畑とあって土地はよく肥えていた。そばに白い軽トラックが停まっている。

「住職、精が出るな」

一升瓶を手にした飯島が笑いかけた。

「精が出るのは社長や」

布張りの折りたたみ椅子に腰掛け、海水浴場で使用するようなカラフルなパラソルの下で天涯が笑顔を返す。野呂山が麦わら帽子を取って飯島に会釈した。

「住職にこんな趣味があったとは知らなかったぜ」

「好きでやっとんのちゃうで、なあ社長」

「え、まあ、はい」

野呂山が気弱な笑顔を見せた。

ものぐさな天涯が家庭菜園など元より趣味ではない。先夜、一杯機嫌の野呂山が『たつみ』で「手づくり野菜」を提案したのだ。

「女将さん、任侠寺の境内に『たつみ農園』ってのをつくったらいいんじゃない？　お寺と野菜。雰囲気、ぴったりじゃないの」

余計なことを言ってその気にさせ、美代加にせがまれた天涯はノーと言えなくなったのである。

「社長、おのれが言い出しっぺやで」

その夜、店を出てからクギを刺し、野呂山は仕事の合間を見ては、せっせと野菜作りに汗を流しに来ているというわけだ。

「これからどこぞ行くのんか？」

着物に目をやって言った。

「いや、時間があれば一杯どうかと思ってな」

一升瓶を掲げて見せた。

「ええな」

ニッコリ笑って、

「ほな社長、あとは頼むで」

どっこいしょ、と声を出して腰を上げた。

飯島を庫裡に通すと、乾き物をつまみに、冷やを手酌で飲《や》りはじめた。左手に湯飲みを持ち、一升瓶の首を握って注ぐ。差し向かいで飲むのはもちろん初めてだったが、勧めもしないし、勧められもしない。天涯も飯島もこういう飲み方が好きなのだろう。同世代の二人は性格が真反対のようでいて、お互いの中に自分を見ているのかもしれない。

「で、なんぞ話があって来たのとちゃうんか？」

三杯目を手酌して、天涯が言った。

「さっき、檜山にもおんなじことを言われたぜ」

「檜山？」

「関東致誠会の……」

「ああ、『マドンナ』で会った理事長さんか」

「ヤクザが顔色を読まれたんじゃ、しょうがねぇな」

「顔色やないで。男がふらりとやって来るときは、たいていワケありや」

「なるほど」

苦笑すると一升瓶に手を伸ばして、

「ぼやきに来たんだ」

「さよか。坊主は〝ゴミ箱〟や。愚痴、ぼやき、怒り、人の悪口……、みんな好き勝手に捨てていきよる」

「楽じゃねぇな」

「心配せんでも、人の話は右から左や」

「安心したぜ」

コップを口元に運んでから、

「娘が結婚するとかしねぇとか言ってやがる。誰とくっつこうとかまやしねぇんだが、病院の跡取り息子なんだ」

飯島の苦い顔を見て、

「良家の息子《ぼん》と極道の娘。その反対もあるな。悲恋物語は昔からなんぼでも本や映画になっとるで」

笑ってから、野呂山が先夜、『たつみ』で話したことを思い出した。

「どこの病院やねん」

「井原病院って言うんだ」

「娘さんは？」

「製薬会社でＭＲとかいう仕事をやっている。どうかしたかい？」

「いや」

コップを口に運んだ。

野呂山は確かこう言ったはずだ。

——ヤクザが若い女をつれて井原病院に乗り込んできたそうです。診察と称してワイセツ行為したとかしないとかで。

しかし飯島はそのことには一言も触れなかった。父親が現役のヤクザであることがわかったら破談になると、しきりに気にしている。自分はヤクザとして生きてきたことに誇りを持っていること、娘のことを考えてやってくれとカミさんが毎晩泣いていること、いっそのこと足を洗おうかと思ったりすること、だが足を洗ってもいずれバレるかもしれないこと、結婚費用のこと……。「八方塞《ふさ》がり」という言葉を何度も口にしたかと思えば、一転、ヤクザの娘が気に入らなければ結婚なんかしなきゃいいと、酔いがまわるにつれて語気を荒くするのだった。

二時間ほどして、

「勝手なこと言って悪かったな。忘れてくれ」

立ち上がった拍子によろけた。

「大丈夫だ、足がちょいと痺れただけだ」

「朝でも昼でもかまへんから、お参りにきたらどや。仏さんに手ぇ合わせたら、気持ちも落ち着くがな」

「ありがとよ」

と言って、ふらつきながら帰っていった。

見送りながら、天涯は昔の自分を飯島に重ねてしまう。父親の苦悩に堅気も極道もないことは誰より知っているつもりだった。

野呂山は、ヤクザが女を連れて井原病院に乗り込んできたのは二、三日前だと言っていた。飯島が知っていれば黙っているはずがない。耳にはまだ入っていないのだろう。

（厄介なことになるかもしれない）

と思った。


天涯が飯島を見送っていたころ、井原病院の院長室で、井原を前に修造と早苗の三人が、来年着工予定の特別養護老人ホームについて打ち合わせをしていた。医薬品販売を通じて医療行政に明るい早苗は井原にとっても心強く、企画の段階から参画していた。

一段落して、早苗が立ち上がった。コーヒーを頼もうと、机の上のインターコムを押そうとしたときだった。

「院長！　街宣車です！」

事務長の横川が駆け込んできた。

（八）

アップテンポのリズムに乗って軍艦マーチの歌が流れる。修造に続いて二人が窓に走る。黒い車体の後部に二本の日の丸を斜めに掲げ、艤装を施したハイエースがゆっくりと病院の塀づたいに周回している。ボディに白いペイントで『大日本愛国烈士塾』とある。

内線電話が鳴った。

井原院長がビクッとして机上の受話器を見つめる。修造が大股で歩み寄って受話器を取り上げた。

「修造だけど」

――院長先生に外線がかかっています。三日前に訪ねた者と言えばわかるとおっしゃっているんですが。

「つないでくれ」

カチッと音がして、「もしもし」とぞんざいな声が耳に飛び込んで来た。

「副院長の井原だ」

――ワイセツ野郎か。軍艦マーチ、気に入ってくれたかい？　今日は予告編だ。明日からはズラリと街宣車を並べて、てめぇたちに天誅《てんちゅう》を加える。もう一度、話し合いたいと言うのならそれでもいい。院長とよく相談しな。

携帯番号と「秋本」という名を告げて電話は切れた。

「昨日の若い男か？」

震える声で井原が訊いた。

「秋本と名乗っています。もう一度、話し合いたいなら電話を寄こせと」

「話し合おう」

「だめです、警察に通報します」

「バカな！　大スキャンダルになるぞ」

「私は潔白です」

「そういう問題じゃない！　評判だ、世間は好奇の目で見る。便乗して騒ぎ出す女性患者が一人でも出てきたらアウトだ。奴らならやるかもしれない。銀行が融資に難色示しでもしたら事業計画は頓挫する」

「そういう事なかれ主義が連中を増長させるんです！　奴らに一度でも弱みを見せたらとことん食らいついてくる」

「しかし……」

井原が意見を求めるように早苗に目を向けた。早苗は両手でハンカチを握りしめ、身じろぎもせず立っている。ゆっくりとうなずいて、

「修造さんのおっしゃるとおりだと思います。暴力団に弱みを見せてはいけないと思います」

かすれた声で言った。

リビングのソファに座った健治が、テーブルのスマホをじっと見ている。

桃子がコーヒーを運んできて隣に座る。

「かかってくるかしら」

「かけてくるさ」

「副院長さん、気の毒」

「いいんだ、野郎たちは金がうなってるんだから」

「だけど……」

「心配すんな、桃子の出番はもうねぇんだ」

「だけど」

「何でぇ、さっきから〝だけど、だけど〟って！」

怒鳴りつけるや、桃子の頬を叩いた。

「俺のやることが気に入らねぇなら出て行きやがれ！」

「そんなんじゃない！」

桃子が顔をゆがめて、

「健治さんのことが心配なの！　捕まったらどうするのよ！」

「バカ野郎、渡世張って生きてるんだ。見ろ！　小指《エンコ》だって詰めただろう。懲役はハナから覚悟してらァ！」

「だけど健治さんが捕まったら私、またひとりぼっちになる」

健治が溜息《ためいき》をついて、

「わかったよ、泣くなよ。ひとりにゃしねぇさ。俺たちのためにやってるんじゃねぇか」

桃子の肩を抱いた。

テーブルのスマホが鳴った。

素早く着信表示を見る。

権田勝己からだった。

「先輩、ご苦労さまでした！」

——刑事《デカ》が来た。若嶋《わかしま》塾長から致誠会の本部に呼ばれた。話はおまえが言ったとおりでいいんだな？

「も、もちろんです」

声がうわずるのが自分でもわかった。事態は思わぬ方向に転がり始めた。ワイセツ事件がでっちあげということになれば腕を落としたくらいではすむまい。

「どうかしたの？」

「何でもない」

井原病院から電話はなかった。

午後三時前、武蔵野一家組長の早島と若頭の阿見が致誠会理事長の檜山辰則に呼び出され、城西市からクルマを飛ばした。

新宿の致誠会本部五階の理事長室で、檜山が口を開く。

「さっき城西署の組対から刑事《デカ》が二人来た。うちの烈士塾が井原病院ってのに街宣をかけたって言うんだ。武蔵野一家がやらせたと見ている」

早島組長が若頭の阿見を見やった。

「自分は聞いてませんが」

檜山がうなずいて、

「で、さっき、塾長の若嶋と、街宣をかけた権田ってのを呼んで話を聞いた。秋本健治って若いのがいるか？」

「います」

阿見が応えた。

「権田が言うには、秋本の女がその井原病院で診察を受けたってんだが……」

街宣に至る経緯を説明してから、ソファに背を預けると、

「ひでぇ病院があったもんじゃねぇか。そうだろう、早島」

じっと目を見た。

早島は意を察した。

「承知しました」

阿見を促して足早に出て行った。


夕刻、武蔵野一家事務所の外階段がギシギシと軋んだ。

（刑事だな）

足音で、飯島が見当をつける。

「邪魔するよ」

宇崎刑事が入ってきた。背後に若手の早見刑事が立ち、眉間に皺を刻んで室内を見まわす。五、六人の当番たちが一斉に立ち上がって挨拶する。飯島は刑事に悪態をつくが、礼儀にうるさかった。

「長居するならコーヒーを出すぜ」

「いや、かまわんでくれ。今日の昼、愛国烈士塾が病院に街宣をかけた件なんだ」

「烈士塾がどこに街宣かけようと、うちの知ったことじゃない」

「お宅の秋本健治だけど」

「野郎なら、小指を落として詫びを入れてきたぜ」

「そうじゃなくて、街宣の二、三日前、病院に乗り込んだらしいんだ」

「どこの病院だ」

「井原病院だ」

顔色が変わったのではないかと、飯島は内心ひやりとした。宇崎は、風貌はくたびれた初老に見えるが、ベテランの組対だけあって勘は鋭い。

「何か知ってそうだな」

「いや」

「とぼけるな！」

早見がいきり立って、

「女だよ、女！　ワイセツ行為だ何だとインネンつけて恐喝しようとしただろ！」

飯島のこめかみが脈打った。

（九）

朝七時前、天涯が庫裡から渡り廊下を通って本堂に向かう。日差しが弱く、今日は花曇りのようだ。毎朝、渡り廊下でその日の天気を確かめるのが習慣になっていた。どんなに深酒をしても、朝七時になると本堂で読経を始める。

珍しく参拝者がいた。

「なんや、飯島はんやないか」

「朝っぱらから、むさ苦しいのがお参りして申しわけねぇな」

「よう来てくれた。仏さんも待っとったやろ」

天涯が正座して線香に火を点《つ》け、磬を二回打ってから読経を始めた。飯島が須弥壇に安置された金色の阿弥陀如来の立像を仰ぎ見る。尊顔が早苗に見えたり、妻の美佐子に見えたり、自分の顔に見えたりする。何日前だったか、初めてここにお参りしたとき、「仏像は見る者の心の投影じゃ」と天涯が言った言葉を飯島は心の中で反芻《はんすう》した。

読経が終わった。

天涯が向き直る。

飯島が思い詰めた顔をしていた。

(恐喝の件を知ったな)

と思った。

天涯の表情を見て、

「話、聞いてるんだろ?」

飯島が口を開いた。

「秋本って駆け出しだ。チンケなことしやがった」

「手ぇ引かせたらえやないか」

「無理だ。烈士塾が街宣かけた。警察も致誠会本部も動いている。昨夜《ゆんべ》、娘が帰ってきて女房のところで泣いてたよ。親父がヤクザだってだけでもヤバイのに、よりによって武蔵野一家とはな」

阿弥陀如来を見上げて、

「女房にまた言われちまったよ。何が任侠だってな。八方塞がりかと思ったが、そうじゃねぇ。タコ壺の中だぜ」

「タコ壺から出る方法が一つだけある」

「何だ」

飯島が顔を向ける。

「その女を消す」

「バカな。坊主の言うことかよ」

「被害者がいてへんかったら攻めようがないやろ。警察かて立件でけへん。女は何者《なにもん》や」

「『マドンナ』のホステスだ。桃子とか言ったな」

「桃子……」

小顔の真ん中で反り返った付け睫毛《まつげ》を、天涯は思い浮かべた。

武蔵野一家二代目組長の早島明男は、朝のウォーキングを日課にしていた。駅前の億ションから少し行けば起伏のある緑が広がり、小川も流れている。一時間ほど歩き、駅前にもどると早朝から開いているコーヒー専門店の窓際の席で、お気に入りのブルーマウンテンをゆっくりと味わうのだ。

実父である先代は任侠道を標榜《ひょうぼう》して、男に学問は不要だと言って進学に反対したが、母親の理解があり、また学業も優秀だったので名門私立大学に進んで経営学を専攻した。三十八歳と若い。色が浅黒く精悍《せいかん》で、スポーツウェア姿を見てヤクザ組長と気がつく者はいないだろう。

早島組長がコーヒー専門店の前まで歩いてくると、白いポルシェ・カイエンの脇に阿見が立っていた。ヤクザがベンツやレクサス、いかつい顔のミニバンを乗りまわすなかで、あえてカイエンを選ぶところがいかにもしゃれ者で、〝経済ヤクザ〟と呼ばれる阿見らしかった。短髪にダークグレーのスーツを着こなしている。

「おはようございます」

身体を折って挨拶し、早島に続いて店に入った。

早島がブルーマウンテンのふくよかな香りを楽しみ、ひと口飲むのを待って、阿見が報告した。

「昨日、あれから健治と女を呼び出して話を聞きました。ガセです。健治は本当だと言い張っていましたが、私が見たところ健治が描いた下手な絵図です」

「昨日の刑事《デカ》たちは、健治が金品を要求したとは言ってなかったな」

「抗議しただけです。事件にならないのですぐに釈放《パイ》でしょう。健治は手を引かせます。女は被害者のままにしておいて、これを大義に烈士塾に抗議活動としてやらせます」

「わかった。檜山理事長には俺から話しておく」

「恐れ入ります」

三十秒で過不足なく説明を終えた。

阿見も有名私大を出ていて頭はキレる。早島同様、ヤクザが任俠道を標榜してメシが食える時代は終わり、経済力のある組織だけが生き残ると思っている。そのためには用心棒代《ミカジメ》といった旧来のシノギにのみ拘《こだわ》るのではなく、代紋を〝裏看板〟にして、広く表社会の人間を相手にビジネスを展開すべきだとする。

たとえばヤミ金は裏ビジネスだが、早島と阿見はその発展系とも言うべき「給料ファクタリング」の分野にも進出していた。サラリーマンを対象に手数料を取って給料を立て替え払いしてこれを債権とし、給料が出たらこの債権を買いもどすという仕組みだ。企業向けの「ファクタリング」は正規のビジネスだが、給料ファクタリングはこの仕組みを応用したもので、早島と阿見は年利換算で千パーセントという暴利を取っていた。メディアは「ヤミ金の再来」として批判しているが、逆に給料ファクタリング業者が不払いの利用者を民事で訴えるなど、法的に違法性は確定していない。

井原病院の一件も、恐喝という目先の金が目的ではない。特養など事業を展開すると聞いている。武蔵野一家を〝裏代紋〟とする人間を事務長として送り込み、経営にタッチさせ、最終的に乗っ取るというのが早島と阿見の腹だった。

健治と桃子の与《あずか》り知らぬところで、井原病院の一件は大きく動いていた。


リビングのソファに座った健治が腰を浮かし、ズボンのポケットをまさぐった。しわくちゃになった千円札が三枚だった。

「桃子、いくら持ってる?」

財布を見て、三万円と答えた。給料日まで二週間ある。

「ヤバイな。店で前借りできねぇか?」

「無理よ。ヘルプがそんなこと頼んだら辞めてくれって言われるわ」

健治が舌打ちをした。阿見の若頭に借りるつもりでいたが、勝手に街宣を依頼したということで叱責され、謹慎させられている。井原病院の件がすんなりいっていれば、いまごろ桃子とワイキキの浜辺で肌を焼いているはずだった。ワイキキどころか、マンションで真っ昼間からゴロゴロくすぶっている。今朝、権田先輩から電話があり、「井原病院は烈士塾が攻めることになったから触るな」とクギを刺された。何のことはない。トンビに油揚げではないか。

桃子が掃除機をかけ始めた。健治が背後から眺める。これまで気にしなかったが、小柄ながらウエストがくびれていて、男心をそそるスタイルだと思った。十七歳の肌はオヤジ連中にとっては垂涎《すいぜん》の的だろう。

「桃子、おまえを口説く客は何人くらいいるんだ?」

「数え切れないわよ」

「口説かれてやれ」

「バカなこと言わないでよ」

「おまえから誘ってもいい。ホテルへ行け」

「なによ、それ」

掃除機を止めた。

「心配するな。部屋に入ったところで俺が乗り込む」

「そんなことできるわけないでしょ!」

「怒るなよ、俺がうまくやるから大丈夫だ」

「いやよ!」

「ああ、そうかい」

　健治が開き直った。

「俺と別れるってんだな。上等じゃねぇか。出て行けよ。出て行くのがイヤなら俺が出て行ってやらあ」

　ソファから立ち上がった。

「ま、待ってよ、健治さん！」

　桃子が背後から腰にすがった。

「バカ野郎！　俺が頼んでんじゃねぇか！」

　桃子の頬を張った。

　ケンカのたびにくり返されることだった。出て行くというのは健治の脅しだということは桃子にもわかっている。わかってはいるが、ひとりで生きていくことの心細さを思えば、健治と別れることはできなかった。母子家庭だった桃子は高校一年の夏、母親を病気で亡くした。高校を中退して、ネオン街をひとりで生きてきた。健治と腕を組んで歩くと、不良たちが自分にも最敬礼してくれる。世間を見返すようで、それがとても心地よかった。十歳ほど年長の健治は、生きていくための心の支えであった。

「いいか、桃子。俺の言うとおりにすりゃ、大丈夫だ。あとのあとまでちゃんと考えているからよ。な～んも心配ねぇ。俺がウソついたことあるか？」

桃子がしゃくりあげながら顔を横に振った。

「こっち来いよ」

健治が手を伸ばして桃子の腕を引っ張った。

「あっ」

小さく叫んで膝の上に崩れる。

健治がスカートをたくし上げた。

（十）

大日本愛国烈士塾の若嶋塾長は、みずからを二・二六事件の青年将校になぞらえている。三十半ばと若い。針金のような細身を濃紺の戦闘服に包み、五厘《りん》に刈った頭と、射貫くような視線が相手を不安にさせる。烈士塾は規模こそ小さいが、過激な街宣活動で右翼界では知られた存在だった。

「若い娘が胸や尻を触られたと言って泣いているんだ。当塾はこれを見過ごすわけにはいかない。提訴も視野に、徹底的に人権闘争を展開する」

午後一時、井原病院を訪れた若嶋塾長は一階の応接室に通されると、開口一番、凛《りん》とした声で言った。同じ戦闘服を着た若手を同席させている。井原院長、修造副院長、それに事務長の横川の三人が応対した。今朝、烈士塾から面会の申し込みがあり、城西署の宇崎刑事に相談すると、恐喝させるチャンスだと言った。この部屋に盗聴器を仕掛けた。隣室で宇崎刑事と早見刑事が聞き耳を立てているはずだった。

「ハッキリ申しあげておきますが、そうした事実はいっさいありません」

修造が毅然として言う。

「じゃ、なんで彼女がそういうことを言うんだ」

「知りませんよ。向こうに訊いてください」

「だから彼女に訊いた。そしたらワイセツ行為をされたと言っているんだ」

「恐喝するんですか」

隣室の刑事たちを意識して単刀直入に言った。

「無礼なことを言うな！」

若嶋がいきり立った。

「我々がいつ恐喝した！　金品を要求したのか！」

「いえ、それは……」

ここで修造は気づいた。若嶋は抗議はしても金品を要求するような言葉はいっさい口にしていない。あせって不用意なことを言ってしまった。

「謝罪しろ！」

若嶋が食らいついてきた。

「いま貴様は初対面の人間にとんでもない暴言を吐いたんだぞ！　おい、院長！　貴様のセガレは抗議に来た我々のことを恐喝だと言ったんだぞ！　この暴言を何とも思わないのか！　それが天下の公器たる病院の態度か！」

いきなり抗議の論点が変わり、井原が言葉に窮《きゅう》している。

「よし、わかった。我々が間違っているか、恐喝呼ばわりしたおまえらが間違っているか、広く世間に問うてみようじゃないか」

若嶋が席を蹴って出て行った。

隣室から宇崎と早見が現れた。テーブルの裏にセットした盗聴器を外しながら、

「抗議の大義名分を与えましたね」

宇崎が穏やかな口調で、

「先に申しあげておけばよかったんですが、連中との掛け合いは禁物なんですよ。タクシー料金と同じでね。ああだ、こうだと言い合うと連中は揚げ足を取って、大義名分というメーターがカチャカチャと上がっていくんです」

そして「私らがついていますから安心してください」と言ったが、井原は不安そうに、

「広く世間に問うというのは街宣ということでしょうか？　でも、病院のまわりは街宣車を走らせることはできないっておっしゃっていましたよね」

宇崎がちょっと言いよどんでから、

「連中は直接相手を攻めることはしないものです。評判を落とされて困る先——病院の場合ですと城西市全域でしょう。銀行にも押しかける。彼らの常套手段です」

「法治国家において、そんなことが許されるんですか」

修造が憤《いきどお》ると、

「法治国家だから許されるんです。法律に抵触しなければ何をやってもいい。それが法治国家です。残念ながら、法律に道徳の入る余地はない」

宇崎が珍しく語気を強めて言った。


同席してもかまわないと修造から電話で言われたが、早苗は恐くて行けなかった。母にそれとなく訊くと父は関与していないようだが、万一、名前が出たらどうしようと思うだけで、息が止まりそうだった。

会社にいても落ち着かない。外廻りと称して社用車で出かけ、城西市の郊外にあるハイキングコースの駐車場に停めた。ダッシュボードの時計に目をやった。午後二時になろうとしている。

スマホが鳴った。

着信表示を確認してから耳に当てた。

——僕だ、いま終わったよ。

修造の明るい声にほっとした。

「そう、よかったわ」

——これからが大変のようだけど、こっちには警察がついてくれているから大丈夫だと思う。親父は世間体を気にして街宣を恐れているけど、屈するわけにはいかない。正義は勝つ、なんて言うとガキみたいだけど。

笑い声は、心配させまいとする修造のやさしさであることを早苗はわかっている。正義感が強く、「医は仁術」という理想を持っている。地域医療はどうあるべきか——デートの食事の席で、そんな話を真剣にするような人だった。

——今夜は？

「ちょっと疲れてるの」

——心配かけちゃったね。じゃ、明日、連絡するよ。

快活に言って電話が切れた。

早苗はハンドルを握ったまま俯《うつぶ》した。

（十一）

昼前、飯島は任俠寺の本堂にいた。

任俠寺までタクシーで十分とかからないのだが、いまは運転手と会話するのが気が重く、四十分を歩いてきた。手を合わせ、阿弥陀如来の顔を見上げる。

「南無阿弥陀仏、南無阿弥陀仏……」

念仏が自然と口をついて出る。何度かお参りしたが、声に出すのは初めてのことに気づき、飯島は軽い驚きをおぼえた。

昨夜、早苗からスマホに電話がかかってきた。

――遅くにごめんなさい。私、間違っていたわ。

返事を待たず、涙声で続けた。

――自分の結婚のことにばかりこだわって、おバカさんね。お父さんとお母さんを苦しませてしまって、私、どうかしていた。一人で大きくなってきたわけじゃないのにね。それを忘れてお父さんのことを非難するなんて……。いま修造さんは大変なときだから、折りを見てお父さんのことを話すつもり。それで破談になってもかまわない。だって私のお父さんだもの、胸を張って言うわ。

早苗が切ったのか、飯島が自分でそうしたのかわからない。気がついたら電話が切れていた。

「阿弥陀如来さん、何かゆうてくれたか？」

野太い声に、飯島が我に返った。

「いや、何も」

天涯がうなずいて、

「仏さんはいじわるして黙っとんのやないで。最後は自分で決めなあかんということを教えてくれとるんや。ところが、そこにみんなは気づかへん。せやから、助けてください、どうしたらええですか、奇跡を起こしてくれんのですか——ひたすらすがってばかりや」

「これから檜山に会ってくる」

「檜山？　致誠会の理事長さんやったな」

「ガキの時分からいっしょにヤンチャやった仲だ。何とかしてくれるだろう」

「おまえさん、稼業に入って何年や？」

「もうすぐ五十年だ」

「五十年も極道やっとって、檜山が何とかしてくれると本気で思うとんのか？」

飯島の顔が険しくなったが構わず、

「弾は背中から飛んでくるのが極道の世界やないか。同じ組の人間がいちばん危ないことは、よう知っとるやろ。檜山がどうのこうのと言うとるんやない。おまえさんは、そういう世界に生きとるんやで」

飯島が黙った。天涯の言うことはよくわかっている。だが、ほかに方法がなかった。健治と女を呼んで因果を含めることも考えたが、いまさらどうにかなるものではなかった。

檜山の口元で、コーヒーカップが止まった。数日のうちに飯島が二度も訪ねてくるからには、たぶん金のことだろうと推察していたが、まさか井原病院のこととは思いもよらなかった。

「手を引いてくれないか」

前置きなしで言った。

「藪から棒になんだい」

檜山がカップをテーブルにもどす。

「訊かねぇでくれ」

「病院に頼まれたのか？」

「いや」

「おまえの頼みとなりゃ知らん顔はできねぇが、若嶋も走ってるし、早島も阿見も噛んでるんだ。それをただ止めろじゃ、ヤツらだって納得しねぇだろ」

「ただ頼んでるんじゃねぇんだ。俺の身体を預ける。歳はくっちゃいるが拳銃《チャカ》は弾けるぜ。無期でも死刑でもかまわねぇ。いつ使ってくれてもいい」

檜山が黙った。

「電話くれよ、頼んだぜ」

飯島が立ち上がって頭を下げた。驚愕する檜山の顔を見つめる。頭を下げるくらいなら腹を掻《か》っ捌《さば》くか相手を殺《や》ってしまう——自分がそういう男であることを檜山はよく知っている。だが、そうとわかっていても「はい、そうですか」とならないのもヤクザ社会であることを飯島はわかっている。

(返事がノーなら檜山を殺って、自分も死ぬ)

そう腹をくくっている。殺っても事態は解決しないし、自分が死んでもそれは同じだ。父親としての誠意を娘に見せるために弾き、人生を閉じるのだ。

「ちょっと住職、どうしちゃったのよ、さっきから難しい顔して」

美代加が銚子の首をつまんで天涯の顔をのぞき込んだ。

「坊主かて悩みはある」

「相談なら乗るわよ」

「皐月《さつき》賞は何がくるか」

「ビンボー寺を維持するのは大変なんや」

「競馬？」

「バカバカしい。坊さんが競馬で悩んでどうするのよ。心配して損しちゃったわ」

プリプリしながらも盃を満たしてやる。天涯が『たつみ』に顔を出すときはいつも口開けで、座る席は美代加の前の〝ファーストクラス〟と決まっていた。

「あっ、住職」

野呂山社長が引き戸を開けて言った。

「背広着てどこへ行くねん」

「どこと言われても……」

隣に腰をおろす。

「匂うで、オーデコロンやな」

天涯が言った。

「ええ、まあ、はい……。ママ、ビール」

「何うろたえとんのや」

「ちょっと、いじめないのよ」

美代加が濃いレンガ色の作務衣から白い手をのぞかせ、ビール瓶を野呂山に傾けて、

「独身なんだからネオン街にだって行くわよ、ねぇ、社長」

「は、はい」

「下地を入れてこれから出撃やな。キャバクラか？」

「いえ、『マドンナ』の桃ちゃんから電話があったものですから」

「桃子が？」

「どうかしましたか？」

「社長、桃子のパトロンやっとんのか？」

「まさか」

テレながら、

「電話もらったのは今日が初めてなんですよ」

「初めてとはどういうこっちゃ。まとまった金が入ったちゅうて大ボラ吹いたんとちゃうのか」

「ちょっと失礼よ、住職」

制したが構わず、

「美代加、おまえかて信じられへんやろ。英語で何ちゅうたかな、アン、アン……」

「アンビリーバボー」

「せや、アンビリー……」

言いかけて、天涯が口をつぐんだ。

手を止め、中空に視線を据えてから、野呂山に向き直った。

「社長、顔色悪いで」

「エッ？」

「早よう帰って寝たほうがええやろ」

「大丈夫ですよ。六時に桃子ちゃんと駅前の『寿司政』で待ち合わせているし……」

「わしが代わりに行ったるさかい、心配せんでええ。野球かて代打があるやろ。美代加、社長にタクシーや」

「そんな」

「ごちゃごちゃ言うとらんで、外でタクシーを待っとれ！」

一喝した。

桃子がドレッサーの鏡をのぞき込んで化粧をしている。息を詰めるようにしてアイラインを引き、長い睫毛を付けると、二、三度瞬《まばた》きをしてから顔をゆっくりと左右に振って鏡で確かめる。

その仕草を健治が背後のソファで眺めている。十七歳にはとても見えないと健治は思った。これならフーゾクで働かせられる。美人局《つつもたせ》はヤバイし、聞こえもよくない。今夜の一件が終わったら、さっそくソープの経営者と話をつけよう。女に貢《みつ》がせるのも器量のうちなのだ。

「おい、下着は黒のレースにしろ。葬儀屋の親父、興奮して鼻血を噴き出すぜ」

健治が下卑た声で笑った。


「おっ、住職、らっしゃい！」

『寿司政』の大将が威勢よく迎えた。

「お一人ですか？」

「デートや」

と言って椅子を引いた。

「あら」

隣で桃子が驚く。

「久し振りやな。葬儀屋は仕事が入ったさかい、わしが代わりに来た」

「そ、そうなんですか」

「びっくりせんかてええ。桃ちゃんやから来たんや」

「ちょっと住職、隅に置けないねぇ」

大将がカウンター越しにオシボリを渡しながら桃子を見やった。

「隅に置けんから真ん中に坐っとるやないか」

「笑うほどの冗談ちゃうやろ。冷やと刺身切ったら黙っとれ」

「こりゃ、まいった！」

面倒くさそうに言うと、桃子の手を取り、両手でくるむようにして、

「桃ちゃん、会いたかったでぇ。ええなあ、そのワンピース。赤がよう似おうとるけど、ちょっと丈が短かすぎへんか？　若い娘が気安う股ぐら見せたらあかんで。店に行こう思うとるんやけど、坊主は世間体があるさかいな。夜な夜なクラブっちゅうわけにもいかんのや。わかるやろ？　店でわしの胸に〝のの字〟を書いてくれたあの感触、ずっと忘れられへんのや」

「そ、そうでしたか」

「なにソワソワしてんねん」

「お、お手洗いに」

ハンドバッグを手にそそくさと席を立った。

「住職の好みですか」

大将が刺身をカウンターに置いて言った。

「なにニヤついとんのや」

「いえ、まあ、エッヘッヘ」

大将が含み笑いした。

トイレに入るや、桃子はすぐに健治に電話した。

「葬儀屋が用事だとかで、このまえ一緒だった住職が来たの。どうしよう」

声をひそめて早口で言う。

――スケベか？

「それはもう」

――よし、城西ホテルへ誘え。

「何て言えばいいの？」

――田舎の母がガンで入院して金がいると言え。

「お母さん、いないわ」

――親父でもいい。

「お父さんもいない」

――バカ、そんなことはどうだっていいんだ。

「わかった。健治さん、何時に来てくれるの？」

――店、休むんだろう？　八時に乗り込む。

「お願い、もっと早く」

――じゃ、七時半だ。

桃子が席にもどってきた。

「ごめんなさい、お化粧を直していたので」

「かまへんがな」

「あのう」

「何や」

「田舎のお母さんがガンで入院したの」

唐突に言った。

（十二）

城西ホテル一階のティールームで、健治が足を高々と組み、フロントが見通せる席に座っている。胸元の大きく開いた黒いポロシャツの首から、金の太いネックレスがのぞいている。若いフロントマンがチラリと見やったが、すぐに目をそらせた。

玄関の自動扉が開く。濃紺の作務衣に草履を履いた小太りのスキンヘッドが、巾着《きんちゃく》をぶら下げ、桃子と腕を絡めて入ってきた。堅気に見えないのは頭を剃っているからだろう。脅せば震え上がるはずだ。若い女をホテルに連れ込んだことが表沙汰になれば寺はつぶれる。土下座する姿が目に浮かぶようだった。

坊主がフロントでキィーを受け取っている。冗談でも言ったのか、フロントマンが笑顔を見せている。まともなカップルでないことは一目瞭然であるにもかかわらず、この坊主は世間を憚《はばか》るそぶりも見せず、ロビーを横切っていく。無神経なのか、ド助平なのか、健治は計りかねていた。

二人がエレベーターに消えた。

間接照明の落ち着いた雰囲気の部屋だった。

天涯がダブルベッドに横たわると、大の字になった。

「住職さん、シャワーどうぞ」

「わし、刺青彫っとるさかい、人前では裸にならんのや」

「あらそうなの。絵柄はホトケ様でしょう?」

「せや、阿弥陀様を背負《しょ》っとる」

「冗談ばっかり」

笑ったのは口元だけで、桃子の目は落ち着かなかった。

「桃ちゃん、浴びたらええ」

「私もいいわ」

「刺青彫っとるんやな」

「わかる？」

「見せてみいな」

天涯が腕を伸ばす。

「ち、ちょっと待って、お手洗いに」

桃子はスルリと体をかわし、ハンドバッグを手にバスルームに向かった。ドアを閉めると急いでスマホを取り出し、《1013号室》とメッセージする。瞬時に《了解》の二文字が返ってきた。スマホで時刻を確認すると七時過ぎだった。まだ三十分近くある。住職がシャワーを使わないとは計算外だった。なんとか間《ま》をもたせなくては。水を流し、鏡をのぞいてからベッドルームにもどった。

「ねぇ、ノドが渇いちゃった。ビール、頼んじゃお。住職さんは？」

「歳やさかい、酒呑んだらナニがいうことをきかんがな」

「やーね」

硬い笑顔を見せ、受話器を取るとルームサービスを頼んだ。

健治が組んだ足先を小刻みに震わせている。何度となく腕のロレックスに目を落とす。ジャスト七時二十七分。勢いよく立ち上がった。坊主は風呂かシャワーを使い、裸で胸を高鳴らせているだろう。桃子の黒い下着姿が脳裏をよぎる。

グラスに注いだビールを呑みながら、桃子がベッドサイドの時計に視線を走らせる。七時二十七分だ。グラスをテーブルに置いて立ち上がると、ハイヒールを脱ぎ、両手を背後にまわし、ワンピースのファスナーに指をかけた。下着姿でいろ――健治にそう命じられている。言い逃れさせないための動かぬ証拠だと健治は言った。下着姿をさらすのは恥ずかしく、住職の顔を見ることができなかった。あと三分。時間に急《せ》かされるようにワンピースを脱いで、バスローブを羽織った。

ドアが激しくノックされた。

桃子が小走りに行ってドアを引き開けた。

健治が飛び込む。

「てめぇ、俺の女に何しやがる！」

「まだ何にもしてへんがな」

「してねぇだと！　これは何だ！」

健治は逆上して桃子のバスローブを剝ぎ取った。

「やめて！」

下着姿の桃子が身体を丸めた。

「てめぇ、このクソ親父！」

健治はズボンのポケットから折り畳みナイフを出して刃を起こす。

「股ぐらを開きな。二度と悪さできねぇように切り落としてやる」

「金か？」

「慰謝料だ」

「いくら」

「五百万」

「わかった」

恐喝は成立した。

天涯が、桃子が飲みさしにしたグラスに手を伸ばして言った。

「で、その五百、わしにいつくれるんや？」

健治が目を剥いた。

「バカ野郎、払うのはてめぇだ」

「なんでや？　なんもしてへんのやで。慰謝料もらうの、わしやろ」

「てめぇ、俺を誰だと思ってるんだ」

健治は欠損した小指をさりげなく見せる。

「極道か？」

「武蔵野一家の秋本だ！」

ポロシャツをさっと脱いで背を向けた。

龍が躍った。

「桜吹雪なら〝遠山の金さん〟やがな」

天涯は笑ってから、

「なにが極道じゃ、このボケ！」

と手に持ったビールを背にかけた。

「なにしやがる！」

「おのれ、極道が美人局《つつもたせ》やって恥ずかしないんか！」

天涯が健治の脇腹に拳を叩き込んだ。健治が海老のように身体を折った。

「健治さん！」

桃子が駆け寄る。

天涯が巾着からスマホを取り出した。健治が苦悶《くもん》の表情で見た。片手で腹を押さえながら立ち上がる、桃子を肩で突き飛ばし、よろけながらドアに走った。

夜八時——。

城西署二階の組織対策課で、若い早見刑事が宇崎刑事に食い下がっていた。

「ウーさん、図式はハッキリしてるじゃないですか。秋本、武蔵野一家、関東致誠会、烈士塾は同体でしょう。患者の人権を守るだの、公器としての病院の在り方を問うだの能書き言ってますが、やっていることは恐喝じゃないですか」

「そのとおりだ」

「じゃ、引っ張りましょう！　まず秋本、権田、そして塾長の若嶋。ぶっ叩いて自供《ゲロ》させれば檜山まで行きますよ」

「容疑は？」

「だから恐喝です」

「何を要求した？」

早見が返答に詰まった。

「裁判所が逮捕状を出すわけがない」

「だけど、現実に私たちの目の前で病院がヤクザに食われようとしているんですよ。これを許して何の組対ですか」

「おまえの言うとおりだ。だけどな、法治国家というのはルールに則《のっと》ったゲームのようなものなんだ。あわてるな、まだ始まったばかりだ」

宇崎が早見の肩を軽く叩いて、

「駅前で軽く呑《や》って行くか」

と言ったとき、宇崎のスマホが鳴った。

着信表示を見る。

「珍しいな、任侠寺の天涯住職からだ。――住職、久しぶり」

――美人局や、すぐ来てくれ。城西ホテル１０１３号や。

「被害者は？」

――わしや。

「住職？　まさか」

――話はあとや。脅したんは武蔵野一家の秋本や。いま逃げよった。

「すぐ行く」

スマホを切るや、

「秋本を逮捕《パク》るぞ！」

早見に叫んだ。


井原病院ではこの夜も遅くまで善後策が話し合われていた。井原院長、修造、事務長の横川、それに早苗と顧問弁護士の芦原《あしはら》が同席している。烈士塾は街宣車を連ね、駅前から商店街、さらに銀行や医薬品会社など取引先をターゲットに展開している。

「名誉毀損《きそん》、誹謗《ひぼう》中傷、あるいは威力業務妨害といったことでやれませんか？」

井原が芦原弁護士に見解を求める。

「現段階では難しいでしょう。誹謗中傷どころか、いわゆる〝ほめ殺し〟ですからね。業務妨害にしても被害の実態の証明が難しいということは申しあげておきます」

「あの女が嘘をついていることに対してはどうです？」

「彼女が提訴しなければ争う場がない」

「こちらから提訴は？」

修造が口を挟んだ。

「もちろん可能ですが、彼女の嘘によってどんな被害が生じたのか、その証明が必要になります」

「現にこうして被害を被っているじゃないですか！」

修造がイラ立った。井原病院にじわりと悪評が立ち始めていた。銀行の支店長が心配して井原に電話をかけてきたが、今後の事業展開に対する懸念であることは容易に察せられた。週刊誌が動けばダメージは計り知れない。

会議は二時間を超えていた。早苗がひと言も口を開かなかったことに修造は気づいた。

「早苗ちゃん、気分でもよくないの？」

「大丈夫」

小さく首を振った。

（十三）

絨毯《じゆうたん》の床で、桃子が放心したように肩を落としている。何が起こったのか、頭の中が混乱しているようだった。

「警察が来るさかい、早う服を着ィや」

天涯がワンピースを肩にかけてやる。

警察という言葉で桃子が我に返り、

「健治さん、逮捕される？」

と眉を寄せて言った。

「あの若造、極道のくせして桃ちゃんを置いて逃げよったんやで。自分のこと心配しぃや」

「そうだけど……。健治さんがいなくなると、あたし困るの」

「なんでや」

「ひとりぼっちになるから」

「いやか」

「うん」

「人間、みんなひとりやで」

「いや、いやよ。ひとりになったら、あたし、死んじゃう」

桃子が顔をゆがめた。尋常な態度ではなかった。

「大丈夫や、わしがついとる」

天涯はそう言ってから、

「年寄り坊主じゃ、頼りにならんやろけど」

笑って見せたが、桃子の表情は動かなかった。

ノロノロ立ち上がってワンピースを身に着ける。廊下で足音がした。ドアは少し開けてある。宇崎刑事が飛び込んできて驚きの声を上げた。

「佐川《さがわ》桃子じゃないか！」

天涯が肩をすくめて、

「呼び出して悪かったな。これから一杯呑みに行くところやなかったんか」

「まったくだ」

ニコリともしないで宇崎が言った。

事件発生から一時間後、健治が自宅マンションに立ち寄ったところを逮捕され、その夜のうちに武蔵野一家の阿見の耳に入った。早島組長、そして早島から致誠会の檜山理事長に知らされた。詳細は不明だったが、健治が桃子を使って美人局をやろうとして未遂に終わったということまではわかっていた。

院長にワイセツ行為をされたと主張する被害者が美人局を働いたとなれば、病院を攻める大義が瓦解する。

「井原病院から手を引け」

檜山は若嶋塾長に電話で命じてから、考え込んでいた。秋本はおそらく武蔵野一家の看板を出して脅したはずだ。少なくとも脅された相手は秋本がヤクザであることを認識していたはずだ。堅気なら恐れ入るだろうが、その場で事件になった。相手はヤクザ者か半グレだろう。堅気でないことは確かだと思った。いずれにせよ、武蔵野一家の組員のままにしておくと、あとあと面倒なことになる。

早島に電話して、

「秋本を先月末付けで絶縁にしろ」

と命じた。これなら、美人局をしたから絶縁にするのではなく、絶縁した半端者《はんぱもの》が食い詰めて美人局をしたということになる。

「それから被害者がどんな野郎か警察《サツ》に小当たりしてくれ」

と付け加えた。

事情聴取は、被害者である天涯から始めた。恥じ入るわけでもなく、悠然と構えている。天涯がどんな性格の男か、宇崎刑事が知らないわけではない。美人局に引っかかるということが信じられなかった。

「経緯を話してくれないか」

「桃子は『マドンナ』のホステスで、わしが口説いてホテル行ったら男が乗り込んで来て、ゼニ出せ言われたんで、警察に通報した――こういうこっちゃ」

事務的な口調で言った。

「美人局だろ？」

「いや、恋愛や。あのコは悪うない。アホな男が勝手に仕組んだ恐喝事件――そういうこっちゃ」

宇崎がボールペンを置いて、

「それじゃ、美人局にならないな。電話かけてきたとき美人局と言ったはずだけど」

「気が動転しとったんやな」

「なんで女を庇《かば》うんだ」

「事実を言うとるだけや」

「あのコは別件でちょっとあってね」

「別件のことなんか知らんがな。どっちにしてもヨンパチ（四十八時間）で釈放《パイ》やな」

と言った。

警察は容疑者を逮捕すると、身柄の拘束を続けるか釈放するかを四十八時間以内に決定しなくてはならない。「ヨンパチでパイ」とは事件にならないという意味だった。

（十四）

急転直下の解決に、

「天祐だ！」

と、井原院長がエビス顔に満面の笑みをたたえて喜んだ。

「天網恢々《てんもうかいかい》疎にして漏らさずですね」

事務長の横川が追従し、

「あいつらに屈しなくてよかった」

修造が早苗に笑いかける。

井原病院の院長室は久々に華やいでいた。宇崎刑事の話では、秋本の逮捕によって主張に信憑性《しんぴょう》がなくり、論拠を失った烈士塾が手を引いた、ということだったが、午後になって院長室にやってきた芦原弁護士は違ったことを言った。

「ここだけの話ですが、どうも美人局らしいですね。捜査関係者によれば、被害者は任俠寺というお寺の天涯という住職だそうですが、被害届は出さないし、恋愛だったと言い張っているそうです。秋本が勝手に脅しただけで女は共犯じゃないと」

「庇ってるんだな」

修造が言うと、芦原弁護士が笑って、

「住職は六十代半ばらしいんですよ。そうとでも言わなきゃ、みっともないでしょう」

真相内容はどうあれ、早苗はほっとした。偶然とはいえ、任侠寺なる寺の住職のおかげで井原病院はヤクザの手から逃れることができた。あとは父親のことをいつ、どういう形で打ち明けるか。明日は日曜だ。家に帰ろうと思った。


「どうなの、仕事は？」

「いつもといっしょ」

結婚の話は意識的に避けているのだろう。母親が林檎《りんご》を剝きながら言った。早苗も井原病院のトラブルは母親に話していない。武蔵野一家が攻撃していると知れば半狂乱になって父を責めるだろう。だが、父のことを隠して結婚するのは嫌だということだけは告げておきたい。

「お父さんのこと、修造さんに話しちゃおうかな」

つとめて明るく言った。

母親が手を止めて、早苗を見た。

「だって、隠しておくのって楽じゃないもの」

「だけど、おまえ」

「それに話をして破談になっちゃうようなら、結婚しても後でわかったときに離婚になるんじゃない？　早いか遅いかだけの違いだと思うけどな」

「何かあったのかい？」

「何にも」

「お父さんのこと、何て話そうか、あんなに気にしていたじゃないか」

「気にするのがバカバカしくなったの」

林檎に手を伸ばして言った。

破談になれば母は悲しむ。だが、その悲しみは破談そのものでなく、夫がヤクザであるということで娘につらい思いをさせたという自責の念に根ざすものではないか。自分が自分の責任において修造に打ち明け、破談を笑って受け止められるのだということを伝えることで、母は苦しまなくてすむと早苗は考えたのだった。

（お母さんと自分は肩を寄せるようにして暮らしてきた）

と思う。

あれは高校二年生のときだった。

――お母さん、離婚して二人で暮らそう、高校をやめて私も働くから。

父親が刑務所に入った留守、そう言ったことがある。

母親は首を振って、こう言った言葉をいまもおぼえている。

――お父さん、テーブルをひっくり返したり、ビール瓶を投げたりするけど、お母さんに手を上げたことは一度もないんだよ。

当時、母は三十半ばの女盛り。あの言葉は夫に愛されているという自慢だったのか、それとも夫の横暴に耐えるために自分に言い聞かせた言葉だったのか。複雑な女心を垣間見《かいま》たような気が、いまはするのだった。

「おまえがそうしたいのなら」

母親が剝いた林檎の皮を片づけながら言った。破談を覚悟したようだが、その表情に安堵の色が浮かんでいるのを早苗は見た。

（これでいいのだ）

と思った。

お母さんにも、お父さんにも責任はない。誰の子として生まれてくるか、境遇は自分で選ぶことができない以上、それを引き受けて生きていくのだ。修造に打ち明けるのは正直言って恐い。恐いけれど、避けて通ることはできない。修造さんのためにも、両親のためにも、そして、この私のためにも……。

「お父さんは？」

「お寺じゃないの。このところ、ちょこちょこお参りに行っているのよ」

「信じられない」

「六十半ばになって仏心《ほとけごころ》が出てきたんじゃないの。行った日は帰ってきて一杯やりながら、仏教の話をするのよ。聞いてくれるの、私くらいしかいないから」

「懺悔《ざんげ》ね、きっと」

リンゴを指先でつまんで、

「どこのお寺さん？」

「駅向こうだと言ってたわね。俺と同じ任俠だなんて、わけのわからないこと言って」

「任俠？　まさか任俠寺じゃないわよね」

「そうよ」

早苗が息を詰めた。

「ヘンな名前だけど、お父さん好みで……、どうかしたのかい？」

「いえ、何でも。住職さん、なんて言う人？」

「知らないね」

「まさか天涯じゃないわよね」

「さあ、どうだったか……。あっ、そうかも知れないね。天涯孤独の天涯がどうだとか言ってたから」

父親と、任俠寺の天涯住職。

早苗の顔から笑みが消えていた。

（十五）

被害者が坊主だと聞いて、檜山理事長が顔をしかめた。美人局を否定し、桃子を口説いてホテルに入ったと供述しているという。女と無関係に男が乗り込んで来て勝手に恐喝した――そういう主張だった。

「どこの坊主だ」

致誠会本部で、檜山が早島組長に問うた。

「城西市にある任俠寺という寺です。天涯と言って六十半ば――。知り合いの刑事《デカ》が言っていました。先代の三回忌法要を勤めた住職だそうです」

「あの坊主か」

檜山が阿見を見て、

「おめえ、『マドンナ』で飯島とおかしなことになったことがあるだろう」

「はい」

「天涯って坊主は俺たちの隣のボックスに座っていた。飯島が法要のときのことを覚えていて、俺に紹介した」

阿見が目を細め、記憶をまさぐるようにしてから、

「堅気の連れがいて、桃子がついていましたね。坊主が前々から口説いていたのかもしれません。それを健治が知って絵図を描いた……」

檜山の顔をうかがった。

檜山は顎に人差し指と親指を当ててつまんでいる。思案するときの癖だった。飯島は井原病院から手を引いてくれと言ってきた。理由は訊かないでくれと言った。頼まれたわけじゃないとも言った。そして、俺に頭まで下げた。ノーと言えば殺《や》る覚悟で頼みにやって来たことはわかっている。

(だが、なぜそうまでして井原病院にこだわるんだ?)

飯島の腹は読めなかったが、事件の流れを俯瞰《ふかん》すると、飯島、井原病院、天涯、桃子は何らかの糸でつながっていると見るのが自然だろうと思った。そして、あの天涯は現役ヤクザの秋本をホテルの部屋から叩き出した。押し出しと態度、目の配り方は並の坊主でないことはわかっている。

(天涯が一芝居打った)

経緯はわからないが、檜山はそう確信した。

だが、井原病院の件はすでに幕が降りた。

「給料ファクタリングのほうはどうなっているんだ」

唐突に言った。

坊主の話は終わりだと、早島と阿見に言外に告げたのだ。


事件から二日目の午後、飯島は任俠寺へタクシーで向かっていた。健治が逮捕《パク》られたことは当夜のうちに耳に入った。烈士塾が井原病院から手を引いたことは、その翌日に聞いた。ヤクザ社会は一瞬にして情報が駆けめぐる。被害者が坊主だと知って苦笑したが、ヤクザみたいな坊主だと聞いて驚愕した。

今朝、宇崎刑事に電話をかけた。

——ところで、天涯住職にケガはなかったか？

わざと「天涯」という名前を口にし、宇崎が言いよどんだことで確信を持ったのだった。

飯島が山門の前でタクシーを降りた。天涯が菜園の脇にビーチパラソルを立て、布張りの椅子に腰掛けている。誠実屋葬儀店の野呂山社長が鍬《くわ》を振るうのを、つまらなさそうに眺めていた。

「おう、よう来た」

飯島を見て天涯が片手を挙げて言った。

「住職、あんたが描いた絵図なのか？」

「なんの話や」

「城西ホテルの一件だ」

「ああ、あれか。世間はどない言うとるか知らんけど、わし、スケベちゃうで。仏門に仕える者の一人として、若い娘の〝観音様〟を拝もうとしただけや」

「あの事件で、桃子という女の言い分に信憑性がなくなった。あんたが言った〝消す〟という意味がいまわかった。礼を言うぜ」

「こらッ、社長、腰がフラついとるやないか！」

飯島を無視して野呂山を怒鳴った。

「キャバクラでケツの毛抜かれたんとちゃうやろな！」

「大きな声を出さないでくださいよ、人聞きの悪い」

野呂山があわてて言い返す。

「耕したら水をたっぷりやるんやで！」

「わかってますよ」

「住職……」

飯島が何か言いかけて黙った。無言で頭を下げると踵《きびす》を返し、山門を出て行った。

「社長」

「なんですか」

「軽トラ、借りるで」

天涯が飛び乗るようにしてエンジンをかけた。

「住職、ちょっと！　これから通夜の用意が！」

追いすがって荷台の後ろに手をかけたが、天涯はかまわずアクセルを踏み込んだ。


天涯は城西署の正面玄関前に軽トラックを停めた。運転席でじっと玄関を見つめる。宇崎刑事が電話で教えてくれたとおり、午後三時、桃子が出てきた。一昨夜と同じ赤いミニのワンピースを着て、生足に黒いハイヒールを履いている。

天涯が降りて近づく。桃子が驚いて顔を上げた。ノーメイクの顔は少女の顔だった。十七歳はまだ高校二年生。派手なワンピースと不釣り合いで、これから仮装行列に参加するようだった。

「メシでも食いにいこか」

返事をしなかった。足もとに視線を落としている。これから何をどうしていいのか、頭の中が混乱しているのだろう。二晩の留置場は不安と後悔で一睡もできなかったはずだった。

「健治のことが心配か？」

コクリとうなずく。

「ひとりになるのが恐いのんか？」

黙ったままだった。

「人間、みんなひとりや言うたやろ。わしもひとり。桃子もひとり。みんな一緒や。桃子にはわしがついとる――と言いたいところやが、年寄り坊主じゃ、力不足やったな」

桃子が小さく笑った。

「何がええ？　イタリアンにフレンチ、寿司、中華」

「ラーメン」

「よっしゃ」

助手席に桃子を乗せて軽トラを発車させた。

十五分ほど走って評判のラーメン屋に入った。桃子が好物だという餃子も合わせて注文した。桃子はおろした髪の毛が汁《つゆ》で汚れないように気をつけながら、箸で左手のレンゲに麺を取り、フーフーと息を吹きかけてから手繰《たぐ》るように食べている。

その様子を天涯が見ている。いたいけな少女を利用してシノギしようなど、健治は男のクズだと思った。たとえ非合法であっても、おのれの身体を張ってシノギするところに極道としての矜持がある。これは極道に限らない。矜持なき人間はノミやシラミと同じなのだ。

だが、自分のとった行動はどうなのか。野呂山の話を聞いていて美人局を直感し、それを利用した。放っておけば野呂山は恐喝《カツアゲ》されている。それを未然に防いだと言えばそのとおりだが、それは言い訳にすぎない。自分もまた、桃子を出汁《だし》にしたのだ。飯島の苦悩を見かねてそうした。井原病院に対する恐喝が頓挫したことで、飯島の娘は救われた。だがそれは、桃子を踏みつけにすることによって救われたのだ。

（いや、それで飯島の娘は本当に救われたのか？）

自問する。ヤクザの娘であるという事実、そして、それを婚約者に隠しているという事実は何も変わっていないのだ。

桃子は母子家庭で育ち、高一のとき母親を亡くし、ひとりで生きてきたとクルマのなかでもらした。それ以後の話は聞かなくてもわかる。桃子を何とかしてやらなければならない。

桃子のためではない。

あの子を出汁にした自分に対するオトシマエだった。

「住職さん、食べないの？」

桃子が箸を止めて顔を上げた。

（十六）

美代加は当惑していた。

——若い女の子をひとり雇ってくれ。

今日の午後、店で仕込みをしていると、天涯が電話をかけてきていきなり言った。高飛車な言い方にムッとはしても、何となく断りにくいのが天涯という男だった。損得や利害で動く人間でないことがわかっているからだが、それにしても乱暴な頼みではないか。

——人を雇ってまで店をやるつもりはないんだけど。

やんわり断ったが、

——給料のことなら、野呂山や大僧正にノルマ背負《しょ》わすさかい、心配せんでええ。今夜、連れて行くさかい、あんじょう頼むで。

言うだけ言って電話は切れたのだった。

電話で断れば「会わないで断るのか」と怒るだろうし、会って断れば「だったら何で電話をかけたときに言わないんや」とねじ込んで来るだろう。どこで身につけたのか、天涯はいつも〝王手飛車取り〟で迫って来る。溜息をつくしかなかった。

開店の三十分ほど前に女の子を伴ってきた。ジーンズにTシャツを着ていた。小柄で幼い顔立ちをしているが、目鼻立ちが整っていて化粧映えのする子だと思った。桃子という名を聞いて、先夜、野呂山社長と天涯和尚のやりとりを思い出した。野呂山社長にタクシーを呼び、住職が〝代打〟になった女の子だ。あの夜、何があったのか知らないが、ワケありであることはもちろん美代加にもわかった。

「どや、ええ子やろ。まだ十七歳やから十時で帰さなあかんが、もうすぐ十八になるから心配せんでええ。それに……」

「あなた、本当にここで働きたいの？」

さえぎって桃子に訊いた。よかれと思ってのことだとはわかっているが、独善的に物事を進めるのが天涯の難点だった。

「はい、お願いします」

明るい声で言って頭をペコンと下げた。

「そう、ならいいんだけど」

「美代加、おまえに預けたらわしも枕を高こうして寝られる。しっかり仕込んだってくれ。いずれ店を持たせて自立させてやりたいんや」

「預かるとはまだ言ってないわよ」

「言わんでも、顔にちゃんと書いてあるがな」

「いつもこうなんだから」

苦笑するしかなかった。二人はどういう関係なのか知らないが、乱暴な口調のなかに天涯が桃子の将来を案じていることは、美代加にもわかった。

「はい、これ」

美代加が新しいエプロンを取り出して渡すと、店を出て入口に暖簾を掛けた。それを待っていたように、恵方が店に飛び込んできた。

「残念やな。この席はわしがもう座っとる」

「い、いえ、あたしゃ別に」

「桃子や。よろしゅう頼むで」

「ほほう、これはこれは」

目尻を下げ、咳払いをしてから、

「わしは密教派総本山・超運寺の大僧正で、名前を伊能恵方と……」

「おのれの自己紹介なんかせんでええ。わしの娘や。悪さしたらあかんで」

「娘さん？」

「アホ、言葉のアヤや」

そこへ野呂山社長が入ってきて、

「あっ！」

と小さく叫んだ。

「社長、今日からここで働くことになった。おとなしゅう呑んで、そのかわりゼニはたんと使こうたってくれ」

「は、はい」

事情がわからず、野呂山は目を白黒させていた。

天涯は来る客みんなに桃子を紹介し、桃子も好感を持たれたようだ。陰のある子だと思っていたが、笑顔で応対している。美代加も安心した。

引き戸が開いて若い女性が顔をのぞかせ、遠慮がちに入ってきた。後ろに若い男が立っている。

「ごめなさい、満席なんです」

美代加が申しわけなさそうに言う。

「あのう、こちらに……」

女性が言いかけて天涯と目が合った。

作務衣のスキンヘッド。

「天涯ご住職ですか？」

「そうじゃが」

ピンときた。切れ長の目元が飯島にそっくりだった。天涯が立ち上がると、二人をうながして外へ出た。

「突然、おうかがいして申しわけありません。夜はよくこちらにいらっしゃると父に聞いたものですから。私は……」

「早苗はんやろ。父親似やな。お母さんの顔知らんけど」

若い男に視線を移して、

「井原病院の跡取りやろ？」

「はい、井原修造と申します。早苗さんのお父さんにお会いして、すべてをお聞きしました。ご住職様には病院を救っていただき、誠にありがとうございました」

長身を折った。礼儀正しく、凜とした顔をしている。野呂山が言うように、なるほど好青年なのだろう。

「何の話か、わしにはようわからん」

天涯が店にもどろうとする。

「早苗さんからすべてを聞きました。僕たち結婚します。そのことをお伝えしたくて参りました」

背に言葉を投げかけ、続けた。

「両親にそのことを話しました。すべて話しました。理解は得られませんでした。僕は家を出ます。そして、いつの日か、本当にいつの日かわかりませんが、必ず両親はわかってくれると思っています」

天涯が振り向いて言った。

「親を憎んだらあかんで。親は誰かて我が子が可愛いもんや。我が子のためなら人も殺すし殺されもする。このことに堅気も極道もない。そのことだけは忘れんこっちゃ。せやけど、親のない子も世の中には大勢いてるんや。親とケンカすることもでけへん。ケンカでけるっちゅうことは幸せの証や」

二人が言葉を嚙みしめるようにうなずいた。

店の賑わいが聞こえてくる。「桃子ちゃん」と客が呼ぶ声が交じった。早苗が顔を上げると、問いかけるような目で天涯を見た。何か言いかけるのを制するように、天涯が口を開いた。

「今日は昨日の続きやない、明日は絶対に今日の続きやない——自分にそう言い聞かせながらみんな必死で生きてるんや。知らん顔して見せるのもやさしさやないか」

早苗がゆっくりと店に顔を向けた。軽やかな桃子の笑い声が聞こえてくる。天涯に向き直ると、早苗が小さくうなずいた。

第三話　お百度参り

（一）

月明かりの境内《けいだい》に和服を着た女の背が見えた。

天涯が山門の柱に身体を寄せたまま目で追う。黒っぽいケープを羽織り、二十メートルほど先の石灯籠《いしどうろう》を過ぎて、真っ直ぐ本堂に向かっている。裸足だった。山門の脇に草履と白足袋《たび》がそろえて置いてある。脚が不自由なのか、少し引きずっているように見えた。

（願掛《がんか》けやな）

と、天涯は思った。

立春を境に一年の新たな運気がはじまる。女将の美代加が常連客にそんな話をしていた。前日の節分が旧年最後の日になることから「運気の大晦日《おおみそか》」とし、豆を撒《ま》いて邪気を祓《はら》うのだそうだ。そんなもんで鬼が退散するなら人生は楽なもんや、と天涯が茶々を入れ

たが美代加は取り合わず、

「願掛けするなら今夜からよ」

と常連客をけしかけていた。

先程そんなやりとりをしたので、願掛けという言葉が天涯の脳裡をよぎったのだろう。

女が本堂の階段の下で立ちどまった。賽銭《さいせん》箱が小さく鳴った。背を丸め、じっと動かない。手を合わせて念じているのだろう。やがて女は頭を起こすと、もう一度腰を折ってから踵《きびす》を返した。

天涯が素早く身体を隠した。願掛けする姿など他人に見られたくはあるまい。一陣の風に竹藪がざわついた。


一週間ほどたった昼前、誠実屋葬儀店の野呂山社長が、いつもの軽トラで任俠寺にやってきた。

「こんにちは！」

笑顔の真ん中で、ハの字になった眉尻がさらに下がっている。

「社長、葬祭やめて冠婚にしたらどや。おまえさんの顔は泣いとっても笑ろうとるように見える。葬儀はあかん、冠婚向きや」

「ご冗談ばっかり」

「本気や」

ニコリともしないで言った。

野呂山は天涯の歯に衣着せぬ物言いに好感を持っているが、それが自分に向けられると返答に困ってしまう。笑いでごまかしてから、

「それで、その葬祭のお願いなんですが」

と本題に入った。

「極道か？」

「いえ、菊田屋《きくたや》の先代女将《おかみ》です」

「菩提寺があるやろ」

「以前は」

と言った。

菊田屋は東京の西部地区では知られた老舗《しにせ》の割烹《かっぽう》で、天涯も店の名前は耳にしていた。先代が十年前に亡くなったとき、お布施をめぐって住職と感情的な行き違いがあったとかで、気の強い先代女将が寺と縁を切り、墓も移し、以後、法事は葬儀社を通じて僧侶を派遣してもらっているのだと野呂山が説明した。

「なら、派遣坊主を頼んだらえやないか。五万、十万で来よるやろ」

「それが今回は先代女将のご葬儀ですからね。見も知らぬ派遣だと私もちょっと心配なも

ので、ここはぜひ、貫禄の天涯住職に」

「口も冠婚向きやな」

「意地悪を言わないでくださいよ」

「けど、うちは地元の寺やで。菊田屋が嫌がるやろ」

「それは大丈夫です。法要のご縁だけであれば、どこの寺でもいいということなので」

「どこでもとは、わしも安う見られたもんやないか。蕎麦《そば》の出前かて店決めてから注文するやろ。法衣を着てムニャムニャやっとったら誰でもええっちゅうことか」

「ま、ま、そうおっしゃらないで、このとおり」

野呂山が合掌して拝む仕草を見せた。

葬家によっては、法話会や檀家の勧誘など寺と関わることを懸念して、わざわざ遠隔地の派遣僧侶を要望することもある。それで天涯は「地元の寺でいいのか」と念を押したのだが、それでかまわないということであれば断る理由はない。

「いつや？」

「通夜が明後日の六時、葬儀は翌日十時です。斎場は城西会館、会葬者は三百人はくだらないと思います」

「社長、儲かるな」

「いやいや、それほどでも……」

「顔がニヤついとるやないか」

「ニヤついてなんかいません！　私の顔は冠婚向きなんです！」

野呂山が珍しく嚙みつくように言った。

その夜、天涯は庫裡の電気コタツでイカの塩辛を肴《あて》に熱燗をやっていた。『たつみ』に顔をだすつもりでいたのだが、夕方から風が強くなり、出かけるのが億劫《おっくう》になった。それに通夜、葬儀が控えている。風邪が流行《はや》っているようだから用心に越したことはあるまい。

風が凪《な》いできたのか、葉音が止《や》んだ。

境内で人の気配がした。

壁の時計を見上げる。十時過ぎ。いつもの時刻だった。今夜も賽銭箱に硬貨を投じる音が聞こえた。

(二)

六階建ての城西会館は市を代表する斎場で、広々とした開放感のあるロビーは会葬者でごった返していた。

導師控室で天涯がお茶を啜《すす》っていると、

「ご住職、ご葬家様がご挨拶申し上げたいとのことです」

と言って、野呂山が三人を案内してきた。若い娘の肩を借りた中年が喪主の『菊田屋』四代目の康平《こうへい》で、頰がこけて顔色が悪く、ひと目で病んでいることがわかる。背後に妻の智恵子《ちえこ》、肩を貸しているのはひとり娘の美咲《みさき》ということだった。三人とも黒紋付の五つ紋で、康平は袴をつけていた。

「このたびはお世話になります」

康平が手をついて頭を下げた。

「七十四歳はいかにゆうても若い。いまの時代なれば九十代をもって天寿じゃ。患《わずら》っておられたのかな？」

「脳卒中です。病気ひとつしたことのない母でしたが……。倒れて三日目に亡くなりました」

天涯がうなずいて、

「なんぞ趣味のようなものは？」

と質問を続ける。生前のエピソードを遺族から聞き出し、それを法話に織《お》り交ぜることで悲しみはいよいよ深くなって仏法が心に染みていく。通夜法話の基本でもあった。

「華道、茶道は若いときからでして、名取でお弟子さんをとっています。最近はお弟子さんたちと、ご近所のカラオケ店によく通っていたようです。気丈夫で、店の切り盛りは、お袋がやっておりました」

天涯が智恵子に視線を移した。

「故人はどないな人やった？」

「聡明で、責任感の強いお義母《かあ》さんでした」

「女将の鑑《かがみ》やな」

「はい。厳しい方でしたが、厳しさのなかに愛情というのか……」

「やめてよ！」

娘の美咲が声を荒らげた。

「口うるさくて、嫁いびりで、あんな婆ァさん大嫌い――ハッキリそう言ったらいいじゃない。いい嫁ぶらないでよ。私、そういうの大嫌い」

「通夜の席だよ。口を慎《つつし》みなさい」

「お父さんがしっかりしないから悪いんじゃないの！」

美咲が部屋を飛び出して行った。

「お恥ずかしいところをお見せしました。やさしい娘なんですが、お婆ちゃんが亡くなって気持ちが高ぶっているのでしょう」

「多感な年ごろや」

「とは思いますが……」

いきなりドアが開いた。

「兄さん！」

「間に合ってよかった」

太って赤ら顔の男が靴を乱暴に脱ぎ捨てて、

「仕事でバタバタしていて留守電を聞いたのはさっき——今日の夕方なんだ」

「来てくれてありがとう」

「なにを言ってるんだ。俺を産んでくれた母親だぜ。親父のときは勘当の身だったから不義理したけどな」

智恵子を向いて、

「しばらく。——いま出て行ったのは娘かい？」

「はい、美咲です」

「大きくなったな」

「兄さん、話はあとで」

康平が天涯を気づかって言った。

「おっと、これは失礼」

天涯に軽く頭を下げて、

「私は長男の政男《まさお》で——と言ってもいろいろあって、弟に跡を譲って、いま新宿で何だかんだ事業をやっています」

饒舌《じょうぜつ》に自己紹介してから、

「康平、どちらのお寺さんかな？」

「ええっと、お寺は……」

康平が口ごもり、智恵子があわてた。天涯が顔に出さないで苦笑する。野呂山の言うとおりだと思った。菊田家にしてみれば派遣僧侶の寺など関心の外で、尋ねもしなかったのだろう。

「任俠寺や」

智恵子が驚いたように顔をあげて、

「駅向こうのですか？」

と問い返した。

「知ってまんのか？」

「い、いえ。そんなお寺があると聞いたことがあったものですから……」

「妙な寺号やゆうて評判やからな」

と言いながら、任俠寺という名前に息を吞んだ表情が気になった。

（この嫁、ひょっとして……）

唐突にそんな思いがよぎったが、姿を目にしたのは月明かりに一度きりで、それも背中だった。願掛けがいまも続いていることは境内の気配で承知しているが、目の前の嫁は細面《ほそおもて》に薄く紅を引いて髪を結い上げ、柳眉が凜としている。寒空に裸足で願掛けするタイプとはとても思えなかった。

「それではご住職、よろしくお願い申し上げます」

康平が辞去の挨拶をし、智恵子がハンドバッグから袱紗《ふくさ》を取りだそうとすると、その手を政男が制した。

「お布施は葬儀が終わってから改めて寺にお持ちすればいい」

そして、康平を向くと、

「初七日はどうなっている？」

と訊いた。

「繰り上げということで、明日、葬儀といっしょに」

「だめだ。初七日は初七日できちんとやってもらえ。日忌《にちき》もやろう。初月忌《はつがつき》もだ。そのあと四十九日、百カ日法要。菊田家はそういうことはきちんとやる家柄だ。親父のときもそうしたって、お袋が言っていた」

日忌とは、初七日を終えて以後、七日ごとにお勤めする法要のことで、二七日《ふたなのか》、三七日《みなのか》、四七日《よなのか》……と続き、七七日《なななのか》にあたる没後四十九日を「四十九日法要」と言う。初月忌は初めて迎える月命日のことだが、何事も簡素化の時代とあって、日忌や初月忌をやる家庭は少ない。「そのことで菩提寺と揉めたんじゃないか」——康平はそう言おうとしたが、智恵子がさえぎるように、

「あなた、義兄様《おにい》のおっしゃるとおりだわ。菊田家として世間に恥ずかしくないご葬儀にしましょう。気がつきませんで申しわけありませんでした」

頭を下げ、政男が鷹揚《おうよう》にうなずいた。

勘当の身が突然現れ、坊主の自分に一言の相談もなく勝手に話を進めている。押しの強い男だと天涯は思った。不愉快な顔を隠さず、咳払いをしたので康平があわてた。

「ご住職、ご都合はいかがでございましょうか」

「わしは派遣や。誠実屋に訊いてくれ」

ぶっきらぼうに言った。

「承知しました」

康平が一礼し、頭を上げるより早く、政男は部屋をあとにしていた。

康平がステッキをついて立ち上がる。智恵子が手を添え、ロビーに向かった。天涯がその背を凝視する。智恵子は足を少し引きずっていた。

（三）

会葬者の人数に関わりなく、通夜の読経は一時間以内と天涯は決めている。葬儀は火葬場の予約があるため出棺時間が決まっているが、通夜にはそれがない。会葬者が多いと、焼香は延々と続くことになる。葬儀社としては演出上、焼香が終わるまで読経を続けて欲しいと要望するが、

「読経はＢＧＭとちゃうで」

と言って天涯は聞く耳を持たない。

野呂山はそれがわかっているので、天涯に導師を頼むときは香炉の数をたくさん用意することにしている。今夜も会葬者は見立てどおり三百人を超えていたが、予定の時間内で終えた。

天涯が法衣を着替えて導師控室を出る。ロビーは閑散としていた。二階が通夜振る舞いの席になっているので、そちらに移動したのだろう。

式場の受付台の隅に、美咲が立っているのが見えた。黒い細身のスーツを着た茶髪の若い男が一緒だった。美咲が周囲をうかがってから、カバンを隠すようにして手渡した。男はそれを受け取るや足早に外へ出て行った。

足音に気づいて、美咲がふり返る。

「ご住職！」

「びっくりせんかてええがな。イケメンやな。彼氏か？」

「ええ、まあ、はい」

美咲がドギマギしながら言って、

「あっ、お荷物、お持ちします」

「かまへん。年寄りの運動や」

「タクシーですか？」

「うん」

「じゃ、玄関までお見送りさせていただきます」

言葉づかいといい、黒目がちで聡明そうな顔立ちといい、母親に乱暴な言葉を投げつけたときと別人のようだと天涯は思った。

智恵子がエレベータでロビーに下りてきた。美咲がプイと横を向くと、階段を駆け上がって行った。

「美咲が何か失礼なこと申しませんでしたか？」

階段を目で追いながら言った。

「いや。ええ子やないか」

「ありがとうございます」

智恵子が目を伏せて言った。

明日の葬儀の支度をすませ、天涯がいつものように庫裡の電気ゴタツで寝酒の熱燗《あつかん》をやっていた。十時をまわって、境内で人の気配がした。今夜で九日目になる。立春の節目に願を立て、お百度参りをはじめたのだろう。菊田屋の若女将の顔を思い浮かべたが、通夜のあわただしいなかをここまで出かけて来るわけがない。それに考えてみれば、若女将かもしれないと自分が勝手に想像しただけだ。

（どうかしとるで）

苦笑して、酒の入った湯飲みを口に運んだ。

お百度参りは同じ寺社に百回参拝して祈願することで、入口から拝殿・本堂まで行って参拝し、また入口までもどってくる。本来は百日をかけて毎日参拝するものだったが、いまでは一日に百回くり返す人もいれば、百回を数日に分けてお参りする人もいる。裸足になる人も少なくなっていると天涯は聞く。浄土真宗は「迷信に惑わされ、正信を見失うことなかれ」ということから、功徳としてのお百度参りを認めてはいないが、不条理の世界で命のやり取りをしてきた天涯は、神仏にすがる気持ちは理解できた。

賽銭箱が鳴った。

騒ぎは翌日、火葬場から遺骨を菊田家に持ち帰ったあとで起こった。

読経を終え、天涯が遺族と雑談をしているときだった。年配の中居が遠慮がちに入ってくると、智恵子の耳元で何事かささやいた。

「通夜のお香典？　知らないけど……」

智恵子が当惑の顔を見せた。

「どうかしたのか？」

康平が中居に言った。

「それが、昨夜の香典が見当たらなくて……」

顔をこわばらせて言った。

中居によると、通夜振る舞いがはじまるまで、現金を入れたカバンは確かに受付台の上に置いてあったという。途中でなくなっているのに気がついたが、誰かが若女将か主人に渡したのだろうと思ったそうだ。受付は菊田屋の従業員が十名ほどで担当した。誰もがカバンがなくなっているのに気づきはしたが、同じように考えていたのだと説明した。

「無責任じゃないか！」

政男が声を荒らげた。

「大金だ！　どうする気だ！」

「まあまあ兄さん」

　康平がなだめるように言ってから、中居を向くと、

「どこかに紛れこんでいるんだよ。私から会館と葬儀社に連絡をしておく。おいおい、泣かなくていいんだよ。キミたちに責任はないんだから」

「と言われても、受付としてはつらいやろ」

　天涯が口を開いた。

　美咲の心臓が高鳴った。カバンを手渡すところを住職に見られている。お婆ちゃんの香典に手を出したことを知れば、いくら温厚な父でも激怒するだろう。いずれ家を出ることになるとしても、香典が原因だと世間に言われるのは不本意なことだった。手許の念珠《ねんじゅ》に視線を落とし、顔を火照《ほて》らせながら美咲は天涯の言葉を待った。

「これが香典ドロの仕業やったら、現行犯やないと捕まえるのは無理やな」

　と言って天涯が続ける。

「警察に連絡したら会葬者はみんな事情を聞かれるやろ。迷惑やで。気分かて悪い。菊田屋、斎場、葬儀社、花屋の人間は当然疑われるわな。人間関係にヒビかて入ってまう。しかも、や。もし身内や遠縁から縄付きを出すなんてことがあったら大恥や。そないなことを考えたら、警察に届けるのは誰かて躊躇《ちゆうちよ》するやろ。結局、葬家は泣き寝入り。香典ドロの思うつぼや」

「いや、警察に届けるべきだ」

政男は強硬に主張したが、

「どうするかは、葬家のうちにまかせてください」

弟とはいえ、「葬家」という言葉を持ち出されたのでは、勘当の身の政男としては黙るしかなかったろう。

「ほなら次は初七日やな」

天涯が打ち切るように言って立ち上がった。

(私のことには触れなかった)

仏間で見送った美咲は安堵しながら、

(住職はカバンを手渡すところを見なかったのだろうか?)

と思ったが、すぐに打ち消した。

——イケメンやな。彼氏か?

確かにそう言ったのだ。

その夜、康平夫婦と政男は、板長の精進料理で夕食を伴にした。

「あんた、後妻に入って何年になる?」

智恵子の酌を受けながら、政男が訊いた。

「美咲が高校に入学するときですから、もうすぐまる七年になります」

「早いもんだな。美咲は大学生か？」

「来月卒業なんだ。山百合《やまゆり》学園だけど」

康平が引き取って言った。腎臓を病み、週三回の透析治療を受けている康平は、お茶で形だけつき合っている。

「お嬢さん学校やな。女将見習いの若若女将か。婿を取るんだな？」

「うん、まあ……。兄さん、店は？」

話題を変えた。

「いま新宿と赤坂とで高級クラブを三店やっているけど、社員にまかせているからな。俺はヒマを持て余しているよ」

「成功したんだね。親父とお袋に見せてあげたかった」

「家を出たのは二十四のときだからな」

盃をコップに代えて言った。

「僕が二十歳のときだからよくおぼえているよ。三千万円だよね。菊田屋の改装費を全額持って飛び出した」

「エッヘッヘ。以後、出入り禁止だ」

不良をやっていた義兄《あに》がヤクザの賭場で大敗し、その穴埋めに三千万円を持ち出したという話は、智恵子は折りにふれて康平から聞いていた。勘当されはしたが、母親の春乃《はるの》が夫の仙一《せんいち》に内緒で月々まとまった金額を送金していたとも言っていた。十年前、仙一が亡くなって康平が菊田屋を継ぐとき、株券を処分し、手持ちの現金と合わせて二億円を義兄に財産分与したということだった。

「美咲はどうした？　顔を見せないじゃないか」

ふと気がついたように政男が言った。

「遊びに行ったんじゃないかな」

「伯父さんが来ているのにか？」

「まだ子供で……」

「なんだ、康平、奥歯にものが挟まったような言い方をして」

酔いがまわってきたのか、ぞんざいな口調になって、

「男か？」

いきなり言った。

「ち、違うよ」

「図星だな。おまえは子供のときから顔に出る」

「義兄さん、美咲は高校時代のお友だちとカラオケに行っているんですよ」

智恵子が笑って取りなしたが、

「水臭いじゃないか」

政男がコップを置くと、険しい顔で智恵子と康平を交互に見やって言った。

「口幅《くちはば》ったいようだが、こういうことに関しては、あんたたちより少しは長《た》けているんだ。お袋の葬儀の日にこんな話が出るのも何かの縁だろう。親孝行が叶わないなら、せめて弟のために役立ちたい」

「兄さん……」

康平は感激の面持ちだったが、智恵子は半信半疑でいた。財産分与しているとはいえ、唐突に葬儀に顔を出したのは、ひょっとしてお金の無心をするためではないか、という思いがあった。初七日、日忌、初月忌、四十九日、百カ日を言い出したのは、うがった見方をすれば、わざと菊田屋に関わるようにしているかのように思えなくもない。康平の体調は思わしくなく、この先、どうなるかわからない。義兄に菊田屋を取られてしまうのではないか、とさえ勘ぐった。母子家庭だった智恵子は小学校六年で母親を亡くし、親戚の家に引き取られて育った。社会に出てからは割烹で中居として働き、苦労もした。警戒心が強いのは、こうした生い立ちが影響しているのかもしれなかった。

だが、兄弟が話す様子を見ているうちに、

(ひょっとして義兄さんなら美咲のことを解決してくれるのではないか)

という期待が芽生えたことも事実だった。美咲との関係はどうにもならなくなっている。義兄のぞんざいなしゃべり方は、きっと兄弟の信頼関係の証なのだろう。義兄さんの言うとおり、ご葬儀の縁かもしれない。

智恵子が康平を見やった。

康平がうなずいて、

「実は……」

と、美咲がホストに入れあげているのだと話しはじめた。

（四）

翌朝十時、智恵子がお礼のため、任俠寺の本堂にやって来た。格式張らないようにと、着物は地味な色合いにしたのだろうが、上に着るのは羽織や道中着ではなく、無地の道行《みちゆき》にしているところが菊田屋の女将としての矜持なのだろう。

透析治療のため康平を城西病院に送り届け、その足でおうかがいしたのだと言って、夫の不在を詫びた。

「なんの。すぐわかったかな」

「はい。タクシーの運転手さんがよくご存じでした」

「ガラの悪い寺や言うとったやろ。街はずれの目立たん寺やさかいな。極道がちょこちょこ駆け込んで来よる。夜中にお百度を踏みに来たりしとるもんもおるが、一般の参拝客はさっぱりや」

「お百度はご利益がありますか？」

智恵子が真顔で言った。

「ないやろ」

「えっ、ないんですか？」

「目を剝《む》くことないやろ。考えてみたらわかるやないか。百回踏んでご利益があるなら、千回、万回踏めばもっとあることになる。いっそのこと、死ぬまで踏み続けたら人生、七色の虹がかかりよる——言うたら、身も蓋もないやろ」

智恵子が小さくうなずいて、天涯の言葉を待っている。

「お百度はともかくとして、こうしたい、こうありたい、こうなれば——という願いをこめて自分にムチ打つ処し方をしとったら、日常生活における一言半句、一挙手一投足におのずと熱意が宿る。それが結果として周囲を動かすいうことはあるやろ」

「お百度は無駄ではないということですね？」

「無駄や言うたらお百度踏む人が気の毒やし、ご利益あるで言うて囃《はや》し立てたら無責任になる。気のすむようにしたらええ——そういうこっちゃ」

「わかりました……。あっ、失礼しました。すっかり話しこんでしまって」

慌ててハンドバッグから袱紗《ふくさ》に包んだお布施を取り出し、

「このたびはすっかりお世話になりました。引きつづいてのご法要を義兄がお願い致しまして、ご足労をおかけしますが、どうぞよろしくお願い申し上げます」

あらためて頭を下げてから立ち上がると、足元を確かめるように踏みしめた。

「足、大丈夫なんか？」

「若いころに交通事故で……。正座はできるのですが、歩くときに左足がちょっとだけ難儀します」

「無理せんこっちゃ」

と言って、祭壇の脇に手を伸ばすと、黒いケープをつかんで差し出した。今朝、境内に落ちていたものだった。

「初七日は十時でよかったんやな」

「はい、よろしくお願い申し上げます」

受け取りながら言った。

どこで拾ったか天涯は言わない。智恵子もお礼を口にしない。ケープのことに二人は一言も触れなかった。

智恵子が帰ると、天涯が野呂山の携帯を鳴らした。

「いま菊田屋の若女将がお布施を持って来たで」

――通夜、葬儀、院号をつけて五十万、それに車代とお膳料をそれぞれ一万円と話してあります。少なくて申しわけありませんが……。

――派遣にしちゃ悪くないやろ。二十六万ずつやな。で、今夜は？

――七時でしたら。

「社長」

――なんでしょう。

「声、明るいで」

――冠婚に商売替えしろって言うんでしょ！

「わかっとったらええ」

任俠寺を辞した智恵子は、銀行など細々とした用事をすませ、いつものように城西病院に康平を迎えに行った。

「気分は？」

「大丈夫だ」

毎回かわされる言葉で、康平は今日もそう返事をしたが、顔色がよくない。

「二日続きで疲れたでしょう。帰ったら少し横になるといいわ」

康平は生返事をした。美咲が夜家を空《あ》けることはめずらしくはないが、香典の紛失騒ぎがあったあとだけに、気になっているのだろう。

康平が人工透析をはじめたのは再婚した直後だから、もうすぐ七年になる。週三回、一回が約四時間。通院の時間を含めれば半日を棒に振る。仕事ができないことに加え、美咲のことがある。働き盛りの男がベッドにじっと横になっている焦燥感は、想像以上につらいことだろうと智恵子は思った。

「カバンはどうだったの？」

タクシーの運転手を意識し、智恵子が声を落として言った。

「会館も葬儀社も見当たらないそうだ」

「ご住職がおっしゃったとおりかしら」

「だろうな」

「まさかとは思うんだけど」

康平が答えないで窓の外を向いた。

同じことを考えていることは智恵子にもわかっている。ホストに熱を上げるのはいい。麻疹《はしか》のようなものだ。いずれ熱は冷める。人間的にしっかりしたホストだって当然いるだろうし、結婚して幸せな家庭を築くかもしれない。だが、実家から多額のお金を持ち出して貢ぐということになれば、親として黙って見逃すわけにはいかない。注意すると、家を出て翌日まで帰って来ない。それでも美咲を可愛がる康平は結局、笑顔で迎えてしまう。その繰り返しだった。

十五分ほどで、タクシーは菊田屋に着いた。智恵子が料金を支払って下りたところへ、隣接する自宅の玄関から美咲が飛び出してきた。

「どこへ行くの！」

「どこへ行こうと勝手でしょ！　伯父さんに頼んだのはあなたなのね。卑怯者！」

「ちょっと、待ちなさい！」

美咲が手を払い、赤いダッフルコートを翻して駅の方角に駆けて行った。

智恵子が康平をふり返る。

康平はその場に立ちつくしていた。

「まいったよ。あそこまで強情とは思わなかった」

居間のソファで、政男が舌打ちをした。テーブルの上に缶ビールが置いてある。

「めったに会わない伯父が折り入って忠告するとなりゃ、姪っ子は殊勝な顔のひとつもして見せるもんだけど、あの子は難しいな。親が何だかんだ言うからムキになっているんじゃないのか」

康平と智恵子が並んで腰を下ろし、政男の言葉を待った。

「単刀直入に言った。ホストにカモにされているんじゃないか——そう言ってやったよ。こういうことは持って回った言い方をしちゃだめなんだ」

美咲が帰宅したのはつい先程だった、と政男が話す。

「早いお帰りだな」

挑発すると、キッとした目で睨んだという。

「若い娘が深夜までホストクラブでバカ騒ぎして、アフター行って飲み直しか。スネかじりが結構な生活じゃないか」

「何が言いたいんですか」

向き直ったところで説教をはじめた。

「いいか、ホストは客から金を引くのがうまいんだ」

ということからはじまって、「絞り取ったらポイ」「詐欺」「虚業」「男のクズ」——と思いつく限りの悪評を口にした。効き目があればよし、反論してくればそれを論破すればいい——そういうつもりだったと政男が言うと、

「あの子のことだ。反論しなかったんじゃないか？」

康平が口を挟んだ。

「そうなんだ。しっかりしている。怒ると思っていたら鼻で笑って、何とでも言ってください、だってよ。こういうのは始末が悪い。そのあげく、あの女に頼まれて説教している

のかって言いだした。だから俺もつい怒鳴っちゃってさ。遊ぶなら自分が稼いだ金で遊べって言ったら、怒って飛び出して行った」

「悪かったな、兄さん。余計な心配かけちゃって」

「なに水臭いこと言ってるんだ。こうなりゃ、ホストのガキと話をつけるしかねえな。なあに三百万ほど投げてやれば手を引くさ。で、どこの店の何ていう野郎だ」

「歌舞伎町の『ダル』とか言ってたけど」

「『ダル』！」

「知ってるのかい？」

「い、いや。で、野郎の名前は？」

「香取《かとり》翔《しよう》」

「わかった。二、三日うちに店を訪ねてみるから、三百、いや五百ほど用意しておいてくれよ」

「兄さん、恩に着る」

康平が頭を下げて言った。

（老《ふ》けこんだな）

と、智恵子は康平の横顔を見ながら思った。白髪がめっきり増えた。顔色もくすんで見える。背が高く、鼻梁《びりよう》の通った顔に和服がよく似合うと評判の若旦那だったが、背を丸めた姿は初老のようだった。それに引き替え、康平より四歳年上の五十歳ながら政男の顔は血色がよく、生気がみなぎっている。家を飛び出てから新宿のネオンで揉《も》まれてきたからだろうと思った。


七時少し前に天涯が『たつみ』に入って行く。

超運寺の恵方大僧正が美代加の真ん前の「ファーストクラス」に座って飲んでいた。

「あっ、ご住職！　席、代わりましょうか？」

恵方があわてると、

「代わる気やったら黙って席を立ったらええやないか。いちいち訊くアホがおるかい」

「こいつは一本取られましたな」

「笑ろうとらんで、早よどけや」

天涯がどっかりと席をおろし、美代加に熱燗を頼んでから、

「大僧正、豆まきに横綱を呼んだってな」

「おかげさまでテレビニュースにもなりまして」

「おまえ、豆ぶつけられへんかったか？」

「はッ？」

「鬼は外！」

「こいつは一本取られましたな、アッハハ」

「冗談ちゃうで」

恵方の笑顔が凍りつき、さすがにムッとした顔になった。

「ちょっと用事を思いだしたもので、それではお先に」

そそくさと出て行った。

「あんまりいじめないのよ」

美代加が銚子をつまんで、

「恵方先生も寺経営を必死で頑張っているんだから」

「なら、強盗かて頑張れば誉められるのか？」

「また極端なことを」

「大事なのは何に向かって頑張るかやろ。頑張ること自体は尊うない。恵方のアホは自分の金儲けのことしか考えてへんのや」

「いらっしゃいませ！」

桃子がいつものように明るい声で迎えてくれたので、野呂山の〝ハの字〟の眉が縦に二本の棒になっていた。

「おう、社長」

「わかってますよ、どうせ私の顔は冠婚向きです」

すって？」

天涯が口を開くより早く言ってから声を潜め、

「今朝、菊田屋のご主人から電話がかかってきましたが、通夜の香典が見当たらないんで

「ゼニには羽も足もついとる。目ぇ離せば、どこぞへ行くやろ」

菊田屋の娘が茶髪の青年にカバンを渡したときの光景を思い浮かべて言った。

「そうですが、気持ち悪いじゃないですか」

「あの若女将、後妻みたいやな」

「ええ、それで娘と折り合いがよくないようですが……。でも、娘さん、愛想のいい子ですけどね」

「アホ、後妻いうたら親父の女やで。シッポ振る娘なんかおるかいな」

「ちょっと、二人でなにヒソヒソやってんのよ」

美代加の手がポンと威勢よくカウンターを叩いた。

「たいした話やない。スケコマシかて、恵方のおっさんみたいに頑張ってゼニ稼いどるゆうて話しとんのや。なあ、社長」

「はッ？」

野呂山がキョトンとした。

（五）

ホスト業界の隠語で、ハデに金をつかう女性客を「太い客」と呼ぶ。
貢がせることが「引く」で、客とのセックスが「枕」、恋愛関係に持ち込んで売上をあげることが「恋愛営業」、ルックス勝負が「アイドル営業」で、不良ぶるのが「オラオラ営業」。売れっ子ともなれば売上マージンだけで月にン百、ン千万円を稼いだ上に〝太い客〟から高級外車や豪華マンション、クルーザーまで引いてみせる。貢がせてナンボ――これがホストである。

四年前に千葉の高校を中退して歌舞伎町に出てきた香取翔は、何店かホストクラブを移りながら腕を磨き、『ダル』で売上ビッグ3にのしあがっていた。『ダル』は「ダーリング」（最愛の人）から取ったもので、歌舞伎町では知られた店だった。ホストは年齢、学歴、前歴、経験いっさい不問。誰でもなれるが、誰もが稼げるとは限らない。超リッチなホストがいる一方、月収が十万円にも満たない連中は掃いて捨てるほどいる。夢と同じで、誰もが見ることができるが、叶えられる者はほんのひと握りしかいないのだ。

翔を中心にヘルプたちが美咲を囲んで盛り上がっている。小娘だろうが、七十過ぎた婆さんだろうが、金を払ってくれれば客だ。翔が以前に働いていた店のナンバー1はこう言った。

「ピン札も、ヨレヨレの古い札も、同じ一万円に変わりはないんだぜ」

遊びじゃない。稼ぐためにホストをやっているのだ。関西ホスト界では、客のことをズバリ「口座」と呼ぶのを知って、翔は納得したものだ。

マネージャーがやって来て、翔に耳打ちした。

「美咲、ごめん、すぐもどってくるから」

立ち上がり、指先で額にかかった前髪を直した。髪のトップ部分をオオカミのように立たせ、襟足や耳回りを永く伸ばしたナチュラル・ウルフカットが、甘いマスクにちょっとヤンチャな雰囲気を漂わせていた。背は高くないが、中背であることが却《かえ》って女性客に親近感を与えていた。

ヘルプ三人を連れてフロアを横切ると、中年の太った女性客がひとりで飲んでいる席に歩み寄る。翔が笑いかけて何事か話しかけた。客がお腹を波打たせた。美咲の席まで笑い声が聞こえてくるようだった。

「あの女、嫌い」

美咲が見つめたまま、挑むように言う。

「翔さん、仕事だもん。好きなのは美咲ちゃんだけだよ」

とヘルプが口々にヨイショをはじめる。

「見てよ、翔さんの顔。笑ってるけど、あれ、嫌々の笑顔だよ」

「売上を競っているからさ。翔さんも必死なんだ」

「翔さんがもどってきたら、にぎやかにシャンパンタワーやろうよ」

指名ホストが席を外しているときにうんと売りこみ、売上につなげるのはヘルプの役目だった。

一方、翔は笑顔で歓談しているが、目の端でしっかり美咲をとらえている。美咲の嫉妬は計算のうちだ。女は絶対につけ上がらせてはならない。何度かヤケドして学んだことだった。下手《したて》に出て、チヤホヤして、しかし手綱は握って自在に操る。この芸当ができてホストは一人前だ。

二十分ほどして翔が席にもどってきた。

「ねぇ、翔ちゃん、あのお金、役に立った？」

美咲が気を引くように言った。

香典をくすねて渡したのに、「サンキュー」と言っただけで、お礼の言葉どころか話題にすらしない。それが美咲の不満であることは翔もわかっている。わかっているから、あえて突き放す。香典——といっても三百万円以上あり、未回収の売掛を埋めることができて安堵したが、下手に出るとつけ上がる。本格的に〝引く〟のはこれからなのだ。

深夜一時、店がハネてから、翔は美咲とヘルプを三人ほど連れて歌舞伎町のスナックへ行き、朝八時までバカ騒ぎして美咲を家に帰した。マンションはもちろん、ホテルに誘うこともしない。翔の身持ちが堅いからではない。一度でも寝てしまうと女は恋人気取りになって、店でなく外で会いたがるようになる。それではまずい。店に来させ、金を使わせてナンボなのだ。

だが、そうとわかっていながら、蹴躓《けつまず》くのが人生だ。酔った弾みで一夜を共にした女のせいで、翔はいま人生最大の危機をかかえていた。

美咲の説得に失敗した三日後の夕方、政男は北新宿の自宅マンションに寄った。日の当たらない1DKはカビ臭く、顔をしかめる。脱ぎ散らかした衣類をまたぐようにしてベッドの端に腰を下ろした。スプリングが軋む。

(落ちぶれたもんだ)

自嘲するしかなかった。

新宿と赤坂で三軒のクラブを経営して羽振りがよかったが、長引く不況で大箱の店は次第に苦境に立たされ、三軒とも閉店に追い込まれて丸裸になった。二人の男の子はそれぞれ大学を出て独立し、所帯を構えている。妻は昨年夏に家を出て行った。長男宅に身を寄せているらしいが、確かなことはわからなかった。

礼服を脱いで着替えをはじめた。黒いタートルネックに同色のダブルのジャケットはどちらも高級カシミヤで、キャメル色のビキューナを肩から羽織る。豪邸も別荘も失ったが、高級ブランドの洋服や時計、カフスなどは何点か手許に残した。服装《なり》だけが往時の豪奢な生活をしのばせた。

香取翔が店に入るのは、同伴がなければ七時過ぎであることを『ダル』に電話して確認してある。腕時計をのぞく。六時半をまわったところだった。白いマフラーを無造作に首に掛けてマンションを出る。小太りの身体にしゃれた服装、ウェーブのかかった黒い短髪と、赤ら顔が何となく不調和で、それゆえ妙な存在感があった。

政男がタクシーに手を挙げた。

「翔さん、お客さんです」

ヘルプが控室に顔をのぞかせて言った。半開きのドアからユーロビート系のダンス・ミュージックが流れてくる。

「誰か約束してたっけ？」

鏡に向かってネクタイの結び目を直しながら翔が言う。

「男です」

「ヤクザ？」

表情を変えて振り向いた。店に男が乗り込んでくるときはトラブルがらみと相場が決まっていた。

「いえ、オヤジですが」

「脅かすなよ」

鏡に向き直ると、前髪を指で整えながら、

「何の用か訊いてこいよ」

「美咲ちゃんのことで話があるとか……」

「バカ野郎、それを先に言わねぇか！」

翔は急いで控室を出た。

入口に男が立っている。コートを見て、すぐにビキューナだとわかった。高級車一台が買えるコートだった。

「どうも、翔です。なにか美咲ちゃんのことでお話があるとか」

笑顔を見せて言った。

「お茶飲めるかな？」

「それが、これから店がはじまるので……」

「十分でいい」

男は背を向けた。

店の斜向《はすむ》かいにある喫茶店に二人で入った。男はコートも脱がず、勝手にコーヒーを二つ注文してから、分厚い封筒をテーブルに置いた。

「三百ある。美咲のことを忘れてくれ」

「ちょっと待ってくださいよ。なんですか、藪から棒に。あなたは誰なんですか」

「俺が誰かわかったら納得するのか」

「いや、そういうわけじゃ……」

「美咲の伯父の菊田政男だ。これでわかったろう」

コーヒーはまだ運ばれていなかったが、政男と名乗った伯父が腰を上げた。

「別れませんよ、絶対に」

翔が睨みつけて言った。

「五百万――。それがマックスだ」

「金はいらない。結婚する。愛しているんだ」

「冗談だろう」

「本気だ」

金額の駆け引きをしているのではなかった。命綱の美咲を離せば、自分の人生は奈落の底に沈んでしまう。三百、五百の端金《はしたがね》で手を打つわけにはいかないのだ。

菊田と名乗った伯父が小さく溜息《ためいき》をついた。千円札二枚をテーブルに放って店を出て行った。伯父と名乗る男がなぜ突然出張《でば》ってきたのか。美咲の親が頼んだのだろう。そうに違いないと翔は思った。

喫茶店を出た政男は新宿駅に向かって雑踏を歩いていた。ホストが口にした「結婚」という言葉で、狙いが菊田屋であることはハッキリした。割烹、賃貸しているマンション、そして駐車場の敷地を合わせれば十億円は下るまい。三百万円で簡単に話がつくと思った自分が甘すぎた。

次の手を考えなければならない。

（どうするか……）

矢崎威夫《やざきたけお》の顔が浮かんだ。株式会社ヤザキ商事会長として、都内の盛り場で手広く飲食店を経営するヤリ手だ。ホストクラブ『ダル』はヤザキグループの一つだった。

（六）

初七日法要は、午前十一時から菊田家の仏前で行われた。康平、智恵子、美咲、それに親戚十名ほどが手を合わせたが、政男の姿がなかった。仕事でのっぴきならない用事ができ、顔を出すのは夕方になるという電話が康平にあったそうだ。日忌法要まで主張した人間が不在であると聞いて、「世の中、そんなもんや」と天涯が鼻で笑って言った。

読経は三十分ほどで終わった。菊田屋に昼のお膳が用意してあるということなので、玄関を出てそちらにまわった。

「住職さん」

歩きながら、美咲がそばに来てささやいた。

「なんや」

「通夜の香典です。私のこと、どうして黙ってらっしゃるんですか」

「ああ、あれか。坊主は他人の家にお参り行くさかいな。なにを見ても、なにを聞いても日光東照宮の猿になるんや」

「見ざる、言わざる、聞かざる？」

「せや。他人の口は問題をこじらせるだけや。目ぇ閉じて、耳と口をしっかり塞いどいたら波風は立たへん」

「住職さんて、面白い人」

「坊主にそんなこと言う娘、初めてやで」

「だって」

智恵子が美咲を見ていた。親しそうに話している。住職は見た目も、口のきき方も、物腰も僧侶らしからぬ粗野な雰囲気だが、やさしさのようなものを感じる。ケープを渡してくれたときでさえ、お百度参りのことにはまったく触れなかった。このご住職ならアドバイスが頂戴できるかもしれない——そう思った。街外れにあって人目につかないという理由だけでお百度を踏みはじめた任俠寺だが、何かのご縁かもしれない。明日は夫の透析の日だ。病院に送り届けた足で訪ねてみようと思った。

初七日法要のあと、みんなが菊田屋で食事をはじめたころ、政男は歌舞伎町にあるヤザキ商事に矢崎威夫会長を訪ねていた。矢崎が所有する十階建ての飲食店ビルの最上階にあり、事務室の奥が会長室になっている。政男が店を畳んで以来だから、ここを訪れるのは二年ぶりだった。革張りの豪華な応接セットが二十畳ほどの部屋を占有し、東南に向いた窓から真冬の穏やかな日差しが差しこんでいた。

「ハワイはいかがでしたか?」

「いつものことで代わり映えせんが、六十も半ばを過ぎると冬は暖かいところに限るな」

日焼けした顔をほころばせたが、矢崎会長の細い目は笑っているのかどうか政男には判然としなかった。松の内が明けて二月半ばまでハワイに滞在し、ゴルフを楽しむのが恒例になっている。翔と会った三日前に秘書に電話で問い合わせたところ、昨日、帰国して、明日は軽井沢でゴルフとのことだった。初七日であることはわかっているが、死んだ人間に構っている場合ではなかった。

「商売はどうしてる?」

「特には」

「悠々自適か」

「ものは言いようですが」

秘書の女性が運んできたコーヒーに手を伸ばして、

「ときに会長、『ダル』に香取翔というホストがいるのをご存じですか?」

「翔がどうかしたのか」

眉根を寄せて言った。矢崎は飲食店を手広く経営する一方、水商売の連中を相手にヤミ金をやっている。ヤクザを使った非情な取り立てと、削ぎ落としたような風貌から「軍鶏《しゃも》」と呼ばれていた。

「城西市で悪さしているらしいじゃないですか」

「知らんな」

「とぼけないでくださいよ。あたしゃ木田《きだ》と名乗っていますがね。本名は菊田って言うんですよ。城西市出身の」

矢崎が政男を見据えた。ゆっくりとふた呼吸ほどして、ソファに背を預けて言った。

「話を聞こうじゃないか」

銀行に寄り、翔は二百万円を帯封付きにしてもらって引き出した。去年の初回、二百万円の利息を矢崎会長に持参したとき、「バカ野郎、俺に数えさせる気か！」――札を顔に投げつけられた。それからというもの、帯封付きにしている。

翔は月四分で五千万円を矢崎会長から借りていた。月々の利息は二百万円になる。一年が経っているから利息だけですでに二千四百万円を渡したが、元金は一括返済のため一円たりとも減っていない。

『ダル』で売上ナンバー3を張っているとは言え、上位二人とは天地の差で、稼ぎは一千万円程度だ。その中から毎月二百万円が利息として出ていく。遊ぶ金、マンションの部屋代、衣装代、美容院、エステ、会員制フィットネスクラブ、さらにヘルプたちの面倒もみなくてはならない。台所は火の車だった。大金を握って元金を一括返済しない限り、延々と毎月二百万円を払い続けることになる。想像しただけで鳥肌が立ってくる。頼みの綱は美咲だけだった。

エレベータに乗り込むと、十階のボタンを押した。矢崎会長は昨日、ハワイから帰り、明日は軽井沢だと聞いている。二百万円を持って行くなら今日しかなかった。

エレベータを降り、ヤザキ商事に入る。

「来客中です」

秘書が言ったが、翔の声が聞こえたのか、

「入れよ」

ドアの向こうで会長の声がした。

「失礼します！」

翔が入室して目を剝いた。

「二日ぶりだな、翔君」

政男がニタリと笑った。

智恵子の突然の訪問に、天涯は驚かなかった。

いずれこうした機会が来るのではないかという予感はあった。生き馬の目を抜く世界で男を張ってきたのだ。人の心が読めなければ、とっくに墓石の下だ。

今日は本堂でなく、庫裡の客間に案内した。

「煎茶でええかの？」

「おかまいなく」

「お茶のうまみは温度で決まるゆうけど、これがなかなか難しい」

白湯を電気ポットから湯飲みに注いで冷ましながら、

「七、八十度やったな」

「はい」

「けどな」

急須に茶葉を入れて、

「熱ければ、熱いお茶を楽しめばええし、ぬるかったらぬるいお茶を楽しめばええ。わしはそない思うとるんや。温度は何度やなきゃあかんゆうて神経とがらせとったら、お茶を味わうことはでけんやろ。熱うてもぬるうても、楽しんで飲むことが大事なんとちゃうかのう」

「美咲とのことですね」

それには答えず、

「母親はかくあらねばならんという理想を描き、それに近づこうと努力するのは七十度、八十度にこだわることや。後妻の立場がそうさせるんやろう。それはわかる。けど、世の中、なかなかうまいこといきよらん。熱うてもええ、ぬるうてもええ、いまこのお茶を楽しむんやと思えるかどうか。ここが大事なのとちゃうかな」

智恵子がうなずくのを見て、

「せやけど」

と言葉をつぐ。

「頭ではわかっておっても、〝でも〟という執着を捨てきれんのが人間や。捨てきれんものを捨てようとするのも執着や。抗《あらが》うことはない。お百度踏んで納得するなら、とことん踏んでみたらええ。それでどうなるかは、またそのとき考えたらええんやないか」

「そう言っていただけると気持ちが楽になります。主人も、美咲がそこまで好いた相手なら自由にさせてやったらどうかと申していますし、私もそうしてやったほうがいいんじゃないかと思ったりもするのですが……。でも、心配です。ホストに騙《だま》されているんじゃないか——どうしてもそう思ってしまうのです。親の私たちが会ってみればいいのかもしれませんが、会ってから反対するとなれば……」

「話は余計こじれるやろな」

「はい。でも、本当のところはどんな人なのか……。実は、義兄も別れさせたほうがいいということで、先日、先方に会いに新宿まで足を運んでくださったのですが、実際に会ってみて見方が変わったそうです。誠意があって、しっかりとした考えを持っていて、とても好感の持てる青年だと誉めていました。結婚するなら大賛成だと」

「なるほど」

美咲からこっそりカバンを受け取る茶髪の若い男を思い浮かべた。好感が持てる人物にはとても見えなかったが、評価は人それぞれなのだろう。聡明な美咲が好きになった男だ。会ってみたら、案外、見どころがあるのかもしれない、と天涯は思った。

その夜も十時を過ぎて、賽銭箱が鳴った。

（七）

二日後、黒い法衣に輪袈裟を首から掛け、白い鼻緒の草履をつっかけた天涯が夜の歌舞伎町を歩いている。服装《なり》は坊さんだが、金ブチ眼鏡に毛虫のような眉は仏門のイメージからほど遠く、仮装を楽しんでいるように見えるのだろう。呼び込みの兄ちゃんやミニスカのケバいネエちゃんが白い息を吐きながら、気安く声をかけてきた。

天涯が『ダル』に入って行く。

「いらっしゃいませ」

入口でヘルプたちが戸惑っている。

「なにボケっとしとるんじゃ。はよ席に案内せんかい」

「は、はい」

返事はしたものの顔を見合わせている。

奥のボックスで、翔が中年女のグループを接客しているのが見えた。

「おい、翔！」

天涯が怒鳴った。

ヘルプたちがあわて、翔が驚いて顔を上げた。

マネージャーがすっ飛んでくる。

「お客様、お話でしたら事務所でおうかがいします」

「アホ、わしは客や」

「お坊さんが、ですか？」

「坊主が来たらあかんのか」

「いえ、そういうわけでは……」

「いつまでここに立たしとくつもりや」

「し、しかし……」

「どうかしたのかな？」

翔がやって来て言った。

「おお、翔か。わしや」

「そう言われても……」

「この服装《なり》見てわからんのか。菊田屋の葬儀で導師を務めた坊主や」

そして、翔の耳元に口を寄せてささやいた。

「通夜のとき、ロビーで美咲からカバン受け取ったやないか」

翔の顔色が変わった。

「席に案内したらどないや」

ドスのきいた低い声に、

「いますぐ」

翔はマネージャーに席をつくるよう指示すると、ヘルプたちに中年女性グループの接客をまかせ、

「どうぞこちらへ」

先に立って案内した。

(強請《ゆす》りに来た)

翔はそう思った。

だが、僧侶がわざわざ法衣を着て店まで強請りに来ることはあるまい。席に腰を下ろしたときには気持ちは落ち着いていた。

「何かお飲みになりますか?」

「兄ちゃんの奢りか?」

「もちろん」

「いちばん高い酒や」

指を鳴らし、聞いたことのない銘柄をヘルプに告げてから、

「僕に用ですか?」

「用がなかったら来たらあかんのか」

「そういうわけじゃありませんが」

翔が辛抱強く応対しているのは、香典の一件に加え、天涯が不気味であったからだ。坊主であることは確かだとしても、関西風の巻き舌で、雰囲気や目配りは並の坊主とは思えない。用件がハッキリするまでは迂闊《うかつ》な口はきけない——そう用心していたのだった。

「美咲の伯父が会いに来たやろ」

天涯がグラスに手を伸ばして、

「何があったんや。あの政男いうおっさん、最初はおまえのことをボロクソ言うとったのに、会《お》うたらコロリや。あれは素晴らしい青年やゆうて、えろう誉めとるらしいやないか。菊田屋の婿にどや言うて、美咲の親に勧めとる」

「そうですか、自分はちょっと……」

曖昧《あいまい》な返事をした。政男がさっそく動き始めたのだろう。この坊主も関係者のひとりで、美咲の親に言われて自分のことを確かめに来たのかもしれない。

「誉めていただくのは嬉しいことですが、自分なんか、美咲さんには不似合いですよ」

謙遜《けんそん》して見せたところが、

「そうやろな。香典くすねて素晴らしい青年はないやろ」

皮肉を浴びせてきた。

敵だ。

話を壊しにきたのだ。

「坊さん、なにが言いたいんだ」

「気に入らんのか？　ホンマのことやろ」

「てめぇ、何者か知らねぇけど、俺にそんな口きいて五体満足で歌舞伎町から出られると思ってんのか」

「兄ちゃん、スケコマシが極道のマネしたらあかんで」

天涯が笑ってから表情を一変させると、

「おまえはあかんな。美咲から手ぇ引けや」

「何だと！」

「どうしたんだ、翔」

「あっ、会長」

矢崎が立っていた。

「お客様に失礼だろう。大きな声を出すんじゃない。——申しわけありませんな、従業員の教育がいきとどかなくて」

謝ってから、

「仏門の方にお見えいただいたのは、当店では初めてなもので」

何しに来たんだ――細めた目が問いかけていた。

新宿駅から電車に乗り、城西駅で天涯が降りる。駅の大時計を見上げると九時半を回ったところだった。法衣《ほうえ》の袂を夜風が抜けて冷たかった。疲れてもいる。真っ直ぐ帰りたかったが、タクシー乗り場に列ができている。このぶんだと寺に着くのは十時前後になるだろう。裸足でお百度を踏む智恵子と鉢合わせになるのは気が重い。もう一度、大時計に目をやると、『たつみ』に足を向けた。

客筋のいい店だけに引けも早く、店は一段落したようだ。桃子がカウンターを拭く手を止め、「いらっしゃい」と言って笑顔を見せた。

美代加の前の椅子を引いた。

「遅くにめずらしいわね」

「新宿で飲んできたんや」

おしぼりを受け取りながら言った。

「その格好で？　キャバクラじゃないでしょうね」

「ホストクラブや」

「エエーッ！」

美代加と桃子が素《す》っ頓狂《とんきよう》な声をあげた。

「びっくりせんかてええがな。こう見えてもわしは若い時分、三宮《さんのみや》のホストクラブでナンバー1張っとったんやで」

「マジですか？」

「ウソ言わないの」

美代加が天涯を睨んでから、

「菊田屋ね。娘さんがどうとか、野呂山社長が話していたから」

と水を向けたが、それには答えず、

「あかんな」

苦い顔でつぶやいて、「熱燗――」と言った。

見どころのある青年であれば縁にまかせていいのではないか、そう思って『ダル』に行ってみた。香典の一件を持ち出して挑発してみた。返答の仕方で人物がわかる。翔というホストはチンピラのような口をきいた。会長とかいう軍鶏のような爺さんが止めなかったら、頭にきてテーブルをひっくり返すところだった。伯父の政男がなぜあんな若造を誉めちぎっているのか、むしろそっちのほうが天涯は気になった。

「どうぞ」

美代加が銚子の首をつまんで、

「住職が難しい顔をすると、お坊さんじゃないみたい」

「何に見える」

　すると桃子が性格そのままに、

「ヤクザ！」

　明るい声で言った。


「今夜も出かけるのか？」

　智恵子に、康平が言った。

「すぐ帰ってきます。先に休んでて」

「兄貴も言うように、美咲の好きにしてやったらどうかと思ってるんだ。生きていくのは美咲だ。本人たちにまかせてやるのが親の愛情じゃないだろうか。無理に別れさせれば、心に生涯の疵《きず》が残る」

「私たちのように？」

　返事はなかった。

（八）

　二日後、天涯は先代女将の春乃が亡くなって十四日目――二七日《ふたなのか》法要に出かけた。

出席したのは康平、智恵子、美咲、政男の四人で、親戚は初月忌か四十九日のどちらかに顔を出すということだった。饒舌《じょうぜつ》な政男が、今日は天涯と目も合わさないでいる。昼食が用意してあると言われたが天涯はその気になれず、断って菊田家を出た。

「住職さん！」

美咲が追いかけて来た。急いで着替えたのだろう。ジーンズに赤っぽいジャンパーを着て、タータンチェックのマフラーを首に巻いていた。喪服姿は大人びて見えたが、目の前の美咲は年相応の女子大生だった。

「翔ちゃんに会ったんですって？」

「ああ、会《お》うたで」

「電話があったわ。香典のことで脅迫されたって。住職さん、そんなことする人じゃないって言ったんだけど、あの坊主――ごめんなさい、翔ちゃんがそう言ったの。あいつはヤバイぜって。あの女に頼まれたの？」

「いや」

「じゃ、どうして」

天涯が足を止めて、

「そこでお茶飲もか」

喫茶店に顎をしゃくった。

「お説教ですか？」

「説教は坊主の仕事やで」

天涯が大仰に顔をしかめたので、

「じゃ、十分だけ」

美咲が表情をなごませて、店に入った。

コーヒーを注文してから、

「十分しかないさかい、言いたいことだけ言うで」

と前置きして、

「店に行ったんは、誰に頼まれたわけやない。これはハッキリ言うとく。わしの悪いクセや。酔狂や。親がえろう心配しとるさかい、翔がどんな男か会ってみたかっただけのこっちゃ。見てみい。初七日《しよなのか》も、今日の二七日《ふたなのか》も、おまえさんの親は上の空で座っとる。坊主としてはやりにくい」

美咲が小さくうなずく。

「それから、おまえさんと翔がくっつこうが離れようが、わしの知ったこっちゃない」

「他人《ひと》ごとですものね」

「そやない。人間は縁によって生きとるからや。つくべき縁あれば伴《ともな》い、離《はな》る縁あれば離る——こういうこっちゃ。せやから、人さまの縁はわしの知ったこっちゃないとゆうとるわけや」

「つくべき縁あれば伴《ともな》い、離《はな》る縁あれば離る……」

「それ、わしが言うとんのとちゃうで。うちの宗祖の親鸞はんがそう言うとる。縁は人智の及ばんものや。嫌いや嫌いや思うとっても、つくべき縁やったら一つ屋根の下やし、どないに好いとるもん同士でも、離るべき縁やったら悲恋やな。添い遂げることはでけん」

継母もいっしょや——と言おうとしたが、そこまで言わなくても、この子ならわかると思い直した。

「あと一つ。わし、翔を脅かしたんとちゃうで。わしのほうが脅かされたんや。〝てめぇ、俺にそんな口きいて五体満足で歌舞伎町から出られると思ってんのか〟——確か、そないなこと言うとった」

「まさか！」

「せや、まさかや。嬢ちゃん、まさか、まさかで今日という日が過ぎていくのが人生やで」

「まさか、まさか……」

「うん、まさかや。気ィつけなあかんで。まさかがちと狂うたら〝真っ逆さま〟や」

「お坊さんでもダジャレ言うんだ」

美咲が笑った。

二七日《ふたなのか》法要のあと、午後遅くに新宿に出た政男は、「作戦会議」と称して翔を居酒屋に呼び出した。矢崎、そして翔と手を組んだが、キーパソーンは翔だ。政男は何度も会って手なずけていた。店を潰《つぶ》したとはいえ、水商売の世界で揉まれてきた政男だ。参謀役として二十四歳のホストを手玉に取るなど、赤子の手を捻《ひね》るようなものだったろう。

「美咲の父親は結婚賛成に気持ちが傾いているから何とかなる。問題はカミさんだな」

と言って翔のグラスにビールを満たした。

「説得できますかね」

「難しいな。中年女にゃ理屈は通じないんだ。思いこんだら最後、なにを言っても説得なんかされねぇ。おまえ、そんなこともわからないのか。よくそれでホストが務まってるな」

「すみません」

翔は頭を掻いた。

「後妻という立場を攻めるんだ。結婚に反対するのは財産狙いだろう──そう言って、美咲にガンガン責めさせろ。智恵子はたまらねぇよ。それでも四の五の言ったら親戚中に吹き込めばいい。菊田家にいられなくなるさ」

「さすがっスね」

ビール瓶を両手で捧げるように持った。

五十の声を聞いて尾羽打ち枯らした政男は当初、母親の葬儀を機に菊田屋に入りこんで経営に一枚噛むことを目論《もくろ》んでいた。康平は病弱でこの先どうなるかわからないし、智恵子は後妻、そして子供はひとり娘の美咲だけとなれば、食いこむのは容易なはずだった。そこへ計算外のホストが突然、登場したのである。美咲と結婚すれば翔が若旦那に納まってしまう。それで二人の仲を壊しにかかったところが、まさかの矢崎会長が出てきた。しかも、会って話を聞いてみると、翔の結婚の後押しをしていると言うではないか。会長にガチンコでぶつかって勝ち目はない。手を組むしか選択肢はなかったのだ。

「早く楽になりたいっスよ。毎月二百ですよ。利息だけで二千四百払ってるんですから」

ビールを手酌してボヤいたとき、政男が顔をじっと見つめた。

「ど、どうかしました?」

「会長に借りたという五千万だが、本当に組長に渡ってるのか?」

「なに言ってるんですか。渡ってるに決まってるでしょ」

「立ち会ったのか」

「いえ、立ち会ってはいませんけど……。まさか菊田さん、会長が騙《カマ》したとでも言うんですか」

「さあな、軍鶏《しゃも》のやりそうなことだと思っただけだ」

矢崎を渾名《あだな》で呼んで言った。

先日、矢崎会長を訪ねたときに政男が聞いた話はこうだった。翔が寝た女性客が、新宿連合・芦田《あしだ》組長の愛人だったことから、翔の生命《タマ》を殺《と》るの殺らないのというトラブルになり、芦田と知り合いだった矢崎会長が間に入って一億円で話をつけた。翔の手持ちが五千万円、残り五千万円はいきがかり上、会長が翔に貸し付けた——というものだった。

政男が引っかかったのは、ひょっとして五千万円の貸付は矢崎が描いた絵図かもしれないということだ。矢崎はホストやホステスを相手に高利のヤミ金をやっているが、仲間同士で連帯保証をさせ、焦げつくとヤクザを使って取り立てた。政男も矢崎から金を借り、店三軒はそのカタに取られていた。

「翔、その女に連絡とれるかい？」

「携帯が替わってなければ」

「カマかけて訊いてみろよ」

「しかし、まさか会長がそんなことを……」

「毎月二百だぜ」

「連絡とってみます」

「それがいい」

今度は政男が酌をしてやった。〝菊田屋の若旦那〟の後見人になれば、これからの人生は安泰だ。そのためには、早めに翔から軍鶏を排除しておくことだと政男は思った。

もう一人、気になるのは任侠寺の坊主だ。『ダル』に来たことは翔から聞いているが、何しに来たのか意図がわからなかった。康平と智恵子に探りを入れたが、翔に会ったことも知らないようだ。

ただの坊主には見えない。

いったい何者なのか。

「ところで、あの坊主だけど、その後、なにか言ってきたかい」

「いえ、自分がきっちり脅しときましたんで」

「ならいいが、何でクソ坊主がおまえと引っかかってるんだ」

「こっちが知りたいっスよ」

香典の一件についてはもちろん口にできることではなかった。

（九）

午後三時過ぎ、翔がベッドから身体を起こすと、あくびしながらリビングに顔を出した。

「おはようっス」

同居させているヘルプ三人が口々に言う。彼らはスエット姿でトーストを囓り、スクランブルエッグをフォークで口に運んでいた。

「食べますか？」

「いや。コーヒーをくれ」

ソファに腰を下ろすと、頭髪をかき上げながら「ちょっと飲み過ぎたかな」とつぶやいた。昨夜は常連のフーゾク嬢に朝八時までつき合った。営業とはいえ、アフターも連夜となれば、若い身体でもいささかこたえるのだ。

シャワーを浴び、気分を新たにして美香《みか》に電話をかける。一年ぶりだ。通じるかどうか危惧《きぐ》したが、コールしている。

八回を数えたところで、

──誰なの？

ハスキーで、けだるそうな声がした。

「寝てた？　翔だけど」

──あら、翔ちゃん！

「俺の着信表示なしなの？　電話番号、消しちゃったんだ」

──しょうがないでしょう。元気？

「死にそうだよ」

「どうかしたの？」

――どうかしたじゃないよ。一夜のアバンチュールで一億払ったんだぜ」

――話を盛らないでよ。五千万でしょう。

「冗談ポイ。手持ちの五千万じゃ足りないから、軍鶏から五千万借りて払ったじゃないか。月四分、二百万の利息をヒーヒー言いながらいまも毎月返済《つめ》てるんだぜ」

――相変わらず調子いいんだから。組長《パパ》がよく言ってたわよ。「おまえには五千万の正札がついているんだ」って。

翔の顔が火照った。

「会えるかい？」

――いいわよ、もうパパと別れちゃったからね。一緒に飲んでもいいし、ホテル行ってもいいし。

ケタケタと笑った。

夕方の早い時間から、菊田屋で政男は一杯やっていた。個室を中心とした三階建ての高級割烹だが、一階の玄関脇を居酒屋風のつくりにして営業していた。値段は少し張るが、それに見合う味と雰囲気が評判で、ほどよく賑わっていた。

美咲が政男に気づいた。

「いらっしゃいませ」

近寄って挨拶した。

「明日、法事だよ」

政男が言った
「えーと、三七日《さんなのか》でした？」

「先週が四七日《よなのか》だから、今度が初月忌だな」

「ややこしいですね」

「何度もみんなに拝んでもらって、婆さんもきっと喜んでるさ。ところで翔君は元気でやっているかい？　そろそろ料理屋に勤めたほうがいいんじゃないか。自分で包丁を握らなくても、若旦那としては料理のことはわかっていたほうがいい。いい店知ってるから、伯父さんが紹介してもいいよ」

「話しておきます。ごゆっくり」

笑顔を見せて立ち去った。

政男のスマホが鳴った。

──翔です。

険しい声にピンときた。

「軍鶏の絵図か？」

――頭に来ましたよ。美香から聞いた話をぶちまけた。芦田組長とは五千万で話をつけたにもかかわらず、自分には一億円だと言って五千万を貸し付けたことにし、利息を取っていた……。

（思ったとおりだ）

と政男は思った。いや、さすが軍鶏だ――と感心するべきだろう。架空の貸付で利息をむしり取るだけでなく、翔を追いこむことで菊田屋を手に入れようとしているのだ。

だが、ここは冷静に対処しなければならない。

「よし、翔。作戦会議。今日の予定は？」

返事がなかった。

「翔、早まるなよ。翔、翔！」

翔は電話を切るや、ヤザキ商事に乗り込んだ。口ではヤクザのような啖呵《たんか》や脅し文句を並べてみせるが、天涯に腰が引けたように素顔は気のいい小心者だった。その翔が怒って談判に行ったのだ。それほどに五千万円の借金に苦しんでいたということになる。

事務所に飛び込むと、ノックしないで会長室のドアを勢いよく開けた。

矢崎はスーツの上衣を脱いで、パターの練習をしていた。

「会長、ひどいじゃないか！」

この一言で矢崎会長は察したのだろう。

「五千万のことか？」

パターをコツンと当て、転がっていくボールを目で追いながら言った。

「金を返せ。二千四百万を返せ！」

「わかった」

新しい球をセットし、再びコツンと当てて、

「秘書に預けておくから、週明けにでも取りに来い。用が済んだら帰れ」

翔に一度も目を向けることなく、もの静かな口調で言った。

再び翔から電話を受けて、政男は訝《いぶか》った。

明るい声なのだ。

――いま会長の事務所へ行って来ました。週明けに一年分の利息、二千四百万を用意しておくそうです。

翔はそう言った。

「脅されなかったのか？」

――脅すわけないでしょ。怒鳴りつけたらビビってましたよ。

そう言って笑い声を立てた。

政男の表情が険しくなる。あの軍鶏が若造相手にビビるはずがない。それに、矢崎が芦田組長をダシにして利息をフトコロに入れるようなヤバイことをするわけがない。発覚したときにケジメを取らされてしまう。組長と利息を折半しているのではないか。自分が矢崎ならそうする。組長に儲けさせておけば、いざというとき〝ケツ持ち〟にもなるのだ。

(となれば……)

ヤクザが動く。

「翔、ヤバイぞ」

——平気、平気。それより美咲との結婚、どうしようかな。若旦那も悪くないけど、面倒な気もするし。

「呑気なこと言ってる場合じゃない。会えるか?」

——いいっスよ。今日はこれから同伴があるんで、明日の四時、いつもの喫茶店《サテン》で。

「早いほうがいい。今夜、店がハネたあとはどうだ?」

——無理っスよ、アフターがあるんで。

「そんなもの断れ」

——菊田さん、あわてちゃって、どうかしてますよ。じゃ、明日四時。

笑い声を残して電話が切れた。

矢崎会長と翔を引き離そうとして吹き込んだことが裏目に出たかもしれない、と政男は思った。

（十）

初月忌は親戚が七、八人ほど顔を出したので、康平は天涯住職に無理を言って食事会に同席してもらった。

僧侶が座っていればさまになるということもあるが、みんなが遠慮して余計な話が出ないですむという思いもあった。ことに政男だ。美咲のことについて口出しすることが多くなっている。当初こそ頼りになると嬉しかったが、いまでは煩《わずら》わしくなっていた。それに通夜のときから気にはなっていたが、饒舌な兄貴が自身の家庭や仕事のことをいっさい口にしないのは、いかにも不自然だった。

天涯住職を挟んで座るつもりでいた康平は、政男がさっさと下座に腰をおろしたので意外な気がした。日忌のときに感じたことだが、住職を敬遠しているように見えた。

末席にいた美咲が立ち上がって、住職の隣りの空いている席にやって来た。

「ここ、いいですか？」

狎《な》れた口調で言ったので、康平が驚いた。

「ええに決まってるやろ。膝の上でもかまへんで」

「もう、住職さんたら」

「ホストは元気か？」

「まだ、離るべき縁はないようです」

「わしの説教聞きとうなったか？」

「今度、お布施を持ってお寺に行きます」

「いつでもウェルカムやで」

「さっ、どうぞ」

ビール瓶を手に取った。

二人の会話を耳にして、この親しさは何だ、と康平は思った。

菊田との約束は四時なので、翔は美容院を予約してマンションを出た。タクシーに手を挙げようとして、男たちに取り囲まれた。

「顔貸しな」

腹に固いものを突きつけられた。見なくても拳銃であることはわかった。咄嗟《とっさ》に軍鶏の顔がよぎる。「翔、ヤバイぞ」――政男が言った言葉が耳の奥で響いた。

「じ、自分はこれから美容院へ……」

言い終わらないうちに男の膝が腹にめり込んでいた。崩れる翔を組員が両脇からかかえ、ベンツに押しこむと、前後を挟むようにして三台が急発進した。

初月忌の食事会が終わって、政男は新宿に出た。『ダル』の前のいつもの喫茶店に入った。約束した四時を五分ほど過ぎていたが、翔の姿はなかった。アフターで飲み過ぎたのだろうと思った。翔は気のいい人間だけに思慮の浅いところがある。泣きを見るのは、たいてい気のいい人間なのだ。

ウェイターにコーヒーを注文してから、「ビールにしてくれ」と言い直した。


翔はヤザキ商事の会長室で震えていた。

矢崎の隣に、でっぷりとした芦田組長が和服でソファに腰を沈めている。五十前後のはずだが、老け顔は六十代半ばと言っても通るだろう。床に正座させられた翔の背後を、組員たちが取り囲んでいる。

「翔、俺が五千万で納得したってか？」

金切り声をあげるのはチンピラのすることで、親分クラスともなれば退屈そうな物言いをする。

「は、はい……」

「俺もずいぶん安い男に見られたもんだな。翔、てめぇの命《タマ》を殺《と》るつもりだったが、会長のところのホストだと言うからしょうがねぇ、一億で辛抱してやったんだ。それをてめぇ、言うに事かいて、五千万しか払ってねぇだの、矢崎が描いた絵図だのと勝手なことほざいてるらしいじゃねぇか。——ざけんな、この野郎！」

靴底で肩口を踏みつけるように蹴った。翔がのけぞる。スマホが乾いた音を立てて床に転がった。

若い衆の一人が拳銃《チャカ》を引き抜く。

「待て。音を出したら会長に迷惑がかかる」

もう一人がドスを抜いた。

「や、やめてください……」

「組長」

矢崎が口を開いた。

「野郎の命《タマ》をもらってもしょうがないでしょう。——翔」

「は、はい」

「しょうがねぇ、おまえの身体、十億で売ってくれるよう組長にお願いしてやる」

立ち上がると、デスクの上に置いてある便箋とサインペンを手に取って放った。

「組長宛に借用書を書きな。十億だ。菊田屋の若旦那になってから返済《つめ》りゃいいんだ。なんだ、その顔は。菊田屋を生かして、かわりに命《タマ》を取ってくれというなら、そっちでも構わねぇぜ」

「か、書きます！」

「賢明だな。ただし、小娘に逃げられました、はなしだぜ。しっかり抱いてサービスしておくんだな」

床で、翔のスマホが鳴った。

五回、六回、七回……。呼び出し音が鳴り続ける。

矢崎が拾い上げて、着信表示を見た。

「菊田政男……。翔――」

「は、はい」

「まさかてめぇ、菊田とつるんでるんじゃねぇだろうな」

無表情の顔が軍鶏になっていた。

（あのバカ、なに考えてやがるんだ）

政男が舌打ちをした。

四時を十五分過ぎている。

自動ドアが開いた。ヤクザが七、八人ほど入ってきた。場所が珍しくはない。

（おや？）

と思った。

知った顔があった。新宿連合の組員だった。嫌な予感がした。

矢崎会長がゆっくりとした足取りで入ってくる。黒いボルサリーノを被り、同色のインバネスを羽織っている。政男の前に腰を下ろす。帽子だけ取って傍らに置く。ウェイターが緊張した顔で注文を取りに来た。

「向こうへ行ってろ」

矢崎が万札をウェイターの胸ポケットに差し入れた。ヤクザたちが取り囲むように周囲のテーブルに陣取った。店内の客たちがそそくさと席を立ってレジに向かう。

矢崎が静かに口を開いた。

「頭の黒いネズミが人さまの食べ物を引くようじゃ、駆除するしかないな」

「な、なんのことですか」

「翔はここへは来ない」

政男は事態を悟った。

(拉致《さら》われる)

と思った。

手足が勝手に震えはじめた。

「た、助けてください」

「……」

「お願いです」

　矢崎がゆっくりと息を吐いて、

「助けてやろう」

　政男に視線を据えたまま、右隣のテーブルに手のひらを差し出した。ヤクザがはち切れそうになった事務用の茶封筒を矢崎の手に載せた。

「五百ある」

　矢崎がテーブルに置いて、

「これを持って俺の前から消えろ。東京湾に沈める手間が省ける」

「えっ？」

「香典だ。生きているうちに渡しておいてやる」

「わ、わかりました、ありがとうございます」

　政男は封筒を両手で捧げ持って言った。

（助かった）

　安堵した。しかも、まとまった金までもらった。感謝こそすれ、恨みも不満もなかった。矢崎は一銭も払わないで手を引かせることもできたが、あえて五百万円を渡すことで自分を円満に排除したのだろうと政男は思った。

（十一）

三月に入って梅の見頃も終わり、桜の開花予想がメディアを賑わすようになったが、城西市の一帯は四月に入って雪に見舞われることも少なくない。満開の桜を目にするまでは油断できなかった。

寒さを苦手とする天涯は、今朝の冷え込みに顔をしかめながらも、お勤めを終えると、火の気のない本堂から暖房をきかせた庫裡に急いだ。野呂山社長が春彼岸の読経を依頼してきたが、「テープでも回せ」と噛みつくように言ったのは、寒さで機嫌が悪かったからだろう。

夕方になって菊田屋の康平から電話があり、その足で訪ねてきた。今日は和服ではなく、セーターの上に厚手のジャケットを着ていた。透析に行く日は、店に出るまでは洋服なのだと言った。天涯がひとり暮らしであることを知っているらしく、缶コーヒーやお茶など、温かい飲み物を何本か持参していた。初月忌法要から三日後のことだった。

食事会に同席してもらったことのお礼を言ってから、

「実は、私の葬儀のことなんですが、予約をお願いしたくてお伺いしました」

本気とも冗談ともつかぬ口調で言った。

「さよか。うちの寺は手付けを打ってもろた段階で契約は成立や。葬儀の予約入れとくさかい、死ぬのはいつや?」

一瞬の間があって、

「参りました」

首筋をポンと叩いて笑った。

「そない悪いのか?」

「腎不全の末期なので、半年か一年か。どのみちそう長くは生きられないでしょう」

「ついては娘のことが心配で——そういうこっちゃな」

「ご明察のとおりです。先日の初月忌で、美咲がご住職には心を開いているようにお見受けしました。智恵子は結婚に反対しておりますし、兄貴は……」

「賛成に回ったらしいやないか」

うなずいて、

「彼に会うまでは反対でしたが、会ってからは、いい青年だと誉めております。ただ、正直申して、兄の言うことをどこまで信じていいものやら……。長い間、没交渉だったものですから」

「わし、会《お》うたで」

「はっ?」

「ホストに会《お》うた」

「智恵子がお願いしたんですか？」

「わしが勝手に行った。ただのお節介や」

「いかがでした？」

身を乗り出した。

「感心せんかった。ナメた口ききよって、張り倒してやろう思うた。けど、このごろになって気が変わった。いきなり坊主が店に訪ねてきて、能書き言われて、ケツもまくれんような男なら見こみがないやろ」

うなずいて、

「私としては美咲の好きにさせてやりたいのですが、家内は毎晩遅くに、どこかへ願掛けに出かけています。それを思うと、いじらしくて、家内も心から祝福できる形にしてやりたいんです」

「ここや」

「ここ？」

「この寺でお百度踏んどる」

康平が絶句した。大きく見開いた目が「まさか」と言っていた。

矢崎会長の部屋で、会長と新宿連合の芦田組長に脅されてからこの三日間、翔は体調を崩して『ダル』を休んだ。得体の知れない怪物に夢の中で追いかけられ、夜中にハッと目が覚める。寝汗をびっしょりかいていた。

夕刻、ヘルプたちが出勤したあと、シャワーを浴びた。ひとりでいることが怖く、バスローブを着ると玄関の施錠を確認してから、カーテンを開けた。外の景色が遮られると恐怖から息苦しくなってくるのだ。歌舞伎町のネオンが点《とも》りはじめた。歩けば二十分ほどかかるが、二十四階建てマンションの最上階にある翔の部屋からは眼下に見えた。

（まさかこんなことになるなんて）

窓にぼんやりと映る顔に語りかける。何度、この後悔の言葉を胸のうちで反芻《はんすう》したことだろう。菊田屋の若旦那に納まり、五千万円を工面して返済する——当初の計画はそれだけのことだった。そのまま若旦那でいるもよし。美咲の親が何だかんだ面倒くさいことを言うようなら、財産を分与させてさっさと離婚すればいい。実にシンプルで、人生設計とさえ呼べないものだった。それが命と引きかえに借用書になってしまった。

（どこで狂ったのか？）

同じ自問を繰り返し、同じ結論になる。狂ったと思っているのは自分だけで、矢崎会長と芦田組長には計画どおりなのだ。

菊田とはここ三日、連絡が取れない。美咲にそれとなく電話で訊いてみたが、初月忌法要の食事会のあと、新宿に行くと言って出かけたきりで、連絡はないようだと言った。

あの日、会長室で、四時に菊田と約束していたことを白状させられ、矢崎会長はヤクザたちを引き連れて会いに出かけた。菊田の身に何かあったにちがいない。心臓が早鐘を打つ。自分は菊田の携帯電話の番号以外、家の住所も、家族のことも、菊田がどこで何をしているのかも知らない。人間ひとりを消すことなど、いとも簡単なことなのだ。指先が震えてくる。これから自分はどうなるのか。

矢崎たちは菊田屋を食いつくしてから、自分を放り出す。

いや、放り出してくれればラッキーなのだ。

用済みになれば、生かしておくまい。

(美咲と菊田屋を地獄に突き落とし、その上で俺は殺されるのか)

全身が総毛立つ。

逃げるのだ。

いますぐ逃げ出すのだ。どこへ？　千葉の実家？　すぐに手が回る。美咲のところ？　もっとヤバイ。逃げるところはない。ないが、連絡を取る相手は美咲しかない。テーブルのスマホを取ると、もどかしくキィー画面を叩く。

——翔ちゃん、なに？

「会いたい」

――どうしちゃったのよ。

切迫した声に美咲が驚く。

「会って話す」

――わかったわ。

「これからマンションを出る。城西駅に着いたら電話する」

コートをつかんで飛び出した。タクシーをとめて乗り込む。ちょっと迷ってから「新宿駅へ」と告げた。城西市まで、運転手と二人きりで行くのは耐え難い気がしたのだった。

「家庭を持つというのは難儀なことやな」

天涯が、菊田康平に語りかけた。

「親の心子知らず、子の心親知らず……。娘のこと思うてあれこれ言うのが親の心なら、それが余計なことや。あんたの都合で四の五の言うとるだけやないか言うて怒るのが子の心。ひとつ屋根の下でチャンチャンバラバラ戦争や」

康平が黙って天涯の顔を見つめている。

「これが腹を痛めた実の娘ならしゃあない。産んだんは自分や、言うて行くとこあらへん、あきらめなはれ――わしもそう言うやろ。けど、生《な》さぬ仲ゆうことになったら、そうはいかん。後妻の責任ゆうことが自分を苦しめる。世間体もあるやろ。後妻が継子をいじめてるんと違《ちゃ》うか思われるのはかなわん。世間は娘の味方や。まして財産がぎょうさんあったら、後妻はそれだけで悪う言われる。せやから心を砕く。どうにもならんとなったら、お百度でも踏むしかないやろ」

康平が手許に視線を落とした。なにを考えているのか、思い詰めた顔だった。意を決したように顔を上げた。

「ご住職、お恥ずかしい話ですが……」

と言って口を開いた。

逃げる者は常に背後をうかがう。

城西駅に着いた翔は、改札に向かって歩きながら何度となく後ろをふり返り、ふり返るたびに早足になっていく。会社の引け時とあって混雑する構内を縫うようにして歩く。改札口を抜け、駅の外に出てからスマホを取り出す。駅前ロータリーにあるタクシーの降車場の前で、白い息を吐きながら赤いダッフルコートが小さく足踏みをしていた。

美咲だった。

翔がタクシーで来るものと思っているのだ。いつから待っているのか。新宿から首都高速、中央自動車道と順調に走って小一時間かかる。健気な姿を見ていて、不意に美咲がいじらしくなった。美咲と美咲の親のことなど、これまで考えもしなかった自分に気がついた。通夜の香典まで持ち出させ、ほかの女性客のツケの回収に充てた。

（ひどい男だ）

と思った。

改心したわけではない。気持ちの余裕ができたわけでもない。殺されるかもしれないという恐怖が打算を吹き飛ばし、いまの自分のありように気づかせたのだ。

「美咲」

周囲を憚《はばか》るようにして声をかけた。

「電車？」

「ああ」

周囲に目を走らせながら言った。

「何があったのよ」

「クルマか？」

「ええ、そこのパーキングに」

「中で話す」

美咲の肩を抱くと駅前広場の駐車場に急いだ。

ライトグリーンの軽自動車に乗りこむ。

美咲がエンジンをかけた。

「すぐ暖まるから。なにがあったの？」

「ヤクザに殺される……」

唇を震わせて言った。

一時間ほどして康平は帰っていった。堰《せき》を切ったように語った。坊主の本当の役割は説法することでも読経することでもなく、苦悩の聞き役になることではないか、と天涯は思った。天涯の言葉を借りれば、坊主は「人生のゴミ箱」ということになる。

境内にクルマが入ってきた。軽やかなエンジン音は野呂山社長の軽トラだろう。春彼岸の読経依頼に、「テープでも回せ」と怒鳴りつけて電話を切ったことを思い出した。ご機嫌でも取りに来たのだろう。

庫裡の玄関で音がして、

「住職さん……」

若い女の声がした。

美咲だ。いっそのこと康平と鉢合わせすればよかったか、とも思ったが、美咲の声にためらいがあることが気になった。

「上がれや！」

天涯は怒鳴った。

足音は二人だった。

美咲のあとに続いて翔がおずおずと入ってくると、ペコンと頭を下げて正座した。

「お嬢ちゃん、つくべき縁ちゅうことになったんか？」

表情が和《なご》むかと思ったが、美咲はそれには答えず、顔をこわばらせたまま、

「助けてください。お願いです、翔ちゃんをここに匿《かくま》ってください！」

叫ぶように言った。

「おい、翔――」

翔が息を呑んで言葉を待つ。

「うちの寺に入ったら五体満足で帰れる思うたらあかんで」

『ダル』で翔が口にした啖呵を真似てから笑った。

翔に安堵の表情が広がる。

「あのときはすみませんでした」

「住職さん」

「なんや、嬢ちゃん」

「まさか、まさかで今日という日が過ぎていく――そうおっしゃったでしょう？　そのまさか、まさかなんです。翔ちゃん、殺されるかもしれない」

「真っ逆さまになる前に、か」

冗談に美咲は少し落ちついたようだった。派遣坊主として関わっただけなのに、菊田家とのっぴきならない関係になってしまった。野呂山社長は気のいい男だが、気のいい男はいつも厄介事《やっかいごと》をしょってくるのだ。

今夜も康平は、智恵子が出かけて行く足音を聞いた。任俠寺を訪ねたことは話さなかった。天涯にすべてを吐き出したことへの後ろめたさのようなものがあった。なぜそうしたのか、自分でもよくわからない。会って話をするうちに、この住職なら受け止めてくれるのではないか——そんな思いに駆られた。限られた命を考えれば、事実を明らかにしておくのは自分の責務でもあった。

智恵子と入れ違うように玄関で音がした。美咲が帰ってきた。そういえば政男から連絡が途切れたままだった。こちらから掛けてみようかと思ったが、声を聞くのは億劫《おっくう》だった。このまま連絡がなければ結構なことだった。

（十二）

翔が店を休んで七日、マンションから忽然《こつぜん》と姿を消して四日になる。

新宿連合とのカラミで何か不始末があり、矢崎会長の逆鱗に触れたことは同居するヘルプたちも知っている。新宿連合に殺されたのではないかと本気で心配していた。ヤクザとトラブルになり、ホストが〝神隠し〟にあったというウワサはたまに耳にする。半殺しにされた、金を取られたといった話なら掃《は》いて捨てるほどあった。

部屋代の支払いもあり、ヘルプたちが店のマネージャーに相談した。マネージャーから報告を受けた矢崎会長は、翔が逃亡《とん》だことを確信した。すぐさま芦田組長に連絡し、芦田は翔の立ち回りそうなところに若い衆を走らせた。

「野郎、見つけたら東京湾へ沈めてやる」

ヤザキ商事の会長室で、武闘派の芦田組長が息巻いたが、矢崎は冷静だった。

「翔には十億の正札がついています。とにかく居場所を突き止めて菊田屋の娘を入籍させちまえば、それで一丁上がり。十億の借用書を持って乗り込めばいい。翔は金の卵ですぜ」

「籍入れるまではな」

「まあ、そういうことで」

矢崎が笑って、

「とにかく翔を早いとこ見つけてください」

「娘にも菊田屋にも若い者を張りつけてある。おっつけ尻尾を出すだろう」

美咲が寺に出入りしているという報告を若い衆から受けていたが、芦田組長は気にとめなかった。矢崎にこのことを話していればピンと来たにちがいない。彼氏がヤクザに追われているときに、ノンキに寺にお参りする娘などいるわけがない。

翔は洗いざらい話した。端折《はしょ》ることも、脚色することも、ごまかすこともなかった。すべてを明かすのは、美咲に対する懺悔なのだろうと、天涯は耳を傾けながら思った。懺悔とは赦《ゆる》しを請うことであり、赦されるかどうかは、どれだけ自分が血を流すかにかかっている。

そして——。ここが何より肝心なことだが、赦しを請うという気持ちが残っている限り、人間はまっとうになれるというのが天涯の考えだった。だが、まっとうになることと、美咲と結婚することは別だ。二人には可哀相だが、結婚はあきらめることだ。

「嬢ちゃん、翔の話はそういうこっちゃ。離るべき縁ということで結婚は白紙や。翔、それでええな?」

「はい」

「私、翔ちゃんと結婚します」

天涯が驚いた。

翔があわてる。

「だめだよ、美咲、十億円だぜ」

「警察に行きます。警察は市民の味方でしょう?」

「そうだけど……」

「大丈夫、私たちを見殺しになんかしないわよ」

「無理やな」

　天涯が引き取って言った。

「民事不介入や。矢崎は堅気やろ。警察は動きようがない。婿が書いとる十億の借用書があるさかい返せ——それ一本で攻めてこられたら、どないもならん」

「無理やり書かせたんですよ。脅迫じゃないですか。違法じゃないですか。借用書としては成立しません」

「なら裁判起こせ——こうゆうてくる。裁判やっとる間に新宿連合が嫌がらせや。極道が毎晩、菊田屋に居座ってみい。すぐに潰れてまう」

「そんなことが許されるんですか」

「極道は人も殺すんやで。法律なんかハナから無視や」

「じゃ、どうすれば」

「だからゆうてるやろ。結婚せんことや。翔が若旦那にならへんかったら、菊田屋に手出しはでけん」

「嫌です」

「美咲、俺と結婚なんかしちゃだめだ」

「それって間違ってるわ！」

「そうは言うけど、現実問題として……」

二人が言い合いをはじめたが、天涯は別のことを考えていた。結婚しなくても連中があきらめるはずがない。わしやったらどんな手段を使っても婚姻届を出させる——そう思った。翔かていつまでも体をかわしているわけにはいかん。翔を見つけたところで拉致《さら》い、美咲も呼び出して婚姻届を書かせればいい。脅しのプロにかかれば、翔など震え上がって小便を漏らすだろう。

「わかった、もうええ」

天涯が二人を制して、

「結婚したらええやろ」

決然として言った。


二人を寺に残し、天涯は電話を入れてから菊田家に出かけた。勝負手はこの方法しかない。これがうまくいくかどうかは、菊田夫婦がどこまで自分を信用してくれるか、この一点にかかっていた。

冷たい風に身震いした。コートを着てくるのを忘れたことに気づく。野呂山社長には申し訳ないが、春彼岸のお勤めはやはり断ろうと思った。

（十三）

矢崎会長と芦田組長は、事務所で「天涯」と名乗る男を待っていた。

昼過ぎ、会いたいという電話が矢崎の携帯にかかってきた。天涯という名前に心当たりはなかったし、紹介者がなければ初対面の人間には会わないことにしている。グレーゾーンで仕事をしていれば恨みを買うことは少なくない。まして、ヤミ金融もやっているので、身辺に注意してしすぎることはない。

電話を切ろうとしたとき、「菊田屋」という言葉が耳に刺さった。

天涯と名乗った男は言った。

――十億の借用書で菊田屋に勝負懸けてんねんやろ。会いとうないんやったら、わしはかまへんで。

「何者だ」

――坊主や。

「坊主？」

――翔が逃亡《とん》んでもうて難儀してんねんやろ。

翔の名前を口にした。何者かわからないが、翔の居場所を知っているかもしれない、と矢崎は思った。翔と十億円の借用書のことを知っているのは何人もいない。

「五時、うちの事務所でどうだ」

断られる、と矢崎は思った。駆け引きする人間は身の安全を図り、相手方の事務所へ出向くことはない。ホテルのティールームなど、衆人環視で、しかも席の間隔が広々として声が周囲に聞こえにくい場所を指定する。ところが、この天涯という坊主はあっさり承諾した。よほどの自信があるのか、それともただの間抜けなのか。関西風の言葉が気にはなった。まさかと思うが、菊田政男から話が回り回って関西ヤクザが一枚嚙《か》んできたのかもしれない。

芦田組長に連絡をとり、矢崎は待った。芦田は念のため、若い衆に道具を持たせて部屋の隅の椅子に待機させた。

五時、天涯と名乗る坊主がやって来た。異様な服装《なり》だった。法衣を着た僧侶を想像していたのだが、この男は分厚い黒のトックリセーターの上から濃紺の刺し子になった作務衣を着こみ、工事現場用の頑丈な安全靴を履いて金ブチ眼鏡をかけている。

「天涯や」

目をギョロリと動かし、

「いつぞや『ダル』で会《お》うたやろ」

野太い声で言った。

まじまじと見て、

「ああ、翔と」

「そういうこっちゃ」

ソファにどっかりと腰を下ろすと、矢崎が芦田を紹介した。

「こちらは芦田さんといって、新宿連……」

「その先は言わんほうがええんちゃうか。看板出したら退かれへんようになってまうで」

芦田が矢崎にうなずいた。

「で、何の用だ」

矢崎が言うや、天涯が素早く作務衣の懐《ふところ》に手を差し入れた。矢崎が、芦田が、若い衆が目を見開いて固まった。

天涯がゆっくり手を引き抜く。

一枚の紙切れを指に挟んでいた。週刊誌より少し大きいサイズのコピー用紙だった。

「菊田屋は、うちの寺に寄進してもらうことになった」

「いま何て言ったんだ」

矢崎が虚をつかれたような顔で言った。

「寄進や。菊田屋の土地家屋、マンション、駐車場と一切合切、任侠寺に寄進してもらうことになったんで、一応、知らせておこうと思うてな。これ、譲渡の念書や。書類はあとで司法書士につくらせる」

コピー用紙をひったくるようにして矢崎が目を通す。天涯が言ったとおりのことが直筆で簡潔に書かれ、実印が押されていた。

「翔に十億ほど貸してるみたいやけど、菊田屋の若旦那になっても菊田屋には財産は一円もないでえ。翔は自己破産するさかい一文無しや」

「てめぇ、ただですむと思うなよ」

矢崎が怒りで顔を朱に染めた。

「ズドン、でもブスリ、でも好きにしたらええ。わし、坊主やさかい死ぬのはかまへんけど、気の毒なのはお宅らや。坊主殺して無期か死刑――。人聞き、ようないで」

天涯は飄々《ひょうひょう》とした口調で言って、

「命《タマ》取るなら取ってみんかい！」

両手をテーブルに叩きつけた。

矢崎が啞然とする。

天涯がゆっくりと芦田に目を向ける。

芦田が若い衆を制して、

「矢崎、負けだ」

と言って笑った。

芦田は天涯に自分と同じ匂いを嗅ぎ取ったのだろう。ヤクザ激戦区の新宿で代紋を張っているのだ。この坊主が何者であれ、寄進の念書を持っている以上、話を揉ませても退くことは絶対にない——そう読んだはずだ。五千万円のオトシマエのほか、この一年で二千四百万円の利息を矢崎と折半している。ヤクザ逆風のいま、爪を伸ばしてトラブルになれば、火の粉を被るかもしれないという計算もあったのだろう。

天涯が立ち上がって言った。

「せっかく来たんや。お土産を持たせてくれへんか?」

矢崎が訝る。

芦田がうなずいて言った。

「翔の借用書だ」

「しかし、組長」

「終わったんだ。気持ちよう渡してやれや」

「組長《もん》がおっしゃるなら」

天涯は矢崎が差し出した十億円の借用書を受け取って、

「芦田はん、関東極道はさっぱりして垢抜《あかぬ》けてまんな」

と言った。

「お宅……、前に大阪か神戸で行き会ったような気がするんだが」

「なにかの勘違いやろ。どこぞわしによう似た極道がおったようやけど、似とるからゆうて、わしの責任ちゃうで」

安全靴の音を響かせ、大股で会長室を出て行った。

城西市にもどった天涯は菊田家に寄って報告し、寄進の念書を返却した。康平が厚みのある封筒を差し出したが、天涯が押し返した。

智恵子は無言のままだった。美咲がホストとの結婚を口にしなければ起こらなかった危機なのだ。結婚のことも、母娘の関係も、問題は何ひとつ解決したわけではないという思いがあるのだろう。

天涯もそれは同じだった。いや、康平も、美咲もそうではないのか、と思った。縺《もつ》れた糸も、最初から縺れていたわけではない。真っ直ぐだった一本の糸が捩《よじ》れ、絡み合い、そして縺れていったに過ぎない。力まかせに引っ張るのではなく、なぜ縺れていったのか、順序立てて絡まった糸を一本ずつ抜き取っていけばいいのだ。

これから先の二人については天涯の与《あずか》り知らぬことだが、関わりを持った年長者として、お祝いは言ってやりたかった。『たつみ』に電話して酒肴《しゅこう》を見つくろってもらい、それを持って任侠寺に帰った。

乾杯のあとで、

「ホストを辞めることにしました」

と翔が言った。

「もったいないやないか」

天涯が渋面をつくって、

「女相手にメシが食える仕事はそうはないやろ。わしがもうちょっと若かってみい。ホストやるでぇ」

「もう、住職さんたら」

美咲が睨む。

「居酒屋で働いて、この四月から調理学校へ通うことにしました」

「翔――」

「はい」

「おまえさんは人間が変わったんか、それとも元々そういう人間やったんか」

翔が戸惑って美咲を見やる。

「聞き流せばいいのよ。住職さんは説教するのが仕事なんだから、ね、そうでしょう？」

「おまえさんにはかなわん」

「それで住職、美咲を千葉の実家に連れて行きたいんですが、その前に順序として美咲のご両親の許しを得るべきでしょうね」

「いいのよ」

少し酔ったのか、美咲が口をとがらせて、

「翔ちゃんは祝福されて一緒になりたいって言うけど、あの人のことなんか放っとけばいいのよ。母親を気取って私に文句ばっかり」

「文句やない、おまえさんのことを心配して言っとるんや」

「あら、肩を持つの？　住職さんもパパも騙《だま》されてるのよ。あの人、菊田屋の財産が欲しいだけなんだから。後妻に来たのは私が十六のときよ。高校の参観日に来て、いかにもやさしい母親みたいな顔してさ。お母さんさえ亡くならなかったら……」

涙ぐんでいる。

翔は何と言っていいかわからず、狼狽しながら無言でグラスを口に運んだ。

「あの人、去年の秋に私が翔ちゃんと結婚したいって言ったら、なんて言ったと思う。財産をすべて放棄すると彼に伝えなさい——そう言ったのよ。ああ、この人、財産が目的で菊田家に入りこんだんだって。お婆ちゃんが嫌った理由もわかった。それなのに、私はいい娘でいようと必死で頑張って、バカみたい」

糸が縺《もつ》れた原因がわかった、と天涯は思った。財産を放棄すると美咲に言わせることで、智恵子はホストの真意を確かめようとしたのだろうが、美咲は誤解した。それはたぶん、継母として智恵子が目の前に現れたときから美咲は複雑な思いを宿し、その思いを宿す自分に苦しんだからこそ、無意識に誤解したのではないか。継母の愛情を否定し、悪者にし、生母の追憶に逃げこむことによって苦しみから解放される。無意識の、自己防衛本能だった。

ところが、智恵子はこの微妙な心理に気づかない。縺れた糸が瘤《こぶ》のように固くなって初めて、智恵子は「なぜ」と自問し、継母としての至らなさに原因があるのだと自分を責めたのだろう。お百度を踏むのは翔と別れさせるためだとばかり思っていたが、そうではない。自分のあやまちがどこにあったのか、その原因を裸足の冷たい感触の一歩一歩に求めていたのだと天涯は思った。

「説教が坊主の仕事やから、ひとつ物語を話して聞かせようかのう」

天涯がおどけた口調で言った。

「お願いします！」

翔も場の雰囲気を変えようとして明るい声で言った。

「よっしゃ。――エー、昔々あるところに、老舗の割烹料理屋『凸一《でこいち》』があった」

「菊田屋みたいだね、美咲」

「うん」

「そこのボン──跡取りやな──この若旦那が、暖簾分けした『凹二《ぼこに》』で修業してるうちに、中居とデキてもうた。『凹二』の大将、泡を食った。そらそうやろ。本家『凸一』から預かった大切なボンやさかいな」

しゃくりあげていた美咲が話に引き込まれている。

「で、大将、どないした思う？」

「別れさせたんでしょう？」

美咲が言う。

「それがうまいことといかん。中居をクビにしたんやけど、若旦那、中居と同棲してもうて、女の子が生まれた。問題はここからや。若旦那の親父は板前から身を起こした苦労人やさかい、頑固一徹。若旦那をどやしつけ、中居を足蹴に……まではせぇへんけど、とにかく別れさせた。赤ちゃん、入籍させへん。──翔、ビール」

「あっ、気がつきませんで」

翔があわてて酌をし、天涯はノドを鳴らしてから、

「で、分家『凹二』の大将にひとり娘がおって、これを若旦那の嫁にした。世間体や。本家の『凸一』にしてみたら、しかるべきところからもろうたいうことやな。大将の娘は中居と同い年で二人は親友やった。事情知っとるさかい、嫌やゆうて泣きよったが、大将の監督不行き届きで起こったことやから、本家に合わせる顔がない。やさしい娘やさかい、

親の顔を立てて嫁に行きよった。自分の娘いうことにして、赤ちゃんを籍に入れた」

美咲の涙はすっかり乾いている。

「ところが、大将の娘に子供がでけへん。医者に診《み》てもろたら、身体に問題があったということや。そこで、赤ちゃんや。頑固一徹も、そのカミさんも天の授《さず》かりものや言うて可愛がった。この子に婿養子を取ればノレンは続く」

「その若旦那はひとり息子ですか？」

美咲が表情を硬くして訊いた。

「兄がおったけど、これが放蕩息子でな。家のゼニくすねてトンズラしよった」

翔がゴクリと生唾を飲む。

「女の子はスクスク育った。大将の娘はやさしい子やさかい、三歳と七歳のお祝いのときに写真を中居に送ったたったそうや。中居は泣きの涙で別の店で働いとった。そして、女の子が高校に入るときにガンで……」

「やめて！」

美咲が叫んだが、天涯は続ける。

「大将の娘は亡くなる直前、中居に病院まで来てもろうて、泣きながら女の子のことを託したそうや。中居はそれだけは堪忍や言うて断ったけど、若旦那が手をついて頼んだ。それで後妻に入った。若旦那、ええ人やけど気が弱い。中居は針の筵《むしろ》やけど、女の子が一人前になるまではゆうて辛抱した」

「だったら、だったら、その中居さんも若旦那も女の子に本当のことを言えばいいじゃないですか」

「大将の娘が母親として可愛がって育てたんや。その気持ち考えたら、自分がホンマのお母さんや言えるか？　母娘のために、そのままにしておいてやりたかったんや」

「そんな……、そんなことってあるの？」

美咲が顔を覆った。亡くなった母に対する涙なのか、それとも智恵子に対する涙なのか、あるいは智恵子に罵詈雑言《ばりぞうごん》を浴びせた後悔の涙なのか……。話してよかったのかどうかわからないが、誰かが話しておかなければならないことだと天涯は思った。

風の音がやんだ。

静寂が訪れる。

境内の賽銭箱が小さく鳴った。

天涯がゆっくりと顔をあげ、美咲を見た。美咲の表情が動く。窓辺に立ってカーテンを少し開けた。雪が舞っている。黒いケープを羽織った着物の背が、裸足を少し引きずるようにして山門に向かっていた。

美咲が玄関に走ろうとした。

「行ったらあかん」

天涯がやさしい声で言った。

「おまえさんに見られたら、母さん、悲しむだけやで」

振り向いた美咲の目から大粒の涙がこぼれている。

「生きていくっちゅうのは難儀なもんやな。けど、苦しみを通してしか気づけない世界もある。ありがたいやないか、親なればこそじゃ。――翔」

「は、はい」

「美咲と真っ直ぐ歩いていくんやで。つまずいても転んでも、一本の道を真っ直ぐ、真っ直ぐや」

翔がコクリとうなずく。

天涯が窓辺に立った。智恵子の姿はなかった。雪が勢いを増してきたのだろう。風に抗《あらが》うように暗い中空に躍っている。天涯はゆっくりとカーテンを引いた。

第四話　弥陀《みだ》に問う「極道の命」

（二）

白い大型ベンツ五台が、車列を組み、片側二車線の幹線道路を整然と走ってくる。

周囲を威圧して、不気味な雰囲気だった。

（あんな連中、城西市にいたかな）

路肩にライトバンを停め、張り込んでいた若い僧侶の倉持英瞬《くらもちえいしゅん》が首をかしげた、そのときだった。

先頭車両のウィンカーが左に点滅をはじめた。

（任俠寺か？）

弾かれたように身体を起こす。

ベンツはスピードを落とすと脇道にハンドルを切った。車内の様子はわからない。一台ずつ左折するたびに、窓の濃いスモークガラスが初夏の午後の陽光を眩《まぶ》しく跳ね返していた。目を細め、ナンバーを書き留めようとした英瞬の手がとまる。

（同じじゃないか！）

五台とも神戸ナンバーで、頭の平仮名をのぞいて一桁の同じ数字だった。

（ヤクザたちだ）

直感した。

すぐさまエンジンをかけ、車間距離をとって追走する。右手に畑を見ながら、建ち並ぶ民家の前をベンツがゆっくりと走って行く。まもなく民家が途切れ、鬱蒼《うっそう》とした竹藪に沿って緩やかな左カーブになる。ここを過ぎた左手が任俠寺だった。寺に入るか、それとも通り過ぎて行くのか。

先頭車両が左にウィンカーを出した。

（任俠寺だ！）

鼓動が高鳴った。

五台が山門を入っていく。英瞬はそのまま通り過ぎると二十メートルほど行った先の畑の脇にライトバンを停め、足早に引き返した。山門の前で足をゆるめながら境内をうかがう。畑の跡地らしき場所に五台が間隔を詰めて駐車してあった。黒いスーツを着た十人前後の男たちが、周囲を警戒するかのようにしてベンツの脇に立っている。

ひとりと目が合った。

じっとこちらを見ている。剃髪の英瞬は灰色の作務衣に雪駄を履き、頭陀袋《ずだぶくろ》を肩から斜め掛けにしている。任俠寺にやって来る坊さんかと思っているのだろう。

視線をそらして歩みを速めた。竹藪を通り過ぎたところで背後を振り返る。足を止め、頭陀袋からスマホを取り出した。

「善行寺《ぜんぎょうじ》の倉持です。いま任俠寺にヤクザたちがいます。十人ほどです。神戸ナンバーです。全部、同じ番号です。黒い服を着ています」

声を落として早口で告げた。

――本当にヤクザなのかね？

気乗りしない声が返ってきた。

電話の相手は岸田慈円《きしだじえん》――照隅寺《しょうぐうじ》住職で、城西市仏教会の会長だった。

「見ればわかります」

――見ただけでどうしてわかるんだね？　その先入観がいかんのだ。疑いの目を持てば仏《ほとけ》も時として修羅に見えることもある。仏門にある者が人を見かけで判断するなど絶対にあってはならん。

「ヤクザがどうすれば仏に見えるんですか」

苛立《いらだ》った声で言った。

──だから、よくよく確かめ……。

「ナンバーを調べれば持ち主がわかるじゃないですか。五台ですよ、五台。白のベンツSクラスで、五台ともゾロ目の××で、神戸ナンバーで、すぐ城西署に照会してください」

返事の代わりに溜息が聞こえてきた。

英瞬が眉根を寄せる。

電話を切ると、すぐに別の人間にかけた。

──わしだ、恵方だ。

ダミ声が厳《おごそ》かに応答した。

「私は善行寺の……」

──おお、英瞬君か。張り込み、ご苦労さん。

「ヤクザの一団が来ました」

──来たか！

「はい」

様子をかいつまんで説明する。

──でかした。これで任俠寺は廃寺だ。

クックックッとノドを鳴らして含み笑いをした。

「でも」

——何だね？

「いま会長にご報告したんですが、やはり乗り気じゃないようです。疑いの目を持てば仏も修羅に見えるとかおっしゃって」

——バカな！　ベンツ五台がそろいのナンバーとなればヤクザに決まっているじゃないか。襲撃を警戒してどのクルマに親分が乗っているかわからないようにしているんだ。天台宗の高僧だか何だか知らんが、事なかれ主義には困ったもんだ。よし、私から会長に電話してやる。

まくしたてる声を聞きながら、英瞬は先夜、恵方が見せた鬼のような形相《ぎょうそう》を思い浮かべていた。

密教派総本山・超運寺の伊能恵方大僧正とは、父・修道《しゅうどう》住職の代理で出席した城西市仏教会の定期総会が初対面だった。ガンの再発で入院中の父は、恵方には気をつけるよう何度も言った。なるほど恵方は、着物も野袴《のばかま》も陣羽織も黒一色で、顎のとがった剃髪の狐顔はいかにもひと癖あるように見えたが、総会で一席ぶった主張は筋が通っていた。

恵方は任侠寺なる寺が暴力団とつながっているとして激しく批判し、

「仏道を歩む者の使命として、また城西市仏教会の一員の責務として、私は命を懸けて任侠寺を追放する！」

拳を振り上げた。

こんな正義感に富んだ僧侶が城西市にいたのかと英瞬は感動したが、岸田会長は煮え切らなかった。

「その任俠寺なる寺がヤクザと本当に繋がっているのかどうか……。証拠がなければ、仏教会に入ってもいない寺を軽々に批判することはできない。まして市から追放するなどということは……」

「ならば明々白々の証拠を見つければよい。——おい、そこの青年！」

いきなり英瞬を指さし、

「若い世代の使命として任俠寺の尻尾をつかんできたまえ！」

目を吊り上げて叫んだのだった。

——もしもし、英瞬君、聞いておるかね？

「は、はい、先生」

英瞬が我に返った。

——この機を逃してはならん。

「張り込みを続けますか？」

——頼む。

「承知しました」

スマホを握ったまま、瘦軀《そうく》を深々と折った。ヤクザと関係する寺など断じて許すわけにはいかない。英瞬は自分に言い聞かせた。

（二）

ベンツを連ねて任俠寺に入ったのは神戸同志会系六甲一家二代目・成瀬政彦《なるせまさひこ》の一行だった。成瀬が本堂の前で靴を脱ぎ、六段になった階段木《かいだんぎ》をひとりで足早に上がっていく。若い衆がすぐさま成瀬の磨き込まれた靴をそろえて向きを変えた。組員たちが互いに背を向け、周囲に視線を走らせる。

成瀬は八十畳ほどの本堂に入ると、ご本尊の阿弥陀如来像に軽く頭を下げ、スーツの内ポケットから分厚い封筒を取り出して祭壇に置いた。「お布施」と書かれた墨痕が札束の厚味で山なりに反《そ》っていた。

回廊を踏みしめるような足音に続いて板戸が引かれ、

「よう来たな」

野太い声で天涯が入ってきた。

「ご無沙汰しとります」

成瀬が頭を下げる。短髪を七三に分け、長身のスリムな身体に濃紺のスーツを着て同色のネクタイを締めている。一見してビジネスマンのようだが、淡いブルーにコーティングされたメガネと、その奥の射貫くような目はヤクザのものだった。

「お元気そうで。お噂は耳にしとります」

「この寺に極道が駆け込んどるってか」

笑い飛ばし、並んで庫裡に向かった。

組員たちが天涯たちの動きに合わせて移動して行く。

「目障《めざわ》りになって、えろうすんません。同志会の跡目問題でごたごたしておりまして」

「親の身を案じるのは子の務めや」

襖を開けて居間に入った。台所の冷蔵庫から缶ビールを二つ取り出し、一つを成瀬の前に置くと、ひと口呷《あお》ってから、

「で、わしに頼みっちゅうのは何や」

と水を向けた。

「うちの若い者をひとり預かっていただけまへんか？　坊さんに興味を持っとる言いますねん。ものになるかどうかわからしまへんけど、いま連れてきていますんで、軒下にでも寝かせてやってください」

「寺の番犬ならいらんで」

「いいえ、そういうわけじゃ……」

「気ィつかわんでもええ。わしは堅気の坊主やで」

「それはわかってますが、万一ということもありますよって。たまにはわがままを言わせてください」

頭を下げた。

英瞬はライトバンの向きを変え、じっと山門をうかがっていた。

十五分ほどで白いベンツが出てきたのであわてた。

来た道を引き返していく。

(一台、二台、三台……)

五台を数えてアクセルを踏んだ。

英瞬が張り込んでいた大通りに出ると五台が急加速し、たちまち引き離されていく。

「あきらめたみたいやな」

最後尾のベンツで、ハンドルを握る組員がバックミラーを見ながら言った。

「ライトバンか？」

助手席の組員が素早くリアウィンドウを振り返って言った。

「行きもついてきよった。運転しとんのはスキンヘッドの若い男やから、おんなじクルマや。圭吾《けいご》に電話しといたほうがええんちゃうか？」

助手席の組員がすぐさまスマホをかける。

任侠寺に残してきた若手の山下《やました》圭吾がコール一回で出た。

――お疲れっス！

「ライトバンがあとをついてきよった。行きも帰りもや。いまUターンしてどこぞ行きよった。乗っとるのは一人や。スキンヘッドや。若い男や。何者かわからんけど、念のためや。気ィつけや」

――了解。

圭吾の明るい声に、

「あいつ、わかっとんのかいな」

助手席の組員が電話を切ってから舌打ちをした。クセ毛の圭吾は肌が浅黒く、ギリシャ彫刻を思わせる風貌は、性格そのままに南米の陽気なサッカー選手を連想させた。

（三）

恵方のしつこさに観念した岸田会長は、その日の夕刻、恵方と英瞬を伴って城西署を訪れた。地元仏教会の会長がアポを取っての来訪とあって、署長がみずから応対したあと、組織犯罪対策課の宇崎と早見の両刑事に託して席を外した。

「なるほど、五台とも同じ型のベンツで、ナンバーも同じ数字ですか」

宇崎がメモの手を止めて言った。

「十四人いました。数えました。黒服です。ヤクザです」

若い僧侶の倉持が言った。

「ナンバーの照会かけてきます」

早見が急ぎ足で応接室を出て行った。

「まったく寺院の恥さらしだ」

恵方が吐き捨てるように口を開く。

「このことがメディアで報じられでもしたら、城西市仏教会は由々しき事態になる。会長、腹を切ったくらいではすまないですぞ」

「うん、まあ、とにかく事の成り行きを見てからでないと何とも言えんだろう」

「この期《ご》におよんで、まだそんな悠長なことを！　いいですか会長、もう尻に火がついてるんですよ。早いところ消さなければ全身大ヤケドだ。幸いにも英瞬君が身を挺《てい》して張り込んでくれたからこそ、動かぬ証拠が手に入った」

英瞬を見やってから、

「お手柄は英瞬君だ。会長、そのことだけは肝に銘じておいていただきたい。任俠寺を追放した暁には英瞬君を仏教会の評議員に抜擢《ばってき》する。いいですな」

「恵方先生、僕など、とてもとても……」

「その謙虚さが初々しくて実によろしい」

ソファにのけぞると、恵方は服装《なり》と同じ黒色の扇子をパタパタさせて笑った。

しきりに照れる倉持英瞬を、宇崎がチラリと見やる。岸田会長の紹介によれば、曹洞宗仏心派善行寺の副住職ということだった。この若さで副住職ということは、寺の息子で跡継ぎなのだろうと宇崎は思った。どの分野でもそうだが、若くして将来が約束されている人間はとかくその資質が揶揄《やゆ》されるものだが、この青年は目が涼やかで、口元に芯の強さがうかがえる。寺がヤクザとつながっているなど正義感が許さないのだろう。そのことは好ましく思いつつも、刑事《デカ》を長くやっていると、世のなかは正義だけで割り切れるほど単純なものでないと言ってやりたくもなる。

数分ほどで早見がもどってきた。

「ウーさん」

声の響きで宇崎は了解した。

「堅気か？」

「五台とも神戸の不動産会社です」

「そんなバカな！」

恵方がソファから背を浮かせて叫んだ。

「ヤクザだよ！　ヤクザが乗っていたんだよ！」

「所有者の話です。乗っていた人間が誰かを言っているんじゃない」

宇崎がたしなめたが、

「企業舎弟だ！　隠れ蓑《みの》だ！　任侠寺を徹底的に調べるべきだ！」

恵方が興奮して立ち上がる。

「自分もそう思います」

早見が口を挟んだが宇崎は無視して、

「調べるとなると捜査になりますんでね。しかるべき理由がいる」

「立派な理由があるじゃないか。ヤクザが出入りしているんだよ。反社ですよ。暴力団ですよ。警察が放っておいていいはずがない！」

「ヤクザが出入りしていたとしても、それだけでは事件になりません。任侠寺が連中と結託して商売しているとか、利益供与しているというなら別ですが」

「それを見つけるのが警察の仕事だろ」

「捜査に着手するだけの嫌疑が必要だと言っているんです」

「そんな呑気なことを言っておって市民の安全が守れるのかね！」

宇崎は返事をしなかった。伊能恵方は怪しげな加持祈禱だけでなく、何十万円もする開運掛け軸や壺を売るなど、霊感商法まがいのことをやっているという噂を耳にしている。この男にどこまで正義感があるのか。

「会長さん」

宇崎が岸田会長を向いて言った。

「暴対法にも暴排条例にも抵触せず、ヤクザが出入りしているという理由だけで警察が介入した場合、任俠寺が信教の自由を盾にとって騒ぎ出す懸念はありませんか？　場合によっては訴訟問題になるかもしれない。メディアが騒ぐでしょう」

「まさにそこですな」

岸田会長が我が意を得たりとばかりに大きくうなずいて、

「まして、クルマのナンバーからヤクザであると客観的に立証できないとなれば、批判を受けるのは告発した仏教会だ。慎重の上にも慎重を期したい。見ればわかる——などといった曖昧で主観的な判断は非常に危険だ」

ジロリと英瞬を睨んでから、

「警察としてもお立場があろうかと存じます。ここはひとつ、少し様子を見るということでいかがでしょう」

「帰るぞ！」

恵方が怒気で顔を赤く染めてドアに向かい、英瞬があわててあとを追った。

三人を送り出してから、宇崎は椅子に背を預けて天井に視線を投げかけていた。

「どうかしました？」

早見が言った。

「別に。今日は早あがりでいいぞ」

「五台のベンツはどうします？」

「もう少し様子を見る。岸田会長がそう言っただろう」

「ですが、ヤクザが出入りしていることはハッキリしているんですよ。調べなくていいんですか？」

「飲み屋にだって、床屋にだってヤクザは出入りしてる。いちいち捜査するのか」

「しかし」

早見は言いかけたが言葉を呑んで、

「わかりました。お先に」

頭を下げると組対課をあとにした。

早見が出て行くのを待って、宇崎は携帯に手を伸ばした。相手は兵庫県警組対課の堀場《ほりば》刑事だった。

「しばらく。忙しいかい？」

――こっちは極道といっしょで年中無休の二十四時間営業や。

古参捜査員が豪快に笑って言った。

「実はクルマの持ち主を知りたいんだ」

ナンバーを伝えた。

――五台ともいっしょか。極道やな。ちょっと時間くれるか。いま同志会が跡目問題でゴタゴタしとるさかい。

「悪いな。手が空《あ》いたときでいい」

電話を切った。


城西署を出た恵方は、英瞬を連れて駅前の居酒屋に入った。岸田会長の事なかれ主義を批判し、会長が煮え切らないから城西署も動かないのだと憤慨してから、

「キミの正義感だけが頼りだ」

と言って英瞬の顔に視線を据えた。

「僕は何をすればいいんですか？」

「乗り込んでくれ」

「任侠寺へ？」

「そうだ、任侠寺だ。任侠寺に乗りこんで、城西市から出て行くよう住職の天涯に談判するんだ」

「しかし、僕が言ったくらいで出て行きますかね」

「行く。あのクソ坊主、たかをくっておるんだ。だからコトがここまで大きくなっているということをわからせてやらねばならん。わかれば泡を食う。それに——」

恵方は一呼吸置いて、

「この大役を務められるのはキミを措《お》いてほかにはいない。キミのその細い切れ長の目は、時代を変える英雄の目だ。城西市仏教会に変革の風を起こしてくれたまえ。——さっ、ぐっと空けて」

ビール瓶をつかんで英瞬のグラスを満たしてから、軽く咳払いをして、

「ところで、キミはなぜこの私が直接乗り込まないのか不審に思っておるのではないか」

と語調を変えて言った。

「いえ、そういうことは……」

「いいんだ、いいんだ。その疑問はもっともだ。だが、私は軍隊で言えば参謀総長の立場にある。全軍の作戦計画を立案するのが責務。となれば、血気にはやって前線に出て行くわけにはいくまい。行きたくてウズウズしていても、ここはじっと我慢で自制しなければならん。わかってくれるかな?」

「はい」

「したがってキミが最前線で戦う部隊長ということになる。明日、さっそく任侠寺に乗り込みたまえ。敵陣に突撃してこれを粉砕し、もって城西市の仏教界を救うのだ」

「わかりました」

英瞬は目に力をこめて言った。馴れぬ張り込みでヤクザ一行を見つけたあとだけに、昂《こう》揚《よう》した英瞬には、大仰な檄が心地よかったのだろう。

ビールを日本酒に変え、恵方は天涯について噂の数々を口にした。女グセが悪くて小料理屋の女将につきまとっていること、寺に立ち寄る若い女性ハイカーにセクハラ行為を繰り返していること、そして宗教法人を隠れ蓑にヤクザと結託し、ヤミ金や覚醒剤の密売など様々な裏ビジネスで蓄財しているらしいこと……。疑惑を並べたててから、

「このまま放置すれば遠からず大スキャンダルになり、城西市仏教会は世論から完膚《かんぷ》なきまでに叩きのめされる。誰かが身を挺して事に当たらねばならん」

と恵方は険しい顔で言った。

（四）

天涯は今夜も口開けにやって来た。

めずらしく連れがいたが、態度はいつもの調子で、美代加の群青色の作務衣に目をとめると、

「作務衣は坊主の作業着やで。それをわざわざ上等の紗紬《しゃつむぎ》で仕立てて着とんのやから、

妙な時代になったもんやないか。わしの作務衣、見てみい。木綿の洗いざらしやで」

美代加の向かい側——客が「ファーストクラス」と呼ぶカウンター席に腰を下ろしながら言った。

「ちょっと、どうして嫌味ばかり言うのよ」

「嫌味ちゃうで、ホンマのことやないか。ホンマのこと言うさかい、言われた者《もん》が逆恨みして嫌味や言うとるだけや」

「それが嫌味なのよ」

プリプリしながら、

「こちら、お寺の方？」

天涯の背後で直立不動している若い男を見やって言った。二十代の後半か。天涯と同じ濃紺の洗いざらしの作務衣を着てはいるが、クセ毛の頭髪と顔の雰囲気に抹香臭《まっこうくさ》さがなかった。任俠寺に厄介《やっかい》になっているなら、ヤクザ関係者だろうと思った。

「どうぞ」

美代加の言葉に男は無反応で突っ立っていたが、

「座れ」

天涯に命じられるや、

「ハッ」

さっと椅子を引いた。

桃子がプッと噴き出す。

「ワンちゃんみたい」

「ちょっと桃ちゃん」

「かまへん。こいつ、山下圭吾いうんや。よう躾《しつ》けられとるやろ」

「あなた、お弟子さん？」

桃子が圭吾におしぼりを渡しながら訊いた。

「ええ、ま、そのう、弟子というか、ガードしとると言うのか……」

「あっ、ガードマンなんだ。お寺に泥棒が入るの？」

「ええ、まあ……」

「それが入るんや」

天涯が引き取って、

「泥棒ふんづかまえてな、警察に黙っとったるさかいゼニ出せゆうて恐喝するんや」

「へぇ、お寺って、そんなことするんだ」

「ウソよ。ちょっと住職、桃ちゃんは素直なんだからヘンなこと言わないでくださいな」

入口の戸が引かれ、誠実屋葬儀店の野呂山社長が入ってきた。

「おお、社長か。こっち座れや」

野呂山のグラスにビールを注いでやりながら、

「桃ちゃんがここで働くようになって、社長、皆勤賞ちゃうか？」

「いえ、そういうわけでも」

「なに恥ずかしがってんねん。皆勤賞ゆうたら自慢やで」

「それが嫌味なのよ」

美代加がたしなめるが、

「社長、嫌味に聞こえるか？」

「いえ、そんなことは」

「ほら見てみい」

「まったく自分の言うことがいつも正しいんだから。唯我独尊《ゆいがどくそん》って住職のような人間を言うのよね」

美代加が溜息をつくと、

「唯我独尊の意味、知っとんのか？」

と天涯が言った。

「また、嫌味。バカにしないでよ。自分だけが世の中でいちばん偉いと思ってる——そういう意味でしょう。お釈迦さんが生まれてすぐ七歩歩いて言ったとか」

「七歩はおうとるが、意味はちゃうな」

ビールを干して、

「唯我独尊いうんは、『唯《ただ》、我《われ》、独《ひとり》として尊《とうと》し』——人間はすべて、誰とも代わることのできない存在であり、命のままに尊いゆう意味や」

「あたしも尊い？」

桃子が天涯の顔をのぞく。

「尊い。仰げば尊しや」

「あっ、それ、中学の卒業式で歌った！」

「じゃ、私も尊いわね」

美代加が手を止めて言うと、

「もちろんや」

天涯はうなずいてから、節をつけて歌う。

「仰ォ〜げばァ〜　尊ォとしィ〜　美代加の〝観音様〟〜。大股広げてご開帳！」

「ちょっと！」

「怒るな」

「あのう」

それまで黙って飲んでいた圭吾が遠慮がちに口を開いた。

「なんや」

「自分も、そのう、尊いうちに入るんでっしゃろか?」

「気になんのか?」

「いえ、そういうわけやおまへんけど……」

「入る。心配せんかて、ちゃんと入っとる。おまえの命、尊い命やど」

「さよでっか、おおきに」

目を輝かせて言った。

（五）

担当医の回診と検査が午前中に終わり、善行寺住職の倉持修道は今日もベッドで長い午後を過ごす。晴天が続き、城西総合病院五階の病室から眺める高尾山は、深緑と青い空の対比が鮮やかだった。病に伏せる身だから景色に心が動くのだろうか。ぼんやりと窓の外を見やりながら修道は思った。

胃ガンの手術をしたのは二年前の夏だった。初期の胃ガンは術後五年を乗り切れば完治とされる。難所は術後一年、次いで二年。再発の七十五パーセントが二年以内だった。その二年が無事に過ぎるかと思われたこの夏、定期検査で肝臓への転移が見つかった。切除するかどうか、入院して検査が続いていた。

面会時間がはじまる十一時を少し過ぎて、せがれの英瞬がやって来た。

「どう？」

修道の顔をのぞき込む。

「手術になりそうだな」

修道は息を少し荒くさせて言った。

「肝臓は切除しても、自己再生機能があるんだってね。母さんが医者に言われたって」

「ああ。切除する部分が肝臓の六十パーセント以内であれば、機能は元どおりになるという話だ」

「今年の暮れは、還暦と快気祝いと一緒になるね」

声に出して笑ったが、表情の硬さが修道は気になった。

「総会はどうだった」

「特には」

「親睦会は？」

「出たよ」

「恵方と話をしたのか？」

「しなかったけど、何か？」

「いや、そうならいい」

「じゃ」

「どこか行くのか?」

「ちょっと用足しがあるんだ。また来るよ」

英瞬の背を見送り、修道は閉まったドアを見つめていた。親の欲目としても、英瞬はまっすぐに育ってくれたと思っている。それだけに懸念もあった。人の世というものは1+1は必ずしも2になるとは限らない。3にもなれば1・5にしかならないこともある。0もあればマイナスになることだってある。これを不正解として切り捨てるのではなく、この誤差こそ人生の実相であるとして受容し、寄り添うのが僧侶だと修道は思っている。善行寺の創建は享保《きょうほう》六年一月だから、年が明ければ三百年の節目を迎える。運を拾って生きながらえたとしても、年明け早々に寺を譲るつもりでいる。英瞬に竹のしなりが欲しいと修道は思うのだった。


午後の炎天下、任俠寺本堂の脇に張ったイベント用テントの中で、圭吾が山門を注視していた。寺の周囲はパネルユニットの背の高い竹垣がめぐらせてあるので、山門を押さえておけばよかった。長テーブルに置いたペットボトルの麦茶を口に含む。生ぬるく、顔をしかめる。全身から噴き出た汗が濃紺の作務衣に黒い染みをつくっていた。

グレーのライトバンが山門を入ってきた。圭吾がパイプ椅子から立ち上がる。ライトバンは畑をつぶしてこしらえた駐車スペースに頭から乗り入れて停まった。

運転席のドアが開く。

（あッ！）

圭吾が目を剝いた。スキンヘッドに灰色の作務衣。昨日、境内をうかがいながら山門の前を通り過ぎた若い男だった。

――何者かわからんけど、念のためや。気ィつけや。

兄貴の忠告が耳朶《じだ》に甦《よみがえ》る。

ステッキを擬した細身の木刀をつかんでテントを出る。

「どこへ行くんじゃ！」

嚙みつくように言った。

「ちょっと、ご住職に」

「どこの人間《もん》や」

「坊主です」

「昨日は素通りしたやないか」

「えッ？」

「トボけたらあかんど！　山門の前をこっち見ながら通り過ぎたやないか！」

「あっ！」

「わしの目、節穴ちゃうで」

「で、ですから僕は坊主で、たまたま昨日は通りかかっただけで、決して怪しい者じゃありません」

「怪しいか怪しゅうないかは、わしが決めるんじゃ」

木刀を握る手に力が入った。行く手をさえぎるように仁王立ちになる。このガキは極道に見えないだけに要注意なのだ。ヒットマンらしくないヒットマンは、いまどき極道界の常識だった。

「顔貸せや」

ドスのきいた声で本堂の裏手に顎をしゃくった。

「圭吾、何してんねん」

天涯が本堂の前の階段の上に立っていた。

「このガキ、昨日から寺のまわりをうろついてまんねん」

「ご、ご住職ですね！　僕は善行寺の副住職で倉持英瞬と申します。城西市の仏教会です。お話があって参りました！」

談判にやってきた英瞬が天涯に助けを求めていた。

天涯のあとに続いて寺務室に入った。

「兄ちゃん、二十歳過ぎとるやろ」

「二十二です」

「なら、ビールでええな」

「クルマですから」

「置いていったらええやないか」

「そうもいきませんよ」

「なんでや」

「なんでと言われましても……」

想像していたとおり、ヤクザのような住職だった。巻き舌の、揚げ足を取るようなしゃべり方。関西弁で、小太りで、金ブチ眼鏡と毛虫のような眉毛に迫力があり、英瞬は気圧されていた。騎虎《きこ》の勢いで引き受けたものの、昨夜は不安でよく眠れなかった。命を懸けるほどの大決心で乗り込んできたというのに、手のひらで転がされ、鼻ヅラを引きまわされているではないか。

まずい。

英瞬が意を決して切り出した。

「この寺にヤクザが出入りしているそうですね」

天涯がキョトンとして、

「極道は息したらあかんのか？」

缶ビールを持つ手をとめて言った。

「ハッ？」

「息をしたらあかんのかと訊いてんねん」

「もちろんいいに決まっています」

「極道はメシ食うたらあかんのか？」

「いいに決まってるでしょう」

「笑うたり泣いたりするのんは？」

「いいですよ、人間ですから」

「なら、どうして仏《ほとけ》に手を合わせるのはあかんのや？」

「そ、それは……」

一瞬、返答に詰まったが、すぐに語気を強めて、

「手を合わせることが問題なのではなく、寺が反社会的勢力から金品を得ていることが問題なんです。彼らは高額のお布施を包むそうじゃないですか」

「お布施ゆうたかて、人それぞれや。札束置いていく親分もおりゃ、しわくちゃの千円札を置いていく若い衆もおる。酒飲ましたら持ち出しやけど、札束置いていくもんがおるかららそれができる。ゼニはぐるぐる天下を回っとる」

天涯が冷蔵庫からもうひと缶取り出して、

「飲まんでええのか？」

「結構です」

「固いな」

キュッと呷《あお》って、

「兄ィちゃんの寺、何でメシ食ってねん？」

唐突に訊いた。

「檀家さんの会費、それに葬儀や法事のお布施ですが……。それがなにか？」

「つまり、ゼニもろてメシ食うとるわけやな」

「お布施です」

ムッとして言った。

「おんなじやろ」

「違います。さとりを目指す僧侶は、損得勘定に支配される生産活動から身を置き、布施を受けて仏法を説く。あなたもそんなことはわかってるでしょう」

「いや、そこがわしにはようわからんのや。自分は生産活動に従事せずして、従事しとる者《もん》から布施をもらうんは、泥棒はあかん言うて説教しながら、泥棒に食わしてもろとるようなもんやないのか？」

「そ、それは……」

英瞬が再び言葉に詰まったところで、天涯はゲームに厭《あ》きた子供のように、

「で、なんの用で来たんや？」

缶を握り潰すとゴミ箱に放って言った。

「すぐに城西市から出て行ってください！」

恵方に命じられたセリフを、悲鳴をあげるようにして言った。

「兄ィちゃん、この街の大家か？」

「ハッ？」

「大家かと訊いてんねん」

「なわけないでしょ」

「なら、なんで出て行け言えるねん。わし、城西市に税金払うとるんやで。ゆうたら城西市の店子や。大家でもないもんが店子を追い出しにかかるんは、極道が地上げするときやで。兄ィちゃん、極道か？」

「失礼なこと言わないでください。とにかく城西市仏教会では、この寺とヤクザとの関係を問題視しています。迷惑です。出て行ってください」

「仏教会を代表して来るにしては、ちと若過ぎるんとちゃうか？」

「代表じゃありません、自分の意志で来たんです！　出て行くようにハッキリと言いまし

たからね！」

頬を紅潮させ、啖呵《たんか》を切るようにして告げると、寺務所を出てそそくさとライトバンに乗り込んだ。

「おやっさん、あのガキ、ホンマもんの坊主でっか？」

寺務所から出てきた天涯に、圭吾が訊いた。

「みたいやな」

「何ぞ失礼なことおましたか？」

「いや。活きのええ子や」

「さいですか」

一礼してテントにもどる。

失礼なことがあったら見逃すわけにはいかない。

（けど、おやっさんは、あのガキ気に入ったみたいやな）

天涯の表情から圭吾は読み取った。

（六）

宇崎刑事が兵庫県警の堀場刑事から電話をもらったのは、依頼して三日後の午後、捜査から署にもどったときだった。

——五台のベンツは神戸同志会系の六甲一家が乗っとるいう話や。

と言った。

以前、六甲一家の名前を聞いたような気もするが、

「所有者の不動産会社は？　企業舎弟か？」

話を先に進めた。

——素っ堅気《かたぎ》や。どういう経緯で六甲一家のもんが乗っとるのか、ようわからん。不動産会社が利益供与で引っ張られたらかなわんよって、間にカタギの会社やら企業舎弟やらいろんなのを入れとるみたいや。調べるか？

「いや、いいよ、ありがとう。情報として誰が乗っていたのかわかればいいんだ。手間かけたな」

——かまへん。何かあったら言ってくれ。

いつものように笑い声を残して電話が切れた。

ヤクザが寺に出入りして悪いとは思わない。だが、問題が起これば城西署としても看過できなくなる。近いうちに任侠寺に顔を出してみようと宇崎は思った。

ここ数日、恵方は熟考していた。

四日前、英瞬から電話報告を受けたとき、

（鼻であしらわれたな）

と、恵方は思った。

若造の英瞬が乗り込んで「出て行け！」と言えば天涯が怒り狂い、暴力事件を起こして城西署が動く――それが恵方の戦略だったが、考えてみれば初対面の若い坊主がキャンキャン吠えたぐらいで、あの天涯が相手にするわけがない。世間知らずの英瞬に駆け引きを期待した自分が甘かったということになる。

どうするか。

あれこれ考えたすえ、

（あの手でいくしかない）

と決心した。少しばかり手間がかかるが、この方法なら天涯とて逃れようがあるまい。

英瞬に電話をかけた。

「キミにもう一度、任俠寺に乗り込んでもらいたい。ついては作戦を授けたい。先夜の居酒屋までご足労願えるかな？」

――もちろんです！

打てば響くような返事が返ってきた。

倉持修道が談話室の窓辺に腰を下ろして、ぼんやりと外を眺めていた。西に傾いた陽が高尾山の稜線にかかるところだった。茜色《あかね》の空の下に連なる山々が暗く沈んで見える。入院して十日になるが、見舞いに来てくれたのは檀家総代ひとりだけだった。ガンの再発と聞けば、容態が落ち着くまでは見舞いの言葉に困るのだろうと、修道は思った。

ここ三日ほど英瞬が顔を見せていない。着替えを持ってきた妻の好子《よしこ》の話では、行先も告げないで、ちょくちょく寺を留守にするということだった。

「彼女でもできたのかしら」

好子が冗談めかして笑ったが、夫の病状を考えれば、わが子に早く身を固めて欲しいと願うのは寺を切り盛りする住職の妻としては当然だったろう。

「倉持さん、検温です」

看護師の声で我に返った。

「ありがとう」

体温計を受け取って脇にはさむ。

(彼女ができたといった話ならいいのだが……)

最後に会った日の英瞬の硬い表情が気になった。

（七）

恵方と飲んだ翌日の午後、英瞬は再び任俠寺に出向いた。

駐車スペースにライトバンを停めると、テントに寄って圭吾に挨拶した。

「約束かい？」

「いえ」

「住職は法事で出かけてねんけど、もうすぐ帰ってくるやろ。ここで待っとたらええ。麦茶、飲むか？　この暑さやからよう沸いとるで」

圭吾は笑うと、人なつこい顔になる。

「いただきます」

「名前は？」

圭吾は、自分もひと口飲んで言った。

「倉持英瞬です。善行寺という寺の副住職をやっています」

「わし、山下や、山下圭吾いうねん」

「こちらにお勤めですか？」

「ウーン、ま、似たようなもんや」

「あなた、ヤクザですよね」

圭吾が麦茶を噴きだして、

「なんやねん、藪から棒に」

「この寺はヤクザの方が関係していると聞いたもので」

「関係してるかどうか知らんけど、ちょくちょく来よるみたいや」

「どうしてですか？」

「堅気も極道も分け隔てのうフトコロに抱いてくれるからとちゃうか。わし、二十歳のころ大勢とケンカしてな。寺に逃げ込んで〝助けてくれ〟ゆうて玄関叩いたら〝警察行け〟言われて開けてくれへんかった。おかげでブッスリ、腹刺されてもうた。これや──」

作務衣の上着をまくって傷痕を見せながら、

「ふた言目には仏《ほとけ》がどうした、救いがどうした、寺はいつでも開かれとると言いよるけど、冷たいもんやないか。わしが仏になるところやった」

声を立てて笑った。

気のいい男のようなので、恵方から聞いた噂をぶつけてみることにした。

「あのう」

「なんや」

「この寺で覚醒剤、売ってます？」

今度は飲みかけた麦茶にむせてゴホゴホと咳き込んでから、

「な、なんじゃ、それ？」

「いえ、そんな噂をちょっと……」

そこへ天涯がタクシーで帰ってきた。圭吾が駆け寄って法衣を入れたカバンを持つ。天涯が英瞬に気がついて、

「おお、青《あお》、来とったんか」

と言った。

「青？　何ですか、それ？」

「青二才の青や」

「そんな！」

「赤子《あかご》の赤がええんなら、赤にしたってもかまへんで」

「どっちもだめです！」

「この暑いのに大きな声出したら汗が飛ぶがな。部屋へ行こか」

「いえ、ここで」

「込み入った話があるんやろ」

英瞬の目を真っ直ぐ見据えて言った。

庫裡の客間に通された。

十二畳ほどか。

床の間には花も掛け軸もなく、英瞬は主《あるじ》の性格そのままのような気がした。

天涯が床の間を背負って胡坐《あぐら》をかいた。英瞬が居住まいを正すと頭陀袋から封筒を取り出し、中から四つ折りの用紙を引き抜いて胸の前で広げた。

「読みます。通告――」

「結論だけでええ」

「なら」

仕切り直しをするように居住まいを正して、

「私ども――つまり『反社と関わる寺を追放する市民の会』は、任俠寺に対して城西市からの立ち退きを要求します」

「何や、その追放のなんちゃらゆう会は」

「市民運動です」

英瞬は胸を張って言った。

恵方の次の手がこれだった。若造の挑発に乗らないのであれば、いま流行の市民運動に切り替えたのだ。「市民の声」は〝錦の御旗〟であり、ヤクザに対する挑戦はそれだけで社会もメディアも無条件に応援する。手間はかかるが最強の武器だった。

英瞬が、恵方に説明されたとおりを諳《そら》んじるように口にする。

「通称、私たち『追放する会』は、反社と寺院との癒着を断ち切るべく仏教会を中核として立ち上げたもので、市民はもとより商工会、市議会議員、そして行政が一体となった一大市民運動である」

「兄ィちゃん、たいした組織をつくりよったな」

「僕がつくったんじゃない、僕は前線の部隊長です」

なんの衒《てら》いもなく言った。

恵方によれば、岸田会長は通告文を一読するなり顔をしかめたそうだが、強引に迫って判を押させたのだという。強引であろうと、判をついた以上、仏教会の公式文書である。出て行くのか、居直るのか。イエスかノーか返事は二つに一つ。決議文を天涯の前に置いて言葉を待った。

「兄ィちゃん、自分が坊主やっとってこんなこと言うのなんやけど」

返事の代わりに、気候の挨拶でもするかのような天涯の口調が返ってきた。

「前々から不思議に思うとんのやけど、なんで坊さんはきらびやかな衣を着てんねん。位が上がれば上がるほどキンピカになりよる。袈裟かてン十万、ン百万もするやないか。それがわし、ようわからんのや」

相手にするな、話に乗るな——恵方から念を押されているので英瞬は席を立とうとしたが、そこがまさに青いところなのだろう。「なぜ」と問われると得意になって教えたくなってしまうのだ。

「信は荘厳《しょうごん》より起こる——。感動が信心を喚起するんです。粗末な法衣を着て、掘っ立て小屋で説法したのではありがたさがない。誰も聞く気にはならない。これは仏教に限らず、たとえばヨーロッパの他宗教を見ればわかるんじゃないですか」

「なるほど、さすが兄ィちゃんはええことを言う」

天涯は大きくうなずいて、

「せやけど、お釈迦さんの時代は糞掃衣《ふんぞうえ》ゆうて、ボロ布でこしらえたものを着とったんやないんか？　あれじゃ、なんぼお釈迦さんが偉い人でも信は起こらへんかったやろな。良寛はんかてそうや。越後の山の中の掘っ立て小屋に住んどって、ボロ着とって、あの姿を見て手ぇ合わす人はいてへんやろ」

「そ、それは」

「何が信は荘厳より起こるじゃ！」

窓ガラスが震えるような声で一喝して、

「青《あお》、よう聞けや。キンピカがそないありがたいなら、極道と一緒やないか。組長見てみい。ええ服装《なり》して、ダイヤ巻の腕時計嵌《は》めて、ええクルマ乗って、ええ女《おなご》腕にぶら下げて、札ビラ切ってネオン街を闊歩《かっぽ》しとる。若いもんはそれを見て〝わしも、あないなりたいな〝思うて頑張るんや。坊主の世界と、どこがちゃうねん」

英瞬に言葉が出ない。

「関東におってわからんかもしらんが、京都の祇園《ぎおん》街で上客ゆうたら、昔から坊主か極道やで」

「それは、おそらく一部の……」

「一部でもおったらあかんのじゃ、坊主は！」

英瞬の顔面が蒼白になっている。

「ええか、わしに言わせたら、坊《ぼん》さんの坊は煩悩《ぼんのう》の『煩《ぼん》』で、『煩《ぼん》さん』いうのが正しい。それがあかん言うてんのやない。煩悩の 塊《かたまり》やゆう恥ずかしさの自覚があって初めて仏《ほとけ》に手ぇ合わし、みんなに仏法が説けるんのとちゃうのか？　その自覚のかけらものうて、信は荘厳より起こるゆうてキンピカ着とって、なにが坊主じゃ」

「詭弁《きべん》だ！」

英瞬が叫んで立ち上がるや、頭陀袋をつかんで玄関に走った。

入れ違うようにして、

「住職、いるかい？」

開きっぱなしになった玄関で声がした。

天涯が客間から顔をのぞかせて、

「久しぶりやな。あがってんか」

と、宇崎刑事に言った。

「邪魔するよ」

ハンカチで首筋の汗をぬぐいながら、

「いま出て行ったのは善行寺の副住職じゃないか？」

「この街で長いこと刑事《デカ》をやっているんだ。顔ぐらいは知ってるさ」

「知っとんのか？」

「ビールでええか？」

「うん」

台所に立った。

宇崎が畳の上に置かれた紙片に目をとめる。《決議文》と標題にあった。手に取って拾い読みする。

《……反社会勢力と任侠寺の癒着は断じてこれを容認するわけにいかず、ここに立ち退きを要求……》

末尾は城西市仏教会会長・岸田慈円と、『反社と関わる寺を追放する市民の会』の連名になっていた。

「さっきの兄ィちゃん、しょうもないもんを置いていきよったんや」

天涯が両手に二缶ずつ器用に持って部屋に入って来ると、宇崎が手にした決議文に目をやって言った。

「わしが極道とつるんどるゆうてんねん。つるんどるんやない、助けてくれゆうて勝手に飛び込んで来よるだけや」

「だけど、仏教会は、この街から出て行けと言ってるらしいな」

宇崎がとぼけて言った。成り行きによっては天涯が捜査対象になることもある。岸田、恵方、英瞬の三人がそろって城西署に来たことを明かすわけにはいかない。

「出て行けやなんて、どこにそんな権利があるねん。青二才を使者に立ててからに、仏教会か何か知らへんけど、あいつら、ままごと遊びやっとんのとちゃうか」

「私にはよくわからないが、それなりに考えがあるんだろう」

十五分ほど世間話をし、缶ビールの残りを一気に干して宇崎が立ち上がった。

「邪魔したな」

「また寄ってくれ」

「ところで」

「何や」

「テントで番をしてるクセ毛の兄ィちゃんは誰だい。ここに来たとき何者か訊かれたんで、所轄の者だと言ったら、手帳を見せろだってさ。坊主の見習いにしちゃ、ずいぶん張り切ってるな。関西から来てるのか?」

「六甲一家の若いもんや」

天涯と宇崎の視線が絡んだ。

睨み合う。

天涯が静かに口を開いた。

「組対の刑事《デカ》が缶ビール飲みに出張《でば》ったわけやないやろ」

宇崎はそれには答えず、

「山火事は風向き次第だ。吹き方によっちゃ、大火事になることもある」

言い置いて部屋をあとにした。

（八）

圭吾が任俠寺に来て十日が過ぎた。

今朝も七時から天涯の背後に正座し、経本を手に読経している。蚊が鳴くような声も、いまではつっかえながらも天涯のあとを大声でついていくようになっている。その声に耳を傾けながら、圭吾が『たつみ』で美代加と桃子に口にした言葉を、天涯は頭のなかで反来らえええ。

——わしみたいなろくでもないもんでも、阿弥陀さんは掬《すく》いとってお浄土へ生まれ変わらせてくれるんやて。そう思うて手ぇ合わせると、ええ気持ちやで。お宅らもお参りに来たらええ。

——あら、あたしたち、圭ちゃんと違ってろくでもない人間じゃないもん。ねぇ、女将さん。

桃子が軽口を叩いていたが、これは圭吾の本心だろうと天涯は思う。男伊達を売り、肩で風切って歩こうとも、極道は泥水を啜《すす》って生きている。「出て行け」と言った英瞬の一本気さは好ましいものであるとしても、澄んだ水しか飲んだことのない者に泥水の味はわかるまい。泥水を啜ったことがなくして、人生のなにを説こうというのだ。圭吾がその気になれば、人の心の痛みがわかる坊主になるかもしれないと思うのだった。

お勤めが終わる時間を見はからったように、六甲一家の成瀬組長から電話が来た。

——本家の跡目問題は片づきました。

「圭吾はどないする?」

——そっちはもう心配ない思いますんで、帰してください。

「惜しいな。ええ坊さんになりよるで」

束の間あって成瀬が言った。

へんから。——なら、本人に訊いてみたってください。坊さんなりたい言うたら、うちはかましま

「わかった」

電話を切って、天涯はテントに顔を出した。

「成瀬から電話や。話ついたさかい、帰って来い言うとる」

「わかりました」

「坊主見習いがいっぺんに極道の顔にもどったやないか」

「すんません」

「坊主やるんなら、このままここにおってかまへんて成瀬はゆうとるで。どないする?」

「明日、帰ります」

「お経称《とな》えるより、肩で風切って歩いたほうが気分ええか」

「わがままゆうて、えろうすんません」

「かまへん」

「交通費や」

分厚い封筒を天涯は長テーブルの上に置いた。

夕刻、天涯はいつものように圭吾を伴って『たつみ』に顔を出した。

「明日、圭吾は神戸や」

「あら、帰っちゃうの」

　美代加が煮物をよそう箸を止めた。

「えろうお世話になりました」

　圭吾がペコリと頭を下げると、桃子が舌足らずな声で、

「なによ、お参りに行って阿弥陀様に救ってもらおうと思ってたのに」

と冗談めかして言ったが、泣き出しそうな顔をしていた。

「じゃ、女将さん、自分は支度があるんで」

「飲んでいかないの？」

「ご挨拶だけ」

「圭吾――」

「はい」

「今度、寺に来るときは、坊主になるつもりで来るんやで」

「ありがとうございます」

「圭ちゃん、今度なんて言わないで、いまなっちゃえばいいじゃないの」

　桃子が顔をゆがめて言った。

「わいにもいろいろ都合があんねん」

「なによ、もったいつけて。住職さん、圭ちゃんを無理やりお坊さんにしてお寺に置いてください。お願い」

「桃ちゃん、住職を困らせないのよ。圭ちゃんだって、すぐに帰ってくるわよ」

美代加がたしなめながら、素早くティッシュペーパーにお札を何枚か包んで、

「これ、お餞別《せんべつ》」

圭吾の手に握らせてから、

「桃ちゃんと待ってるわ。ガードマンさんのお仕事、無理しちゃだめよ」

「おおきに」

屈託のない笑顔を見せて、

「じゃ、失礼します」

美代加に、桃子に、そして最後に天涯に一礼して店を出て行った。

「見た目は怖いけど、いい子よね」

美代加が天涯に視線をもどして言った。

「人生は因果なもんで、ええ子が幸福になるとは限らん。娑婆でもがいとったら、足もすべらすし小石にも蹴躓《けつまず》く」

「ちょっと、すぐ冷や水かけるんだから」

「ホンマのこっちゃ」

「だったら早くお坊さんにしてあげなさいよ」

「ま、そのうち圭吾のほうから言うてくるやろ」

「あら、社長、いらっしゃい」

入れ違うようにして野呂山が入ってくる。

「いま帰っちゃったわよ」

「誰が？」

「圭吾君よ。明日、大阪に帰るんですって」

「そう、それはよかった」

「どこがいいのよ！」

桃子がベソをかいて言ったが、野呂山はキョトンとしてから、天涯に身体を寄せると、

「例の『追放する会』が市会議員たちに賛同するよう説いて回ってるらしいです」

小声で言った。

「会長の岸田いうんはどんな男や」

「七十半ばの温厚な人です」

「温厚な男がなんで旗振っててんねん」

「若手が突き上げているんじゃないですか」

「倉持英瞬か」

「ご存じなんですか?」

「寺に来よった。二度もな。決議文を突きつけて、わしに出て行け言いおった」

密教派総本山超運寺は、ヨーロッパの大聖堂をモチーフとした五階建てのビルで、高尾山を扱う旅行ガイド本には必ずと言っていいほど掲載されている。広い境内は芝生が敷き詰められ、噴水が夏の日差しにキラキラ光って涼しげだった。建物のおしゃれさと、護摩焚きによる祈願・祈禱・占いという密教の東洋的神秘さがマッチして、若い女性ハイカーに人気だった。

ガレージに赤いフェラーリ、その隣に黒いベンツと淡いブルーのレンジローバーが納まっている。これら高級車に、黒い作務衣と陣羽織で乗り込む恵方の姿には独特の存在感があり、非凡な演出をうかがわせた。ガレージの手前に停めた英瞬の灰色のライトバンだけが、超運寺には似つかわしくなかった。

洋風の応接室で恵方が口を開く。

「市議会議員の何人かに話をしてみたが、残念ながらまだ反応は鈍い。ことの重大さがわかっておらんのだろう。市民運動は話題性が大事だ。運動にどうやって火をつけるか。乾燥した枯れ木の山も、火をつけなければ決して燃え上がることはない」

「デモはいかがでしょうか」

「動員するだけの人数がおらん」

「署名を集めましょう」

「悠長な」

「SNSは？」

「若い連中は寺の追放運動など関心があるまい」

恵方の声が次第に苛立っていく。天涯はどこ吹く風で、決議文など完全にシカト。夕方になるといつものように『たつみ』にあらわれ、にぎやかに飲んでいるという。それに引き替え、最上客だったはずの自分はどうだ。天涯と顔を合わせるのが嫌で、ここ二週間ばかり『たつみ』から足が遠のいている。美代加相手に天涯がバカ笑いする顔を思い浮かべると腸《はらわた》が煮えくりかえるようだった。

「城西署が動くべきなのに、あいつらときたら……。いっそのことガソリンかぶって抗議の焼身自殺でもしてやればいいんだ」

「先生が！」

「参謀総長がガソリンかぶってどうする」

「まさか僕にやれと……」

「たとえばの話だ。なんでもかんでも真に受けてはいかん」

「すみません」

頭を下げる英瞬を見ながら、鉄砲玉は所詮《しょせん》、一直線に飛んでいくだけだと恵方は思う。応用というものがきかない。だが、弾にそれを求めるのはどだい無理な話で、命中させられるかどうかは撃ち手の腕にかかっているのだ。そう、この自分次第なのだ。チャンスはある。直情径行の天涯のことだ。必ずボロを出すにちがいない。恵方は自分に言い聞かせた。

（九）

圭吾を神戸に帰して一週間がたった。夕刻、天涯がひと風呂浴びて『たつみ』に出かけようとしたところに、成瀬から電話がかかってきた。

――圭吾が弾《はじ》かれました。

低い声でいきなり言った。

「息、しとんのか？」

――いえ、先程……。自分をガードしていて盾になってくれました。

「殺《や》ったんは誰や？」

――はっきりしまへんが、たぶん……。

組の名を口にしたが、天涯の耳には入らなかった。

（帰すんじゃなかった）

後悔がよぎった。

圭吾を帰す前夜、「アジャセ！」婆婆でもがいとったら、足もすべらすし小石にも蹴躓く」──美代加にそう言った。どうしてそんな言葉が口に出たのか、自分でも不思議だった。虫の知らせだったのかもしれない。美代加の言うとおり、桃子にお願いされたとおり、手許に置いて坊主にすればよかった。成瀬も本人にまかせると言った。「神戸に帰らんで、ここにおれ」──そう言えば圭吾は、いやとは返事できなかったはずだ。

（どうしてそうしなかったのか……）

ほぞを嚙む思いだった。

「葬式は？」

──県警が〝待った〟かけてますんで、でけまへん。司法解剖のあと葬式なしで火葬にします。

「わしがお経あげたる。骨《こつ》にしたらこっちへ持ってこい」

──しかし、迷惑が……。

「かまへん、圭吾を連れてこい！」

返事を待たないで電話を切った。

天涯が成瀬と話した一時間ほどあと、兵庫県警の堀場刑事から宇崎に電話が入った。

――さっき六甲一家の若いもんが射殺された。宇崎はん、ナンバーのことで気にしとったやろ。一応、知らせておきますわ。

「ありがとう」

電話を切ったところへ早見が駆け込んできた。

「いまテレビで六甲一家の組員が射殺されたというニュースが流れました。兵庫県警が厳戒態勢を敷いたそうです。任侠寺に当たりましょう」

「うちの署には関係ない」

「だけど連中、任侠寺へ来たじゃないですか」

「事件は神戸で起きたんだ」

「しかし」

「やることは山ほどあるだろう。他県の抗争事件に首を突っ込んでるヒマはない」

藪をつついて蛇を出すことはない、と宇崎は思った。蛇は藪の中で寝かせておけばいいのだ。

だが、事件は対岸の火事ではなかった。三日後の昼、堀場刑事からかかってきた電話で、宇崎は椅子から飛び上がらんばかりに驚くことになる。

堀場は言った。

――そっちに任俠寺って寺があるかい？　そこで山下圭吾――射殺された六甲一家の若い衆やけど、ヤツの葬式をやるって話や。今日、検死終わって母親に遺体を帰す。先に火葬しておいて、明日の昼に城西市に遺骨を運んで葬式、いう段取りや。

礼を言って電話を切るや、宇崎はすぐに天涯に連絡を取った。

「明日の葬儀、中止にしたほうがいい」

――もう知っとんのか。

「問題になるぞ」

――わかっとる。

「なら、中止しろ」

――これぱっかりは中止にでけんのや。

「なぜだ」

――自分、おぼえとるやろ。境内のテントで番しとったクセ毛の若いもん。あいつの葬式やねん。

宇崎は黙った。

その夜、懇意にしている葬儀社から恵方に電話があった。

明日の午前中、任俠寺で組員の葬儀が行われるという情報だった。喪主や施主について詳細は不明だが、葬儀用の花を納めた花屋からの情報ということだった。組長クラスならともかく、末端組員の葬儀では〝枯れ木の山〟に火を点けるには弱いと思ったが、追放のための実績の一つにはなるだろう。

英瞬の携帯を鳴らした。

「明日、任俠寺でヤクザの葬儀があるんだ。スマホで動画でも撮ってきてくれんか」

気乗りしない声で言った。

（十）

翌日、昼前――。

任俠寺前の道路は、赤色灯を回転させたパトカーや機動隊の車両が一車線をふさぎ、警察官が笛を吹いて交互通行をさせていた。誰の葬儀か知らないが、ものものしい雰囲気に英瞬は驚いた。以前と同様、任俠寺を通り過ぎた先の畑の脇にライトバンを駐車し、徒歩で山門まで引き返した。

「寺の者です」

告げると、機動隊員が盾をよけて中へ入れてくれた。

山門の脇に立ち、スマホで右手から嘗めるように動画を撮りはじめる。庫裡、渡り廊

下、本堂、境内、そして駐車スペースと撮っていって、

「あッ！」

と小さく叫んだ。

白いベンツ——。あの、同じナンバーをつけた白いベンツSクラスが三台、駐車してあるではないか。

早見刑事が鋭い目つきをして本堂前の階段の下に立っていた。

「どなたのご葬儀ですか？」

近寄って訊いた。

「このあいだの副住職さんですね。六甲一家の組員です」

「六甲一家？」

「三、四日前に神戸の射殺事件がニュースになったでしょう。同志会の六甲一家ですよ」

「あの事件の！」

ヤクザに関する知識にうとい英瞬も、大きなニュースになったので射殺事件については知っている。ということは、ベンツに乗ってきたのは六甲一家ということになるが、その神戸の六甲一家がなぜ任俠寺で葬儀をやっているのか。

磬《きん》を叩く音がした。

天涯の読経がはじまった。

英瞬が雪駄《せった》を脱ぐと、音を立てないように六段の階段木《かいだんぎ》を上がっていく。本堂の引き戸をそっと開け、柱の陰に身を寄せた。

改葬者は十数人ほどか。座敷椅子が畳の上に並べてあった。ほとんどが男で、全員が黒い服を着ている。背後から見たのではどれがヤクザか判然としなかった。立派な祭壇が目を引いた。葬儀社は反社会的勢力の排除を宣言している。警察が厳戒態勢を敷くようなヤクザの葬儀を引き受ける業者がいるのだろうか。

会葬者に混じって、黒い礼服を着た野呂山社長の顔があった。たぶん天涯に脅され、誠実屋葬儀店が内緒で手伝ったのだろうと英瞬は思った。

何気なく遺影に目を向けて息を呑んだ。

(山下圭吾!)

クセ毛の圭吾が笑顔で見おろしていた。

——麦茶、飲むか？　この暑さやからよう沸いとるで。

——おかげでブッスリ、腹刺されてもうた。これや、この傷や。

そう言って作務衣の上着をまくって見せてくれた圭吾……。

(撃たれたのは彼だったのか)

衝撃が襲い、言葉を失ったあとで、次第に興奮が湧き上がってくる。任侠寺と、広域組織傘下の六甲一家がここでピタリと重なった。圭吾がこの寺でなにをしていたのかわからないが、テントで来訪者を誰何《すいか》していたことから、何らかの必要があって天涯のガードをしていたのだろうと思った。

（証拠を押さえた）

こめかみが激しく脈打った。

焼香《しょうこう》がはじまった。

祭壇前の横向きになった椅子席に、五十がらみの女性が喪服の着物でポツンと座り、会葬者たちに深々と頭を下げている。圭吾の母親だろう。憔悴《しょうすい》しきっていることはスマホのビデオ画面を通してもわかった。柱の陰から身を乗り出すようにして撮影を続ける。目つきを険しくした男が何人かいたが、作務衣に剃髪ということで、英瞬を寺の関係者だと思ったのだろう。咎める者はいなかった。

髪をアップにした喪服の女性が焼香して遺影を仰ぎ、もう一度手を合わせてから振り返った。

（『たつみ』の女将？）

スマホを顔から離し、確認するように見た。女将も英瞬に気づき、軽く会釈して席にもどった。女将に続き、二十歳前後の黒いワンピースを着た女性が焼香し、白いハンカチを目に当ててしゃくりあげていた。

磬《きん》を三打して読経が止《や》む。

天涯が立ち上がると一同に振り向き、「これで葬儀は終わりや」と野太い声で告げてから、母親に語りかける。

「親不孝な子やな。極道になるために産んだわけやないのに、世間から後ろ指さされてもうて親としたら針のムシロや。毎晩、泣きの涙やったろう。母ひとり子ひとりやてな。親孝行の真似事もでけんうちに死んでもうて、ホンマに親不孝や」

母親は握りしめたハンカチに視線を落としている。

「けど、お母はん。後ろ指さされて喜ぶ人間なんか、ひとりもおらん。たまたまや、たまたまいろんな縁が重なって娑婆で極道やっとるだけや。圭吾かて母親泣かしたろ思うて生きとったわけやない。そのことだけはわかってやって欲しいんや」

言葉を切ってから続ける。

「浄土真宗では臨終即往生ゆうてな、堅気も極道も死んだらそのままお浄土に生まれ変わって仏《ほとけ》にならせてもらうんや。娑婆で何やっとったかは関係ない。死んだら、みんな仏やで」

母親がゆっくりとうなずいた。

天涯は一度も英瞬に目を向けることなく退堂していった。

「しばらくです」

美代加が本堂の階段の上で英瞬に声をかけた。

「こちらこそ」

「お父様、お変わりございませんか？」

「それが、ガンが再発しまして」

「あら」

「三週間ほど前から城西総合病院に入院しています」

「ご容態は？」

「元気にしています」

英瞬が笑って見せた。父の修道は僧侶仲間と何度か『たつみ』に行ったことがあるらしく、二年前に胃ガンの手術で入院した際、女将が律儀にお見舞いに来てくれたことがある。このときが初対面で、退院後、〝義理返し〟の父親のお伴をして二、三度、店に飲みに行ったことがあった。

「今日は任侠寺さんのお手伝い？」

「えっ？」

「撮影」

「ああ、撮影ですか。ええ、まあ、手伝いというか、何と言うか……、じゃ、また。そのうち、お店にも寄らせてもらいます」

そそくさと階段を降りて山門に急いだ。英瞬が狼狽した理由がわからず、美代加が小首を傾げた。

英瞬が山門を出ると、宇崎と早見がいた。

走り去るベンツを見届けていた。

「帰るのかい?」

宇崎が英瞬に気づいて言った。

「はい」

「熱心だね」

「命懸けです」

険しい顔で言ったが、宇崎は意に介さず、

「大僧正は来年の市議選に出るらしいじゃないか」

「えッ?」

「知らない?」

「特には……」

「だから追放運動にも力が入るだろう」

「恵方先生はそんな人じゃありません。市議選に出馬されるとしても運動とは別のはずです」

「睨むなよ。ただ――」

「ただ、何ですか」

「市議選はともかくとしても、大僧正はなんだって任侠寺にそこまでこだわるのかと思ってね」

「仏教会を案じてのことじゃないですか」

「それにしちゃ、任侠寺を目の敵《かたき》にしているように見えるんでね。どうしてなんだろうと思うのさ」

英瞬の顔をのぞきこんだ。

恵方は英瞬の電話に一瞬、耳を疑ったが、葬儀の詳細を聞くうちに小躍りした。天涯が若い見習坊主をつれて『たつみ』に飲みに来ていることは耳にしていたが、まさか六甲一家の組員で、しかも殺された男だったとは……。

(イワシを釣りに行って鯛《たい》が引っかかったようなものだ)

と思った。

天涯のことだ。粋がって葬儀を引き受けたのだろう。目を剥いて大見得《おおみえ》を切る得意顔が目に浮かぶようだ。墓穴を掘ってくれた。大きな大きな穴だ。この機に乗じて火を点《つ》ければ枯れ木の山は一気に燃え上がる。千載一遇のチャンスだった。

英瞬の報告を聞いたあと、恵方は城西市役所に電話した。

「私は城西市の市民運動団体で、『反社と関わる寺を追放する市民の会』の伊能……、失礼、倉持英瞬というものだ。記者クラブにまわしてくれたまえ」

（十一）

圭吾の葬儀から三日後の昼過ぎ、英瞬は父の修道を見舞った。

「どう、気分は？」

「いいと言ったら喜んでくれるのか？」

「機嫌、よくないみたいだね」

笑いかけたが、ベッドに横たわった修道は難しい顔をしたままだった。「手術して余命がどれほど伸びるかはわからないが、このままではもって年内」——主治医が父にそう告げたのだと、昨夜、母親から聞かされた。それで親父の精神状態が不安定になっているのだろうと思ったら、違った。

「どうして任俠寺に行ったんだ？」

唐突に問われて口ごもった。

「おまえ、ヤクザの葬儀をスマホで動画に撮っていたそうだな。いま何をやっているんだ？」

「いや、別に……」

「わしは長くはない。気がかりは寺の今後のことだ。法務に専念して欲しい」

「だから父さん、僕は何もやっちゃ……」

言いかけて、サイドテーブルに置いた見舞い封筒が目に入った。立木《たちき》美代加と書かれている。『たつみ』の女将が見舞いに来たのだ。

（父さんは知っている）

英瞬は腹をくくった。

「任俠寺って寺がヤクザと結託しているんだ。警察が厳戒態勢を敷くなかで六甲一家の葬儀を強行した。許されないだろう？　僕はいま『反社と関わる寺を追放する市民の会』のメンバーとして、任俠寺を城西市から追放するべく活動している。これは仏教会の総意なんだ」

修道が英瞬をじっと見て、

「それで、その任俠寺が何をしたというんだ？」

「だからヤクザの葬儀をしたんだよ。抗争で殺された組員の」

「寺が葬儀をして、なぜ悪い」

「なに言ってるんだ。葬儀はヤクザの資金源になっているじゃないか」

「それは警察の仕事だ。坊主のおまえが関わることではないだろう」

「それはそうだけど」

「誰が中心になって動いているんだ」

「誰がと言われても……」

「恵方か？」

「違うよ」

「仏教会を扇動するとしたら、恵方以外は考えられない」

「違うってば！」

英瞬はムキになって言ってから、

「父さん、このあいだから恵方先生のことを悪く言っているけど、なにかあったの？」

「なにもない」

「じゃ、どうしてそこまで恵方先生にこだわるんだ。おかしいよ、父さんの態度」

修道はそれには答えず、目をつむった。

毎晩のように顔を出す人間が来ないと気になるものだ。

「住職さん、まさか倒れてるんじゃ……」

「ちょっと桃ちゃん、縁起でもないこと言わないの。電話を掛けてみるわ」

スマホを手にしたところへ野呂山社長が入って来た。

「ご住職は？」

「まだ」

「どうしようかな」

野呂山が難しい顔をした。

「用事？」

「うん」

「ちょっと待って。いま電話してみようと思っていたところだから」

携帯と寺の両方に掛けてみたが応答がなかった。

「お通夜でも入ったのかしら」

「来るかな」

「どうかしら。顔を出すのはいつも口開けだから」

「実は圭吾君の葬儀が問題になっていてね。住職の耳に入れておいたほうがいいと思って寄ってみたんだけど」

「何がどう問題になっているのよ」

美代加が眉根を寄せた。

「追放声明を発表するらしいんだ」

と言った。『反社と関わる寺を追放する市民の会』というのがあり、明朝十時、市役所の会議室で任侠寺と反社会勢力との関係を糾弾する――野呂山はそう説明してから、

「記者クラブにも声をかけたそうだ。射殺された六甲一家組員の葬儀だからね。これを市民運動が糾弾するとなれば大きなニュースになる」

「それってヘンじゃない？」

桃子が口をはさんだ。

「だって殺した人が悪いんでしょう？　圭ちゃん、殺されたんだもの、悪くないいじゃない」

「そうよ。お寺だから葬儀はするわよ。住職がお金儲けでやる人じゃないのは社長もよく知っているじゃないの」

「私に言われても……。『追放する会』としては、ヤクザが寺に出入りすることで市民の安全が脅かされるということを言っているみたい。各地で暴力団事務所の立ち退き運動や訴訟が起こっているからね。葬儀のビデオを隠し撮ったらしいから、それがメディアに流れると……」

「あッ！」

「ママ、どうかしたの？」

桃子が驚く。

「動画よ、スマホで動画……。桃ちゃん、お店、お願い」

急いで割烹着を脱ぐと、下駄を鳴らして店を飛び出して行った。

天涯が斎場で通夜を終え、携帯電話の電源を入れた。

美代加の着信表示があった。腕時計を見る。七時をまわっていた。顔を出そうかどうか迷っているところへ、宇崎刑事から電話が来た。

「なんや？　わしの声聞きとうなったか」

――六甲一家の葬儀、問題になっているぞ。

前置きなしで言った。

「終わったことや」

――明日、『追放する会』が記者会見を開いて、あんたを告発するそうだ。メディアは社会正義が好きだからな。〝所払い〟になるかもしれない。

「かまへんがな。出て行けゆうんなら、出て行くだけや」

――いいのか、それで。

「水は方円の器に随《したが》い、人は縁に随う――。なるようになるやろ」

――住職。

「何や」

　──一度、ゆっくり飲みたかったな。

　電話が切れた。

　英瞬は自坊で、『追放する会』の決議文を諳《そら》んじられるまで何度も読み返した。

「反社と寺の結託を許さない」

「市民の安全が第一」

　声明はこの二点を押し通せと恵方にアドバイスされているが、記者たちの予期せぬ質問にしどろもどろになったらどうしようと思うだけで緊張が襲ってきた。

「英瞬、お客さんよ」

　母親に声をかけられ、庫裡の玄関に行くと美代加が険しい顔で立っていた。

「明日の件でしたら、予定どおりやります」

　先に言った。

「住職が何したっていうの？　ヤクザの葬儀をしたわけじゃなくて、葬儀した故人がたまたまヤクザだった。そういうことじゃなくて？」

「女将さんと議論するつもりはありません。お引き取りください」

「あなた、それでも僧侶なの？　圭吾君のお母さんを見て何とも思わなかったの？　ヤクザだからお経はあげられませんと言うの？　それで平気なの？　僧侶ってなんなの？　なんのためにいるのよ」

「お引き取りください」

もう一度、繰り返した。

「どうしても住職を追放するの？」

「市民の安全と、反社の排除です」

「ご立派ね。だけど私、あなたのような人に葬式なんかやって欲しくない」

美代加が踵《きびす》を返した。

「英瞬、どうかしたのかい？」

母親が奥から顔を出して言った。

「なんでもないんだ」

と言い残して自室にもどる。

坊主の役割とヤクザの葬儀──。迷いがないと言ったらウソになる。恵方先生の執拗《しつよう》さも異常といえばそうかもしれない。天涯との関わりはわからないが、宇崎刑事が言っていたように、来春の市議会議員選挙を視野に入れているとしたら、それはそれでいいではないか。むしろ議員になってくれれば、これほど心強いことはない。死ねばみんな仏だと言った天涯の言葉はそのとおりだとしても、だからといって寺がヤクザ社会と関わりを持つことは断じて容認できない。

(それに)

と思う。事態がここまできた以上、あとに退《ひ》けるわけがない。

消灯後の病院のベッドで、修道は天井をじっと見つめていた。

恵方のことだ。世間知らずの若い英瞬の正義感につけこみ、いいように利用していることはわかっている。狙いは察しがつく。それを実現するためには、おそらく天涯なる住職が邪魔なのだろう。天涯がどんな人間なのか知らないが、死ねば仏として分け隔てなく葬儀を買って出る硬骨漢であることは、見舞いに来てくれた美代加の言葉の端々からうかがえた。『追放する会』から手を引くよう言って聞かせはしたが、恵方を尊敬する英瞬は耳を貸すことはなかった。

薄暗い天井一面に、顎のとがった恵方の狐顔が浮かび上がってくる。目尻の吊り上がった細い目が修道を見下ろしながら、怪鳥のような甲高《かんだか》い声で笑っていた。

(十二)

翌朝八時半——。

市役所の開庁を待って英瞬が中に入る。吹き抜けになったロビーを横切り、エレベータで五階の会議室フロアに降り立った。今日は作務衣ではなく、夏物の透けた黒い法衣に絡《らく》子《す》と呼ばれる小さな四角い略袈裟を付け、手に頭陀袋を持っている。入念に剃った頭が青々としていた。

職員に会議室を開けてもらって中に入る。正面に長机が並べて二つ、椅子が七脚用意してある。出席者は仏教会から岸田会長、葬儀関係業者として葬儀社、生花店、仕出し屋、石材店、市会議員、そして座長という肩書きの英瞬ら計七名で、彼らは恵方が集めた『追放する会』の代表メンバーたちだった。記者クラブに加盟しているのはテレビ、新聞、通信社あわせて十社と聞いている。市民の傍聴があるのかどうかわからないが、ざっと数えて長机と椅子が三十席ほどあり、じゅうぶんだろう。

十時開始だから、まだ一時間半ほどある。冒頭の挨拶を確認しようと頭陀袋をまさぐっていると、背後でドアが開く音がした。

「父さん！」

頰がこけ、半袖の水色のパジャマを着た修道が立っていた。手にしたステッキが体重を支えて小刻みに震えている。英瞬が手を添えて椅子に座らせる。

「どうしたの？」

「おまえに、話しておかなければならないことがある」

修道が口で荒い呼吸をしながら言った。

「あとで病院に寄るから」

「それでは遅い……、遅いんだ」

首をゆっくりと横に振って言った。


天涯は葬儀開始の一時間前に斎場入りした。導師控室で喪主との挨拶、次いで葬儀の担当者と打ち合わせをすませると、お茶をひと口啜って壁の時計に目をやった。まもなく九時になろうとしていた。あと一時間ほどすれば悪口の大合唱になる。宇崎刑事に言ったように、「出て行け」と言われれば出て行くまでのことだ。


恵方が赤いフェラーリF40に乗り込んだ。エンジンを始動させると、アクセルを二、三度、あおる。五感を刺激する官能的なサウンドが恵方にはたまらなかった。F40は一八九七年、フェラーリが創業四十周年を記念して製作したもので、歴代フェラーリの中でも根強い人気を誇る。恵方のクルマは一九九二年に生産されたものだが、価格は中古で一億二千万円もした。価格と、三百キロ超の最高速度が何より自慢だった。

ガレージから出そうとして気が変わった。英瞬が任俠寺の追放を宣言したあと、前に出て、「総責任者」として決意を述べるつもりでいる。「この運動を城西市モデルと名づけ、全国に発信していく」――メディアの前でそうブチあげれば、自分は一躍、市民運動のヒーローになるだろう。赤いフェラーリは、そのイメージに似つかわしくあるまい。恵方はタクシーで行くことにした。

美代加は迷っていた。

天涯住職に対する非難を聞くのは耐えられなかった。

(だが、自分には住職の去就を見届ける義務があるのではないか)

そう思い直した。

見たくない光景に目をふさぎ、聞きたくない言葉に耳を覆うという生き方は潔くないような気がしたのだった。

「ウーさん、そろそろ出かけますか？」

組対課の部屋で、早見が宇崎に声をかけた。

「暑くなりそうだな」

窓の外に目を向けてつぶやいた。

問いかけに直接答えないのは、機嫌がよくないときの宇崎の癖だった。早見は黙って宇崎が立ち上がるのを待った。

英瞬は、父親の言葉に耳を疑った。

「まさか」

という言葉を二度、つぶやいた。

超運寺の敷地には、かつて倉持家の遠縁にあたる延命寺《えんめいじ》が建っていたが、恵方が二十年ほど前に騙し取ったというのだ。遠縁に延命寺なる寺があったことも初耳だった。

「私は、実は三人兄弟なんだ」

修道があえぐようにして言葉を継ぐ。

「三年前に亡くなったおまえのおじさんの下に、栄達《えいたつ》という男の子がいたんだが、生まれてすぐ、延命寺に請われて養子にやった。向こうに子供がなかったからだ。栄達は十二のときに得度はしたものの、高校を中退して不良の道に入って寺を飛び出したそうだ」

十五年前、修道が住職を継承するに際して、すでに故人となった先代住職の父親が話してくれたのだと言う。

「栄達は二十歳《はたち》を過ぎて、伊能という男をつれて延命寺に帰って来た」

「伊能？　恵方先生？」

「そうだ。金融業をやっていて、延命寺を観光寺として売り出すための資金を提供するという話だったそうだ」

修道が壁の時計を見やった。九時十五分になろうとしている。深呼吸をして、話を急いだ。

「寺を改築し、宣伝に力を入れたが、うまくいかなかった。伊能は手のひらを返し、返済を迫り、担保の土地を取り上げ、寺を自分のものにした。最初から土地と宗教法人が狙いだったのだろう。法外な利息だったそうだ。栄達は騙されたんだ」

「栄達さんはどうしたの？」

「首をくくった」

「そんなことが……」

「恵方は、栄達と私の関係はもちろん知らない。仏教会の仲間も、超運寺が延命寺の跡地に建ったことは知っていても、私と死んだ栄達が兄弟だということは知らない」

恵方に気をつけろ、と父親が言った意味を英瞬は理解したが、納得したわけではなかった。過去のそうしたいきさつと、追放運動はまったく別物ではないか。昔はいざ知らず、恵方先生はいまは宗教家として仏教会の発展のために尽力している。私的な怨念で追放運動を否定するのは間違っている。そう思った。

英瞬が壁の時計に目をやる。九時半になっていた。関係者たちがやってくる。いつまでも父親と話しているわけにはいかない。

英瞬は言った。

「父さんの気持ちはわかるけど、追放運動と栄達さんのことは別じゃない」

「そうか、そこまでおまえが言うなら」

パジャマの胸ポケットから写真を一枚取り出し、英瞬の前に置いた。顎の尖ったキツネ顔と、丸顔の太った男が、腕相撲をするように手をガッチリと絡め、カメラを向いて満面の笑みを浮かべていた。パンチパーマをかけたキツネ顔は恵方だとすぐにわかった。

「こっちが栄達だ」

荒い息を整えると、一気に言った。

「二人は寺を相手に高利貸しをやるつもりでいた。これが、そのときの写真だ。養子に出したとはいえ、親父にしてみれば自分の子だ。延命寺に顔向けできない。まして高利貸しでもはじめたとしたら……。親父は苦悩した。幸いにも、高利貸しを始める前に借金の返済で二人の仲はおかしくなり、栄達は首をくくってくれた。我が子の自死を〝幸い〟と言わなければならなかったことに親父は死ぬまで苦しんだ。檀家離れが進んだいま、多くの寺は経済的に悲鳴をあげている。恵方は間違いなく寺相手に高利貸しをはじめる。おまえはそうと知らないまま、恵方をヒーローにし、その片棒を担がされることになるんだぞ」

廊下がざわついた。

『追放する会』のメンバーたちが入ってきた。

「おっ、さすが座長は早いねぇ」

石材店の社長が陽気な声で言ってから、

「どうしたの、顔色が悪いよ」

と言って英瞬をのぞきこんだ。

「大丈夫です」

笑顔をつくろってから、

「じゃ、父さん」

手を添えて廊下に出た。

エレベータでロビーに降り、玄関まで送る。修道も、英瞬も無言だった。客待ちしていたタクシーに乗せると、運転手に行き先をつげてお金を渡した。

いきなり吐き気が襲ってきた。

口元を押さえ、英瞬はトイレに急いだ。個室に飛び込む。しゃがむと便器を抱くようにして吐いた。

（十三）

会場は、メディア関係を含め、三分の二ほどが埋まっていた。

恵方は最後列の隅に腰を下ろすと、腕を組んで周囲を睥睨《へいげい》する。五列ほど前に濃紺の作務衣を着た女性が座っている。

「おお、女将じゃないか」

美代加が振り向き、硬い表情のまま席を立った。

「大僧正、しばらくです」

「野暮用が続いておってな。申し訳ない」

「天涯住職、どうなるのかしら」

「ウム。きわどいところだな」

腕組みをして言った。もう三十分もすれば自分が前に出て天涯を糾弾し、「城西市モデル」をブチあげることになっている。

（女将はどんな顔をするだろうか）

と心を躍らせながら思う。

怒りはするだろうが、天涯はこの街からいなくなる。そうなれば、かつてのように自分の占いを頼るようになるだろう。いっそのこと『たつみ』を手に入れて愛人にしてもいいのだ。秋の仏教会の改選で岸田を引退させ、自分が会長となって来春の市議選に立候補する。そして県議、都議へと上っていく。これから金融などいろんなビジネスを展開していくが、何をするにしても足を引っ張るとしたら、それは天涯だろう。一言居士で、ヤクザとも関係している。こういう手合いはさっさと追い出すに限るのだ。

正面席の背後の壁を見た。スクリーンが用意してある。スマホで撮影してきた葬儀の模様を、英瞬がプロジェクターで放映する手はずになっている。報道されれば、天涯に対して囂々《ごうごう》たる非難が起こるだろう。

ドアが開き、宇崎と早見が入ってきて座る。恵方が二人に会釈した。早見は会釈を返したが、宇崎は無視してそっぽを向いた。


定刻の十時になった。

七人が正面の長テーブルに座る。英瞬が自己紹介し、謝辞を述べた。あまりに若い座長であることに、記者たちが軽い驚きをもって見ていてる。

大きく深呼吸をして、英瞬が言った。

「私ども『反社と関わる寺を追放する市民の会』は……」

一瞬の間をおいて、

「座長の権限をもって本日この場で解散いたします」

会場に当惑が広がった。

「よく聞こえなかったんで、もう一度、お願いします」

最前列に座る年配の記者が言った。

「座長の権限をもって『追放する会』を解散する――そう申しあげたんです」

どよめきが起こった。

恵方がキョトンとしている。

美代加が息を呑んで英瞬の顔を見つめる。

「ウーさん、どうしちゃったんでしょう」

早見が宇崎を見やった。

「目が醒めたんだろう。眠りっぱなしでいるのは死人だけだ」

口元に笑みを浮かべて言った。

記者席がざわつく。

「これ、何のための集まりなんだ！」

怒号が飛んだ。

英瞬が怯《ひる》まず答える。

「葬儀は暴力団の資金源になり、勢力誇示の場になるというのはそのとおりです。葬儀社に対して、法律や条令でこれを禁止するのは理解できます。また、市民の安全ということから、組員が大挙して参列する葬儀には問題があります。そういうことから『反社と関わる寺を追放する市民の会』は結成されました」

ひと呼吸置いて、

「ですが、暴力団を利すること、市民に不安を与えるということと葬儀は本質的には何ら関係しないことであります。先日、任侠寺で六甲一家組員の葬儀が執り行われ、天涯住職は故人を弔いはしましたが、この葬儀がどれだけ暴力団を利したでしょうか？　こう考えると、僧侶が『追放する会』を推進するのは、自己矛盾に陥ることになってしまいます」

そして英瞬は、『追放する会』をこの場でいったん解散し、『反社を利する葬儀に反対する会』にすると宣言した。

記者から岸田会長に質問が飛ぶ。

「じゃ、会長、仏教会としてはヤクザの葬儀を容認するということですか？」

「そのう、まあ、何と言うか、認めるとか認めないといったことじゃなくて、僧侶として反社の葬儀依頼にどう対処していくか、法律の専門家を交えてこれから議論を尽くしてまいりたいと……」

「ですから」

英瞬が引き取って、

「反社を利する葬儀に対しては、これからも一貫して反対します。ただし、利することの一切ないと思われるご葬儀は、僧侶として拒否することは許されないと考えます。亡くなれば人間はみんな仏です」

と、天涯が圭吾の葬儀のときに言った言葉を口にして、「中山圭吾さんはみ仏になられました」。

凜とした声で言った。

その日の夕刻、美代加は小さな『鏡酒』を用意して待っていた。

天涯があらわれると、

「はい、どうぞ」

座る前に木槌《きづち》を手渡した。樽《たる》には赤い字で「祝」と大書してある。美代加と桃子、そして先に来て待っていた野呂山社長が立ち上がる。天涯がトンと樽の蓋《ふた》を割ると、三人が手を鳴らした。

「お誕生日おめでとうございます」

桃子の舌足らずな言葉に、美代加も、野呂山も拍手の手が止まった。

「違うんですか?」

「違えへんで、桃ちゃん。わしは一年三百六十五日が正月と誕生日やさかい」

ガハハハと笑ったところへ、恵方が飛び込むようにして入ってきた。

「ご住職、心配しておりました!」

開口一番、大声で言ってから、

「女将、よかったな。ご住職をこの街から追放するだなんてとんでもない。ご住職! 微力ながら不肖この恵方、あの英瞬という若造を叱りつけてまいりました。会長にも厳しく抗議いたしました。どうか今後とも、ご指導ご鞭撻《べんたつ》のほどよろしくお願い申し上げます」

それだけ言って最敬礼し、踵《きびす》を返した背に、

「ちょっと待たんかい！」

天涯が浴びせた。

恵方がギョッとした顔で振り返る。

「大僧正、おまえが追い出されそうになったときはわしが止めたるさかい、安心しいや」

笑顔で言った。

「あ、ありがたき幸せでございます！」

もう一度、深々と腰を折ってから、そそくさと出て行った。

「やさしいのね」

柄杓《ひしゃく》で樽から掬《すく》って升酒にして渡した。

「みんな自分の都合かかえて必死で生きとる。是非をゆうたらあかんのや」

と言って呷《あお》った。

翌朝、いつものように天涯がひとりで朝のお勤めをしている。

作務衣姿の英瞬が開け放った本堂に入って来て、天涯の背後に端座する。境内でセミが鳴きはじめた。

読経が終わって、天涯が身体を向けた。

「ご住職、お願いがあって参りました」

英瞬が頭を下げて言った。

「明後日が圭吾さんの初七日です。私の寺で法要をやらせていただけないでしょうか。僧侶として何をなすべきか、自分の責務が少し見えてきたような気がします。どうしても私がお勤めをさせていただきたいのです」

天涯がうなずいてから、

「お経を称えるだけが坊主やない。前にゆうたとおり、坊《ぼん》さんは煩悩の〝煩《ぼん》さん〟や。たいしたもんやあらへん。けど〝煩さん〟やいうことを知っとることが何より大事なんとちゃうんか。おまえさんがやってくれたら、圭吾も喜ぶやろ」

「ありがとうございます」

「極道はな、棘《とげ》を全身に逆立てて生きよる。花でゆうたら薔薇《ばら》みたいなもんや。きれいな薔薇には棘があるゆうて考えるのが世間の見方なら、わしは、あないな棘だらけの木に何ときれいな花が咲くものよと考える。圭吾は死んだんやない、尊い命を生き切って仏になったんや」

「薔薇と棘……」

英瞬は身じろぎもしないで天涯の顔を見つめた。

著者注・この作品はフィクションであり、登場する人物および団体名は、実在するものといっさい関係ありません。

一〇〇字書評

任俠駆け込み寺

切・り・取・り・線

購買動機（新聞、雑誌名を記入するか、あるいは○をつけてください）	
□（　　　　　　　　　　　　）の広告を見て	
□（　　　　　　　　　　　　）の書評を見て	
□ 知人のすすめで	□ タイトルに惹かれて
□ カバーが良かったから	□ 内容が面白そうだから
□ 好きな作家だから	□ 好きな分野の本だから

・最近、最も感銘を受けた作品名をお書き下さい

・あなたのお好きな作家名をお書き下さい

・その他、ご要望がありましたらお書き下さい

住所	〒				
氏名		職業		年齢	
Eメール	※携帯には配信できません		新刊情報等のメール配信を 希望する・しない		

この本の感想を、編集部までお寄せいただけたらありがたく存じます。今後の企画の参考にさせていただきます。Eメールでも結構です。

いただいた「一〇〇字書評」は、新聞・雑誌等に紹介させていただくことがあります。その場合はお礼として特製図書カードを差し上げます。

前ページの原稿用紙に書評をお書きの上、切り取り、左記までお送り下さい。宛先の住所は不要です。

なお、ご記入いただいたお名前、ご住所等は、書評紹介の事前了解、謝礼のお届けのためだけに利用し、そのほかの目的のために利用することはありません。

〒一〇一‐八七〇一
祥伝社文庫編集長　坂口芳和
電話　〇三（三二六五）二〇八〇

祥伝社ホームページの「ブックレビュー」からも、書き込めます。

www.shodensha.co.jp/bookreview

祥伝社文庫

任侠《にんきょう》駆《か》け込《こ》み寺《でら》

令和 2 年11月20日　初版第 1 刷発行

著　者　向谷匡史《むかいだにただし》

発行者　辻　浩明

発行所　祥伝社《しょうでんしゃ》
東京都千代田区神田神保町 3-3
〒101-8701
電話　03（3265）2081（販売部）
電話　03（3265）2080（編集部）
電話　03（3265）3622（業務部）
www.shodensha.co.jp

印刷所　堀内印刷
製本所　ナショナル製本
カバーフォーマットデザイン　芥 陽子

Printed in Japan ©2020, Tadashi Mukaidani ISBN978-4-396-34689-8 C0193

祥伝社文庫・黄金文庫の好評既刊

向谷匡史

銀座バイブル

ナンバーワンホステスはどこに目をつけるのか

接客の達人、ナンバーワンホステスが明かす「目配り・気働き」の奥義が満載。ホステスの㊙部分を公開！

向谷匡史

「いっしょに仕事をしたい」と思わせる人の55のルール

「あの人はいいね！」と言わせる心理戦術、自己演出、好感をもたれる言葉遣いから態度まで、具体例で伝授！

向谷匡史

橋下《はしもと》式 絶対負けないケンカ術

「ケンカ」は「技術」。「ナニワのケンカ師」橋下徹氏の実践ケンカ術を『兵法三十六計』の視点からじっくり解説。

向谷匡史

もうひと花の咲かせ方

人生の「今」を大切にする

第二の人生に先立ってやるべきことは「人生の天地返し」。「しがらみ」を断ちこれからの人生を輝かせる具体例。

南 英男

死角捜査 遊軍刑事・三上謙

狙われた公安調査庁。調査官の撲殺事件の背後には、邪悪教団の利権に蠢く者が⁉ 単独で挑む三上の運命は⁉

南 英男

癒着《ゆちゃく》 遊軍刑事・三上謙

ジャーナリストが刺殺された。特命を受けた三上は、おぞましき癒着《ゆちゃく》の構造に行き着くが……。

祥伝社文庫の好評既刊

南 英男
捜査圏外 警視正《けいしせい》・野上勉《のがみつとむ》
刑事のイロハを教えてくれた先輩が死んだ。その無念を晴らすため、野上は彼が追っていた事件を洗い直す。

南 英男
警視庁潜行捜査班 シャドー
「監察官殺し」の捜査は迷宮入りの様相……。捜査一課特命捜査対策室の秘密別働隊〝シャドー〟が投入された！

南 英男
警視庁潜行捜査班シャドー 抹殺者《まっさつしゃ》
美人検事殺しを告白し、新たな殺しを宣言した〝抹殺屋〟。その狙いと検事殺しの真相は？ 〝シャドー〟が追う！

南 英男
刑事稼業 包囲網
捜査一課、生活安全課……警視庁の各課の刑事たちが、靴底をすり減らしながら、とことん犯人を追う！

南 英男
刑事稼業 強行逮捕
捜査一課、組対第二課――刑事たちが足を棒にする捜査の先に辿りつく真実とは！ 熱血の警察小説集。

南 英男
刑事稼業 弔《とむら》い捜査
組対の矢吹が、捜査一課の加門の目の前で射殺された。加門は事件の真相究明のため、更なる捜査に突き進む。

祥伝社文庫の好評既刊